THÉATRE COMPLET D'ESCHYLE

La littérature grecque et latine
dans la même collection

ARISTOPHANE, *Théâtre complet.*

CÉSAR, *La Guerre des Gaules.*

CICÉRON, *De la République. Des Lois.*

ESCHYLLE, *Théâtre complet.*

ÉSOPE, *Fables.*

EURIPIDE, *Théâtre complet.*

HOMÈRE, *L'Iliade. – L'Odysée.*

HORACE, *Œuvres.*

LONGUS, *Daphnis et Chloé.* MUSÉE, *Héro et Léandre.*

LUCRÈCE, *De la nature. – De la nature* (bilingue).

MARC AURÈLE, *Pensées pour moi-même.*

OVIDE, *Les Métamorphoses.*

PÉTRONE, *Satyricon.*

PLAUTE, *L'Aululaire. Amphitryon. Le Soldat fanfaron. – Amphitryon* (bilingue, édition avec dossier).

PLUTARQUE, *Vies parallèles.*

Le roman d'Alexandre.

SAINT AUGUSTIN, *Les Confessions.*

SALLUSTE, *Conjuration de Catilina. Guerre de Jugurtha. Histoires.*

SÉNÈQUE, *Lettres à Lucilius. – Médée* (édition avec dossier).

SOPHOCLE, *Théâtre complet.*

SUÉTONE, *Vies des douze Césars.*

TACITE, *Annales.*

TÉRENCE, *Héautontimorouménos. Les Adelphes. Phormion.*

THUCYDIDE, *Histoire de la guerre du Péloponnèse.*

TITE-LIVE, *De la fondation de Rome à l'invasion gauloise* (Histoire romaine, Livres I à V). – *La Conquête de l'Italie* (Histoire romaine, Livres VI à X). – *La Seconde Guerre punique* I (Histoire romaine, Livres XXI à XXV). – *La Seconde Guerre punique* II (Histoire romaine, Livres XXVI à XXX). – *La Libération de la Grèce* (Histoire romaine, Livres XXXI à XXXV). – *Les Progrès de l'hégémonie romaine I* (Histoire romaine, Livres XXXVI à XL).

VIRGILE, *L'Énéide. – Les Bucoliques. Les Géorgiques.*

ESCHYLE

THÉÂTRE COMPLET

Traduction, notices et notes
par
Émile Chambry

GF Flammarion

ISBN 2-08-070008-1

AVANT-PROPOS

Le texte d'Eschyle, surtout dans les chœurs, est assez souvent corrompu. Les copistes, peu habitués à son vocabulaire poétique et à ses audacieuses métaphores, ont souvent déformé les mots qu'ils ne comprenaient pas et, de déformations en déformations, ont abouti à un véritable galimatias difficile à débrouiller. Des centaines de savants se sont appliqués à cette tâche et ont proposé des corrections, parmi lesquelles il y en a d'à peu près certaines, mais aussi beaucoup de hasardeuses, ou même d'inutiles. Toutes les fois que le texte peut se comprendre, il faut le respecter et ne recourir à la conjecture que lorsqu'il est inintelligible ou absurde. C'est la prudente méthode adoptée par P. Mazon et suivie par l'éditeur anglais Murray. L'édition de ces deux savants nous a servi de modèle pour l'établissement du texte. Ce texte avait été élégamment, mais librement traduit jadis par La Porte Du Theil, puis, plus exactement, par Alexis Pierron, dont la traduction, couronnée par l'Académie, marquait un grand progrès. Mais il restait beaucoup à faire et pour la correction des manuscrits, et pour l'interprétation du texte, et il a fallu arriver jusqu'à P. Mazon pour avoir en France, avec un texte plus exact, une traduction précise, aussi hardie dans ses audaces que le texte même et dont le style rivalise de grandeur et de force avec celui d'Eschyle. Nous devons reconnaître que notre travail doit beaucoup à la magistrale édition de P. Mazon.

Quant à notre manière de traduire, le lecteur en jugera. Elle n'est pas tout à fait conforme à celle que recommandent les grands maîtres universitaires, qui s'appliquent à suivre dans le français l'ordre des mots du grec ou du latin. Il y a sans doute des cas où il importe de laisser un mot mis en relief à dessein à la place qu'il occupe dans la langue étrangère, mais, de s'astreindre à en reproduire toujours la construction, c'est oublier que les traductions sont faites pour ceux qui n'entendent pas le grec ou le latin et qui s'inquiètent peu de savoir si les mots grecs ou latins sont placés dans un autre ordre que dans le français. Chaque langue a son génie et sa construction propres, auxquels il faut se conformer sous peine de dérouter le lecteur et de lui gâter son plaisir, en le forçant à un effort inutile pour attraper le sens de la phrase. Aussi nous nous sommes efforcés de rendre pleinement le sens du grec dans un français aussi aisé que possible, et nous ne nous sommes astreints à reproduire l'ordre des mots grecs que lorsque l'auteur les a mis en vedette et qu'ils ont un relief qu'ils n'auraient pas à une autre place.

NOTICE
SUR ESCHYLE

Eschyle naquit à Éleusis en ~ 525. Il était fils d'Euphorion, qui appartenait à la caste des eupatrides, et frère de Cynégire, célèbre par sa prouesse contre les Perses à la bataille de Marathon. D'après Suidas et *la Vie anonyme*, il avait un autre frère, Aminias. Il avait aussi une sœur, qui épousa un certain Philopeithès, et fut la mère d'une lignée de poètes tragiques. Lui-même eut deux fils qui furent aussi des poètes tragiques, Euphorion et Euaion.

Nous savons qu'il combattit à Marathon (~ 490) et à Salamine (~ 480). Il prit sans doute part aussi aux batailles d'Artémision et de Platée. Mais dès avant les guerres Médiques, il s'était adonné à la carrière dramatique. Suidas place son début au théâtre vers l'an ~ 500. Il remporta sa première victoire en ~ 484. En ~ 472 il obtint le premier rang avec *les Perses*. Hiéron, roi de Syracuse, l'attira à sa cour, où il fit donner une représentation nouvelle de cette pièce. Eschyle y composa une tragédie en l'honneur d'Etna, ville qu'Hiéron venait de fonder (en ~ 476-475).

De retour à Athènes, il obtint le prix en ~ 467 avec la tétralogie thébaine, dont faisaient partie *les Sept*, et en ~ 458 avec *l'Orestie*, c'est-à-dire avec *Agamemnon*, *les Choéphores* et *les Euménides*, trilogie complétée par un drame satyrique intitulé *Protée*. Ce sont les seules pièces dont nous connaissions la date. Des deux autres pièces qui nous restent, *les Suppliantes* et le *Prométhée enchaîné*, la première est généralement regardée comme la plus ancienne des œuvres d'Eschyle et la seconde placée entre *les Sept* (~ 467) et *l'Orestie* (~ 458). Mais Eschyle en avait fait représenter un grand nombre d'autres. Suidas en porte le nombre à 90; *la Vie anonyme* lui attribue 70 tragédies, plus cinq drames satiriques. D'après *la Vie*, il aurait remporté 13 victoires, sans parler de celles qu'il obtint après sa mort. Suidas en compte 28; il ajoute sans doute ces dernières à celles qu'il avait remportées de son vivant.

Après le succès de *l'Orestie*, Eschyle retourna en Sicile. Ses absences d'Athènes ont été expliquées diversement par les anciens. Les uns prétendent qu'il avait été frappé d'une sentence d'exil, les autres qu'il en voulait à ses concitoyens, qui lui avaient préféré ses concurrents. Il est plus probable qu'il se rendit tout simplement à l'invitation d'Hiéron, comme Pindare et d'autres que le roi de Syracuse, ami des lettres, attirait à sa cour. Quoi qu'il en soit, il mourut à Géla en ~457. Une légende fantaisiste rapporte qu'il fut tué par un aigle qui, prenant son crâne pour un rocher, laissa tomber dessus une tortue pour la briser.

Bien qu'il ait eu d'illustres devanciers, comme l'inventeur de la tragédie, Thespis, et Phrynichos, l'auteur de la *Prise de Milet* et des *Phéniciennes*, Eschyle peut être considéré comme le père de la tragédie, non seulement à cause des innovations matérielles qu'il apporta au théâtre, mais encore à cause de la grandeur des effets dramatiques qu'il sut tirer de ses sujets et de sa conception de la vie. Horace lui attribue l'invention du masque, du cothurne et de la robe traînante, et l'installation de la scène sur des tréteaux (*Art. poét.*, 275, sqq.) Ce fut lui aussi qui fit ajouter un second acteur à l'acteur unique qui jusque-là conversait seul avec le chœur, et, comme le même acteur jouait successivement plusieurs rôles, Eschyle put mettre dans ses pièces la variété et le mouvement qui allaient différencier profondément le genre dramatique de l'épopée et du dithyrambe dont il est issu. Cependant il ne faut pas s'attendre à trouver chez lui l'action, l'intrigue, la peinture des passions et des caractères au point de perfection où les porteront Sophocle et Euripide. La tragédie d'Eschyle est, comme le dit Aristote, une tragédie *simple*, par opposition à la tragédie *implexe*. Elle repose bien, comme le demande Aristote, sur *un fait unique, entier, d'une certaine étendue;* mais elle se borne à peindre les sentiments qui en résultent, soit chez le chœur, soit chez les personnages en scène. Il n'y a pas à proprement parler d'action, ni d'intrigue, et tout l'intérêt vient de la peinture des sentiments et de la gradation qu'y apporte successivement l'arrivée, soit d'un messager, soit d'un acteur. C'est ainsi, pour prendre un exemple, que, dans le *Prométhée enchaîné*, l'indomptable volonté du Titan s'affirme avec une force croissante à l'apparition des Océanides, puis de l'Océan, puis d'Io et enfin d'Hermès, jusqu'à ce qu'il soit englouti par Zeus dans les entrailles de la terre.

Le dialogue, surtout dans le *Prométhée* et *l'Orestie*, se distingue déjà par le naturel et la vigueur des répliques; mais l'élément lyrique et les récits ou descriptions épiques tiennent encore dans la tragédie d'Eschyle une place prépondérante. Néanmoins les caractères des héros y sont dessinés très vigoureusement au moins par leurs traits essentiels. Prométhée, par exemple, et Étéocle, l'un par sa farouche résistance à Zeus, l'autre par son ardeur guerrière et son rude patriotisme, restent des figures inoubliables.

Les personnages ne nous intéressent pas seulement par eux-mêmes, mais aussi parce qu'on sent derrière eux une divinité redoutable et mystérieuse qui les pousse et règne non seulement sur les hommes, mais sur les dieux. Cette divinité, c'est la Fatalité, ou le Destin, qui poursuit les coupables de père en fils, qui venge le crime par le crime, qui ruine les maisons royales et qui jalouse parfois l'homme et lui fait expier sa prospérité. La présence occulte de la Fatalité inspire une sorte de terreur religieuse, jette dans l'âme des spectateurs à la fois de la pitié et de l'effroi, et agrandit l'effet dramatique d'événements derrière lesquels ils entrevoient une puissance mystérieuse qui les a produits.

Ce n'est pas qu'Eschyle supprime la liberté humaine. Que la plupart de ses héros se sentent poussés par une fatalité impérieuse, comme Étéocle ou Oreste, ils n'abdiquent pas pour cela leur libre arbitre; en se rangeant du côté de cette fatalité, ils ne font que suivre leurs propres passions. Parfois même le héros délibère longuement sur ce qu'il doit faire et choisit librement son parti, comme le fait, dans *les Suppliantes*, le roi d'Argos. Mais comment Eschyle accordait-il dans son esprit la fatalité et le libre arbitre, c'est ce qu'il est difficile de deviner. L'accord du déterminisme et de la liberté est une question de haute métaphysique qu'il ne s'est sans doute jamais posée.

Quoi qu'il en soit, il y a dans le profond sentiment religieux dont Eschyle est animé quelque chose de nouveau : c'est le sentiment de la justice. Tandis que sous le règne de Cronos, c'est le Destin capricieux qui règle le monde, l'avènement de Zeus et des dieux nouveaux y substitue la justice, une justice intelligente. C'est cette idée de justice qui donne au théâtre d'Eschyle sa haute valeur morale. Il a observé que cette justice se déplace, dès qu'on en abuse. Celui qui, pour venger un crime, dépasse son droit, mérite à son tour d'être puni. Il en résulte pour l'homme une règle de vie dont il ne doit pas s'écarter s'il veut être heureux : c'est la modération en toutes choses, la σωφροσύνη.

Les sentiments religieux d'Eschyle, son respect profond des dieux et de la justice sont une des principales raisons pour lesquelles les vieux Athéniens conservèrent toujours une prédilection pour ses pièces. Les modernes eux-mêmes, en dépit de leur estime pour le théâtre plus parfait de Sophocle, ne laissent pas d'admirer tout autant celui d'Eschyle, non seulement pour sa moralité, mais surtout pour la force d'une imagination merveilleuse, qui transformait la réalité et lui prêtait une grandeur surhumaine, qui lui dictait des chants d'un pathétique irrésistible et des récits pleins de vie et de pittoresque, comme ceux de l'éclaireur dans *les Sept*, qui lui suggérait des images grandioses et des métaphores de la plus surprenante originalité et lui faisait trouver ou créer des mots extraordinaires, égaux à la splendeur de ses visions.

La grandeur du génie d'Eschyle, qui se révèle dans ses pièces isolées, apparaît avec plus d'éclat encore dans ses tétralogies. On sait que les poètes présentaient dans les concours dionysiaques quatre pièces à la fois; c'est ce qu'on appelait une tétralogie. Elle se composait d'une trilogie ou trois tragédies et d'un drame satirique. Or Eschyle a composé un certain nombre de tétralogies sur le même sujet, les trois tragédies se faisant suite, comme si elles étaient les actes différents d'une tragédie unique, et le drame satirique se rattachait d'une manière plus ou moins lâche au même sujet. C'est ainsi que *l'Orestie*, la seule trilogie complète qui nous reste d'Eschyle, expose la destinée d'Oreste en trois pièces étroitement liées : l'*Agamemnon*, où se perpètre le meurtre qu'Oreste devra venger; *les Choéphores*, où la vengeance s'exécute, et *les Euménides*, où elle est jugée par l'aréopage. Le drame satirique qui leur faisait suite, le *Protée*, s'y rattachait par Ménélas, absent lors du meurtre de son frère, qu'il apprenait en Égypte de la bouche du dieu marin Protée. Le *Prométhée enchaîné* faisait aussi partie d'une trilogie composée du *Prométhée enchaîné*, du *Prométhée délivré* et du *Prométhée porte-feu*. La *Lycurgie* et la *Thébaïde*, dont il ne reste que des fragments, étaient également l'une et l'autre composées de trois tragédies sur le même sujet, et il est probable qu'Eschyle en avait composé d'autres. Il est le seul des trois grands poètes tragiques qui ait écrit de ces vastes compositions : Sophocle et Euripide n'ont fait représenter que des pièces isolées.

LES SUPPLIANTES

NOTICE
SUR
LES SUPPLIANTES

On s'accorde aujourd'hui à reconnaître dans *les Suppliantes* la plus ancienne pièce d'Eschyle. La simplicité de l'action, la prédominance du chœur, qui joue le principal rôle, et l'étendue de la partie lyrique prouvent que la tragédie, sortie du dithyrambe, en était encore à son berceau. La pièce débute par un chœur où les cinquante filles de Danaos expriment leur aversion pour le mariage auquel leurs cinquante cousins, fils de leur oncle Égyptos, prétendent les contraindre. Pour y échapper, elles se sont enfuies de l'Égypte pour se réfugier à Argos, pays de leur aïeule Io, qui, aimée de Zeus et poursuivie par la jalousie d'Héra, s'était enfin arrêtée en Égypte, où elle avait eu du dieu un fils, Épaphos, ancêtre des rois d'Égypte. Le roi du pays, averti de leur arrivée, vient les interroger. Elles lui font reconnaître leur origine et leur parenté avec les Argiens et lui demandent sa protection. Il hésite à l'accorder, dans la crainte d'avoir à soutenir une guerre avec les fils d'Égyptos; mais elles invoquent avec insistance les droits de l'hospitalité, et le roi, après avoir consulté son peuple, se décide à les défendre. Sur ces entrefaites, arrive un héraut, qui veut s'emparer d'elles de vive force, lorsque le roi vient à leur secours et renvoie fièrement le héraut, qui, en se retirant, le menace de la guerre. La pièce se termine par les actions de grâces des Danaïdes et par un court dialogue avec leurs servantes, qui les désapprouvent et laissent entendre qu'Aphrodite pourrait bien prendre sa revanche sur elles.

Cette fin des *Suppliantes* semble bien annoncer que la pièce n'est que le prélude d'une action qui embrasse toute la légende des Danaïdes, le meurtre des cinquante Égyptiades, à l'exception de Lyncée, épargné par Hypermestre, et la vengeance d'Égyptos, tous événements racontés dans une épopée en six mille vers, intitulée *les Danaïdes*, qui semble dater de la première moitié du VIe siècle, et où Phrynichos avait sans doute, avant Eschyle, puisé le sujet de ses *Danaïdes*, et où Eschyle lui-même a sans doute pris aussi le sujet de son drame. *Les Suppliantes* sont en effet la première pièce d'une trilogie, qui se continuait par une seconde intitulée *les Égyptiens* et une troisième intitulée *les Danaïdes*, le tout complété par un drame satirique, *Amymone*. Ces trois titres figurent en effet dans la liste des ouvrages d'Eschyle.

Pour être simple, la pièce des *Suppliantes* n'en offre pas moins un très vif intérêt. Sans doute, il n'y a pas d'intrigue proprement dite pour exciter la curiosité, mais l'action n'en progresse pas moins par les incidents qui se succèdent et qui tiennent les Danaïdes dans les alternatives d'un sombre désespoir ou d'une joyeuse espérance. Et tout y est peint d'une manière si vive qu'on tremble ou qu'on se réjouit avec elles et qu'on attend comme elles le dénouement avec une impatience croissante.

Les caractères non plus ne manquent pas de relief. C'est d'abord celui de ces femmes affolées à la pensée d'un hymen qui leur est odieux, caractère insuffisamment expliqué pour un lecteur moderne, mais si frappant et si poussé à l'extrême qu'on oublie l'invraisemblance d'un tel état d'esprit. C'est ensuite celui du sage Danaos qui leur conseille la modestie et la prudence. C'est surtout ceux du héraut insolent et brutal et du roi circonspect, qui craint d'engager son peuple dans la guerre, mais qui, une fois sa résolution prise, traite avec une fierté hautaine l'insolent Égyptien.

Enfin on trouve déjà dans *les Suppliantes* toutes les qualités du grand maître de style que fut Eschyle : la vigueur, la concision, la magnificence des expressions, l'originalité d'images grandioses et inattendues que les copistes, qui avaient peine à les comprendre, ont estropiées dans les manuscrits ; parfois aussi une grâce et une délicatesse qu'on est surpris de trouver chez cet artiste sublime qui aspire sans cesse à la force et à la grandeur.

LES SUPPLIANTES

PERSONNAGES

LE ROI DES ARGIENS, DANAOS, CHŒUR DES DANAÏDES, UN HÉRAUT.

La scène est au bord de la mer près d'Argos. Au fond de l'orchestre, un tertre avec les statues de Zeus, d'Apollon, de Poséïdon et d'Hermès.

LE CHŒUR. — Puisse Zeus, protecteur des suppliantes, jeter un regard favorable sur notre troupe, qu'un vaisseau amène ici des bouches au sable fin du Nil.

Nous avons quitté la terre de Zeus [1], qui touche à la Syrie; nous nous sommes exilées, non pas qu'un vote de la cité nous ait condamnées à être bannies pour avoir tué, mais parce que, dans notre répugnance instinctive pour l'homme, nous repoussons avec horreur l'hymen des enfants d'Égyptos et leur dessein impie.

Danaos, notre père, qui inspire nos desseins et guide notre troupe, a pesé les raisons, et il s'est décidé pour le malheur le plus glorieux, qui était de fuir en toute hâte à travers les flots salés et d'aborder à la terre d'Argos, d'où notre race s'honore de tirer son origine; car elle est née de la génisse harcelée par un taon, au toucher et au souffle de Zeus.

En quel pays mieux disposé pour nous pourrions-nous aborder avec ces rameaux de suppliantes ceints de laine qui chargent nos mains?

Puisse la ville, puissent le pays et ses eaux limpides, puissent les dieux du ciel et les mânes ensevelis sous terre qui exercent de lourdes vengeances,

Puisse enfin Zeus Sauveur, gardien du foyer des hommes pieux, accueillir cette troupe de femmes suppliantes en ce pays touché de respect pour le malheur, et, avant que cet insolent essaim de mâles, les fils d'Égyptos, ait mis le pied sur ce sol marécageux, rejetez-les à la mer avec leur vaisseau rapide, et que là, parmi la rafale fouettée par l'ouragan, le tonnerre, les éclairs et les vents chargés de pluie, ils se heurtent à une mer sauvage, et périssent avant de mettre la main sur les nièces de leur père et de monter, malgré la loi qui l'interdit, dans des lits qui les repoussent.

Maintenant j'appelle au-delà des mers, pour qu'il me protège, le jeune taureau issu de Zeus [2] *qui, de son souffle, le fit naître de mon aïeule, la génisse qui paissait les fleurs. Le toucher qui lui valut son nom mit une juste fin au temps marqué par le destin : Io engendra Épaphos.*

Je vais aujourd'hui citer ce nom et rappeler les malheurs que mon antique aïeule a jadis soufferts en ces lieux, où elle paissait le gazon, pour fournir des preuves dignes de foi de mon origine; si surprenantes qu'elles soient, les habitants les trouveront claires : à la longue, on en reconnaîtra la vérité.

S'il y a près d'ici quelque indigène habile à interpréter le chant des oiseaux qui écoute mes plaintes, il croira entendre la voix de l'épouse de Térée en proie à ses tristes pensées, la voix du rossignol [3] *que poursuit l'épervier.*

Chassée des lieux qu'elle habitait avant, elle pleure la demeure qu'elle a perdue, tout en disant la mort de son enfant, comment elle le fit périr sous les coups de sa propre main, victime de la colère d'une mère dénaturée.

Comme elle, j'aime à me plaindre sur le mode ionien, en déchirant ma tendre joue brunie au soleil du Nil et mon cœur novice aux larmes. Je ne cueille que des fleurs de deuil, en me demandant avec angoisse si je trouverai quelque ami pour veiller sur mon exil loin du pays au ciel serein.

Allons, dieux auteurs de notre naissance, vous qui savez où est le droit, écoutez-nous, ou, si le destin vous interdit de nous donner pleine satisfaction, du moins vous qui détestez naturellement la violence, montrez votre justice en face de cet hymen. Même les fugitifs épuisés par la guerre trouvent un refuge contre le malheur près d'un autel que protège la crainte des dieux.

Ah! si tout cela pouvait aboutir à une fin vraiment heureuse! Le désir de Zeus n'est pas aisé à saisir; mais en tout cas il flamboie même dans les ténèbres, alors que la noire infortune fond sur la race des mortels.

Quand Zeus a décidé dans sa tête l'accomplissement d'une chose, elle tombe à coup sûr, et jamais à la renverse. Les voies de sa pensée vont à leur but, cachées sous une ombre épaisse que nul regard ne saurait percer.

Du haut de leurs ambitieuses espérances il précipite les mortels dans le néant, mais sans s'armer de violence : rien ne coûte de peine à un dieu. Sa pensée qui plane au haut du ciel exécute de là tous ses desseins, sans quitter son siège sacré.

Qu'il tourne les yeux vers l'arrogance humaine telle qu'elle s'épanouit à nouveau dans la race fougueuse qui recherche opiniâtrement mon hymen, aiguillonnée par un irrésistible délire, et qu'elle reconnaisse la tromperie d'Atè.

Voilà les angoisses insupportables qui m'arrachent des cris aigus, de lourds sanglots et des larmes, hélas! hélas! et des lamentations pareilles aux chants funèbres. Vivante, je me rends à moi-même les honneurs des morts.

J'implore la terre montueuse d'Apis [4] *: comprends-tu bien, ô terre, ma voix barbare? Souvent ma main s'abat, pour en mettre le lin en pièces, sur mon voile de Sidon.*

On s'empresse d'offrir des sacrifices expiatoires aux dieux pour en obtenir le salut, quand la mort est là, qui menace. Hélas! hélas! hélas! hélas! vents incertains! Où ce flot nous emportera-t-il?

J'implore la terre montueuse d'Apis; comprends-tu bien, ô terre, ma voix barbare? Souvent ma main s'abat pour en mettre le lin en pièces, sur mon voile de Sidon.

Sans doute la rame et le bâtiment ceint de cordes de lin qui écartait les vagues m'ont transportée ici sans tempête, avec l'aide des vents. Je n'en fais pas de plainte; mais puisse le Père qui voit tout mettre enfin un terme favorable à ma détresse!

Puisse la lignée d'une auguste aïeule échapper, grands dieux! à la couche des mâles et rester libre et vierge!

Et que la chaste fille de Zeus[5] *veuille bien, à ma prière, laisser tomber sur moi, de son auguste visage, un regard rassurant, et qu'indignée d'une telle poursuite elle mette toute sa force de vierge à sauver des vierges.*

Puisse la lignée d'une auguste aïeule échapper, grands dieux! à la couche des mâles et rester libre et vierge!

Sinon, filles brunies par les rayons du soleil, nous irons avec nos rameaux suppliants chez le dieu souterrain, le Zeus des morts, qui reçoit des hôtes innombrables, après nous être pendues, si nous ne fléchissons pas les dieux de l'Olympe.

Ah! Zeus, c'est Io, hélas! qu'un courroux divin poursuit. Je reconnais la jalousie d'une épouse toute-puissante dans le ciel. Il est terrible, le vent qui soulève la tempête.

Et alors Zeus sera en butte à des propos qui accuseront son injustice, pour avoir méprisé l'enfant de la génisse, qu'il a jadis enfanté lui-même, et détourné les yeux de nos prières. Qu'il écoute plutôt des cieux celles qui l'appellent.

< *Ah! Zeus, c'est Io, hélas! qu'un courroux divin poursuit. Je reconnais la jalousie d'une épouse toute-puissante dans le ciel. Il est terrible, le vent qui soulève la tempête*[6]. >

DANAOS (*qui observait l'horizon du haut du tertre*). — Mes enfants, il faut être prudentes. Si vous êtes arrivées ici, c'est grâce à la prudence de votre vieux père, pilote en qui vous avez confiance. Maintenant que nous sommes sur le continent, je vous engage, dans le même esprit de prévoyance, à garder mes avis gravés dans votre esprit. J'aperçois un nuage de poussière, muet avant-coureur d'une armée. Des moyeux grincent, entraînant les essieux. Je vois une troupe qui porte le bouclier et brandit le javelot, avec des chevaux et des chars recourbés. Sans doute les chefs du pays viennent pour nous examiner, avertis par des messagers. Mais que celui qui l'a fait sortir soit pacifique ou enflammé d'une colère farouche, mieux vaut en tout cas, mes filles, vous asseoir sur ce tertre consacré aux dieux de la ville. Un autel vaut mieux qu'un rempart : c'est un bouclier infrangible. Allons, montez vite et, tenant dignement au bras gauche vos rameaux de suppliantes ceints de laine blanche, en hommage au vénérable Zeus, faites aux étrangers des réponses pudiques, gémissantes et conformes à vos intérêts, comme il convient à des arrivants, et expliquez clairement que votre exil n'est point la punition du sang versé. Que votre voix n'affecte pas d'abord la hardiesse et qu'aucune effronterie ne se lise sur vos visages au front modeste et dans vos yeux tranquilles. Évitez le bavardage et la prolixité dans vos discours : les gens d'ici ne la peuvent souffrir [7]. Il faut céder, ne l'oubliez pas; étrangères et fugitives, le besoin vous presse. Un langage altier ne sied pas à des faibles.

LE CORYPHÉE. — Père, tu parles avec prudence à des enfants prudents; j'aurai soin de me rappeler tes sages recommandations. Mais que Zeus notre aïeul jette un regard sur nous!

DANAOS. — Oui, qu'il nous regarde d'un œil bienveillant!

LE CORYPHÉE. — Qu'il le veuille et tout finira bien.

DANAOS. — Ne tarde donc pas; use du moyen de salut que je t'ai recommandé.

LE CORYPHÉE. — Je voudrais déjà être assise à tes côtés.

(Le chœur monte sur le tertre et s'adresse à la statue de Zeus.)

O Zeus, prends pitié de nos peines, avant que nous périssions.

DANAOS. — Invoquez aussi le fils de Zeus que vous voyez ici.

LE CORYPHÉE. — Nous invoquons les rayons salutaires du Soleil.

DANAOS. — Du vénérable Apollon, dieu qui fut exilé du ciel.

LE CORYPHÉE. — Il pourrait, puisqu'il a connu cette destinée, compatir à celle des mortels.

DANAOS. — Oui, qu'il y compatisse et nous assiste avec bonté!

LE CORYPHÉE. — Lequel de ces dieux dois-je invoquer encore?

DANAOS. — Je vois ici un trident, qui indique un dieu.

LE CORYPHÉE. — Comme il nous a bien conduites sur mer, qu'il nous accueille bien aussi sur terre!

DANAOS. — Voici encore un autre dieu, Hermès, que les lois grecques révèrent.

LE CORYPHÉE. — Qu'il nous apporte donc un heureux message de liberté!

DANAOS. — Vénérez l'autel commun de tous ces dieux; puis asseyez-vous dans ce lieu sacré, comme un essaim de colombes fuyant des éperviers, qui sont leurs frères par le sang, mais devenus pour elles des ennemis qui souillent la race. Comment serait-il pur, l'oiseau qui dévore l'oiseau ? Et comment serait pur celui qui veut épouser une femme malgré elle et malgré son père ? Non, même après sa mort, chez Hadès, il n'échappera pas au grief de luxure, s'il s'est ainsi conduit. Là aussi, dit-on, un autre Zeus juge souverainement les crimes des morts. Soyez circonspectes et répondez comme je vous l'ai dit, si vous voulez voir triompher votre cause.

LE ROI. — De quel pays vient cette troupe à qui je m'adresse ? Elle n'est pas vêtue à la mode des Grecs ; elle est parée de robes et de bandeaux barbares ; car ce n'est pas là le costume des femmes de l'Argolide, ni d'aucun pays grec. Que vous ayez osé si hardiment venir en ce pays, sans hérauts ni proxènes et sans guides, voilà qui est surprenant. Voici, il est vrai, des rameaux que vous avez, suivant l'usage des suppliants, déposés devant les dieux publics. C'est le seul point où je puis conjecturer que vous êtes en accord avec la Grèce. On pourrait justement faire beaucoup d'autres conjectures ; mais tu es là, et tu as la parole pour t'expliquer.

LE CORYPHÉE. — Sur notre costume tu n'as rien dit que de vrai. Mais toi à qui je parle, qui es-tu ? Un simple particulier, un héraut, porteur de la baguette sacrée, ou le chef de la cité ?

LE ROI. — Quant à cela, tu peux me répondre et me parler en toute assurance. Je suis le fils de Palaichthôn, né de la terre, Pélasgos, chef suprême de ce pays, et c'est moi, son roi, qui ai naturellement donné mon nom au peuple des Pélasges qui cultive cette terre. Je commande à tout le pays que traverse le Strymon sacré, à partir de sa rive occidentale. Je borde la terre des Perrhèbes, et le pays qui est au-delà du Pinde, près de la Péonie, et les montagnes de Dodone jusqu'au point où la mer humide coupe ma frontière ; en deçà, tout m'appartient. Quant à cette plaine du pays d'Apis, elle a jadis été appelée de ce nom en reconnaissance des services d'un prophète médecin, Apis, fils d'Apollon, qui, venu de l'autre côté du golfe, de Naupacte, purifia ce pays de monstres qui dévoraient les mortels, fléaux qu'avait produits la Terre irritée des souillures dont l'avaient infectée des meurtres anciens, serpents grouillants, funeste compagnie. Par des remèdes tranchants parfaitement appliqués, Apis nous délivra de ces maux, et la terre d'Argos en récompense mêle toujours son nom à ses prières. En ce qui me concerne, te voilà renseignée ;

maintenant tu peux vanter ta race et poursuivre ce que tu as à dire. Mais je t'avertis qu'on n'aime pas ici les longs discours.

Le Coryphée. — Mon discours sera bref et net : nous avons l'honneur d'être de race argienne; nous sommes le sang de cette génisse qui fut mère d'un noble fils. Voilà la vérité; je la confirmerai par des preuves.

Le Roi. — Ce sont là, étrangères, des affirmations incroyables pour moi : comment la race argienne pourrait-elle être la vôtre? Vous ressemblez plutôt à des Libyennes, pas du tout aux femmes de notre pays, et le Nil pourrait nourrir une telle plante. Vous rappelez aussi le type cypriote frappé par des mâles dans les moules féminins. J'ai entendu parler aussi d'Indiennes nomades voyageant en selle à dossier sur des chameaux qui font office de chevaux dans un pays voisin de l'Éthiopie. Si vous étiez armées d'arcs, j'aurais certainement conjecturé que vous étiez ces Amazones sans maris, qui mangent de la chair crue. Renseigne-moi, pour que je voie mieux comment ton origine et ton sang sont argiens.

Le Coryphée. — On dit, n'est-ce pas, qu'il y eut jadis en ce pays d'Argos une gardienne du temple d'Héra, Io?

Le Roi. — Oui, rien n'est plus certain; c'est un bruit bien confirmé.

Le Coryphée. — Ne dit-on pas aussi que Zeus s'unit à elle, bien que simple mortelle?

Le Roi. — . . . . *(lacune d'un vers)*.

Le Coryphée. — Et que leurs embrassements n'échappèrent pas à Héra.

Le Roi. — Et comment finit la querelle royale?

Le Coryphée. — La déesse d'Argos changea la femme en génisse.

Le Roi. — Est-ce que Zeus ne s'approcha plus de la génisse aux belles cornes?

Le Coryphée. — On dit qu'il la saillit sous la forme d'un taureau.

Le Roi. — Que fit alors la puissante épouse de Zeus?

Le Coryphée. — Elle mit près de la génisse le gardien qui voyait tout.

Le Roi. — Et ce gardien qui voyait tout et ne gardait qu'une seule génisse, comment l'appelles-tu?

Le Coryphée. — Argos, fils de la Terre, qui fut tué par Hermès.

Le Roi. — Et qu'est-ce qu'elle inventa encore contre l'infortunée génisse?

Le Coryphée. — Un insecte qui pourchasse et harcèle les bœufs ?

Le Roi. — On l'appelle taon près du Nil.

Le Coryphée. — Aussi la chassa-t-il de ce pays dans une course sans fin.

Le Roi. — Sur ce point aussi tu es en parfait accord avec moi.

Le Coryphée. — Et elle arriva enfin à Canope et à Memphis.

Le Roi [8]. — . . . . *(lacune d'un vers.)*

Le Coryphée. — Là, Zeus, la touchant de sa main, lui fit mettre au jour un enfant.

Le Roi. — Quel est donc ce taureau, fils de Zeus, qui s'honore d'avoir pour mère une génisse ?

Le chœur. — Épaphos, dont le nom rappelle bien la délivrance d'Io.

Le Roi. — <Et d'Épaphos qui est né ?> [9].

Le Coryphée. — Libye qui moissonne la plus grande contrée du monde.

Le Roi. — Et quel autre rameau dis-tu qui est sorti d'elle ?

Le Coryphée. — Bélos, qui eut deux fils et qui fut le père de mon père que voici.

Le Roi. — Dis-moi maintenant le nom de cet homme sage.

Le Coryphée. — Danaos, et il a un frère, père de cinquante fils.

Le Roi. — Dis-moi son nom aussi ; aie cette complaisance.

Le Coryphée. — Égyptos. Maintenant que tu connais notre antique origine, traite-nous comme si tu avais devant toi une troupe d'Argiennes.

Le Roi. — Il me semble bien en effet que d'antiques liens vous rattachent à ce pays. Mais comment avez-vous osé quitter le toit paternel ? Quel malheur vous a frappées ?

Le Coryphée. — Roi des Pélasges, les hommes sont sujets à des maux de bien des sortes. Nulle part l'aile de l'infortune ne se montre la même. Qui se serait imaginé que cette fuite imprévue nous conduirait à Argos, notre antique parente, et que nous y chercherions un asile contre un odieux hymen ?

Le Roi. — Pour quoi viens-tu, dis-moi, supplier les dieux de cette ville, avec ces rameaux frais coupés, enveloppés de laine blanche ?

Le Coryphée. — Pour n'être pas esclave des fils d'Égyptos.

Le Roi. — Est-ce parce que tu les hais, ou parce que tu regardes cela comme un crime ?

Le Coryphée. — Qui aimerait payer pour avoir un maître ?

Le Roi. — C'est pour les mortels la façon d'accroître leur force.

Le Coryphée. — Et aussi de se tirer aisément de l'indigence.

Le Roi. — Comment donc puis-je vous témoigner ma piété ?

Le Coryphée. — En ne me livrant pas aux fils d'Égyptos qui me réclament.

Le Roi. — C'est périlleux ce que tu demandes, c'est soulever une guerre.

Le Coryphée. — Mais la justice protège ceux qui combattent pour elle.

Le Roi. — Oui, si dès le début elle a été de votre côté.

Lf Coryphée. — Respecte la poupe de la cité couronnée de nos rameaux.

Le Roi. — Je frémis à voir ces autels ombragés de ces rameaux.

Le Coryphée. — Terrible aussi est le courroux de Zeus suppliant.

Le chœur. — *Fils de Palaichthôn, roi des Pélasges, écoute-moi d'un cœur bienveillant. Regarde la suppliante que je suis, fuyant éperdument comme une génisse poursuivie par un loup à travers les rocs escarpés, où elle mugit et conte sa peine au bouvier, à la protection duquel elle se confie.*

Le Roi. — Oui, je vois des rameaux fraîchement coupés se balancer sur cette assemblée des dieux de la cité qu'ils ombragent. Fasse le ciel que l'arrivée de ces concitoyens étrangers ne nous cause pas de dommage et qu'aucune querelle inattendue ni imprévue n'en résulte pour la ville : elle n'a pas besoin de cela.

Le chœur. — *Que la déesse des suppliants, Thémis, fille de Zeus qui dispense les destins, jette un regard sur nous, pour que notre fuite n'ait pas de suites fâcheuses. Et toi, tout vénérable et sage que tu es, apprends d'une plus jeune que toi qu'en respectant un suppliant tu assures ta prospérité; car les dieux <agréent>* [10] *les offrandes qui leur viennent d'un cœur pur.*

LE ROI. — Vous n'êtes pas assises au foyer de ma demeure. Si c'est la communauté des Argiens qui est souillée, c'est au peuple à s'occuper en commun des remèdes. Pour moi, je ne puis faire de promesse avant d'en avoir référé à tous les Argiens.

LE CHŒUR. — *C'est toi, la cité; c'est toi, le peuple : monarque sans contrôle, tu es le maître de l'autel, foyer de la contrée. Les seuls suffrages ici sont les signes de ta tête; le seul sceptre, celui que tu tiens sur ton trône; toi seul tu décides de tout; garde-toi d'une souillure.*

LE ROI. — Que la souillure soit pour mes ennemis, mais je ne puis vous secourir sans dommage; et cependant il n'est pas humain de mépriser vos prières. Je ne sais à quoi me résoudre et j'ai peur également d'agir et de ne pas agir et de tenter la fortune.

LE CHŒUR. — *Lève les yeux vers celui qui veille d'en haut et qui protège les malheureux mortels qui, s'adressant à leurs proches, n'en obtiennent pas la justice qui leur est due par la loi. La colère de Zeus Suppliant atteint ceux qui sont insensibles aux plaintes des malheureux.*

LE ROI. — Si les fils d'Égyptos ont un droit sur ta personne en vertu de la loi de ton pays, et allèguent qu'ils sont tes plus proches parents [11], qui voudrait s'opposer à eux? Il te faut donc plaider, toi, qu'ils n'ont sur toi, d'après les lois de l'Égypte, aucune autorité.

LE CHŒUR. — *Dieu me garde d'être jamais soumise à l'autorité des mâles. Pour me préserver d'un hymen odieux, je suis décidée à fuir sous la conduite des étoiles. Prends la justice pour alliée et juge suivant le respect dû aux dieux.*

LE ROI. — Le jugement est difficile à porter : ne me prends pas pour juge. Je te l'ai déjà dit; ce que tu demandes, je ne puis le faire sans le peuple, en eussé-je le pouvoir. Je ne veux pas que le peuple me dise un jour, si par hasard un tel malheur arrivait : « Pour honorer des nouveaux venus, tu as perdu la ville. »

LE CHŒUR. — *Zeus, de qui nous descendons, vous et nous, contemple notre débat avec impartialité, lui qui met naturellement l'injustice au cœur des méchants et la piété au cœur de ceux qui observent la loi. S'il tient ainsi la balance égale, pourquoi aurais-tu regret de faire ce qui est juste ?*

LE ROI. — J'ai besoin pour nous sauver d'une réflexion profonde et d'un œil perçant et non troublé par l'ivresse, qui descende dans l'abîme comme un plongeur [12], afin que tout cela n'attire pas de mal sur la ville et se termine ensuite heureusement pour moi-même. Je ne veux pas qu'il s'ensuive une guerre de représailles, ni qu'en vous livrant ainsi prosternées devant les autels des dieux je perde entièrement ma maison, en attirant sur elle le terrible dieu vengeur qui, même dans l'Hadès, ne lâche point le mort. Ne crois-tu pas que j'aie besoin d'une pensée qui nous sauve ?

LE CHŒUR. — *Réfléchis et sois pour nous, comme tu le dois, un pieux proxène. Ne trahis pas la fugitive qu'un exil impie a chassée d'une contrée lointaine.*

Ne me laisse pas arracher aux autels de tous ces dieux, ô toi, maître absolu de ce pays, reconnais l'insolence des mâles et garde-toi de la colère divine.

Ne souffre pas qu'en ta présence et au mépris de la justice ils m'entraînent du pied de ces statues, comme une cavale, en me saisissant par mes bandeaux et mes voiles aux fils serrés.

Sache-le : quelque parti que tu prennes, tes enfants et ta maison subiront un jour la même loi. Dis-toi bien que Zeus gouverne avec justice.

LE ROI. — Je ne l'ai pas oublié. Mais voici où ma barque vient échouer : c'est qu'il faut de toute nécessité, contre les uns ou contre les autres, soutenir une guerre redoutable, et ma barque reste là clouée, comme si elle y avait été hissée par des cabestans marins.

Nulle part je ne vois d'issue exempte de douleur. Que les richesses d'une maison soient pillées, on peut en recouvrer plus qu'on n'en a perdu et refaire une cargaison complète, s'il plaît à Zeus, protecteur des biens; que ta langue ait lancé des traits intempestifs, qui remuent douloureusement le cœur, une parole peut guérir le mal qu'une parole a causé. Mais pour empêcher que le sang des nôtres soit versé, il faut faire force sacrifices et immoler victimes sur victimes à de nombreux dieux pour guérir le mal, ou je me trompe fort sur le débat que je vois venir. Mais j'aime mieux paraître ignorant que bon prophète de malheurs. Puisse l'événement bien tourner contre mon attente!

Le Coryphée. — Après tant de paroles suppliantes, écoute la dernière.

Le Roi. — J'écoute; parle; je prête l'oreille.

Le Coryphée. — J'ai des cordons et des ceintures pour serrer ma robe.

Le Roi. — Sans doute ce sont là des objets qui conviennent à des femmes.

Le Coryphée. — J'ai là, sache-le, un bon recours.

Le Roi. — Explique-moi ce que tu veux dire par là.

Le Coryphée. — Si tu ne fais pas à notre troupe une loyale promesse...

Le Roi. — Quel parti comptes-tu tirer de ces ceintures ?

Le Coryphée. — J'en ornerai ces statues d'offrandes d'un nouveau genre.

Le Roi. — Ces mots sont une énigme : explique-toi clairement.

Le Coryphée. — Je me pendrai sur-le-champ à ces dieux.

Le Roi. — Voilà un mot qui me flagelle le cœur.

Le Coryphée. — Tu as compris; je t'ai ouvert les yeux.

Le Roi. — Et de toutes parts des difficultés insurmontables! Une masse de maux s'avance sur moi comme un fleuve. Me voilà engagé dans une mer insondable de malheurs, sans pouvoir la traverser ni trouver un port ouvert à ma détresse. Si je ne souscris pas à votre demande, je suis par vous menacé d'une souillure inexpiable. Si, au contraire, dressé devant nos murs, j'en viens aux mains avec tes cousins, les fils d'Égyptos, pour décider de votre querelle, n'est-ce pas s'exposer à une perte amère que d'ensanglanter le sol du sang des mâles pour sauver des femmes ? Et pourtant il faut redouter le courroux de Zeus Suppliant : il n'y a pas de crainte au monde au-dessus de celle-là. Toi, vieillard, père de ces jeunes filles, prends donc tout de suite ces rameaux en tes bras et porte-les sur d'autres autels de nos dieux nationaux, afin que tous les citoyens voient le signe de vos supplications et ne rejettent pas ma proposition; car le peuple aime à critiquer ses chefs. Peut-être la vue de ces rameaux excitera-t-elle quelque pitié et la violence de la troupe mâle soulèvera-t-elle l'indignation, et le peuple en sera mieux disposé pour vous. On est toujours porté à prendre le parti des plus faibles.

Danaos. — C'est une faveur inestimable pour nous d'avoir trouvé en toi un proxène qui respecte les suppliants. Mais donne-moi des compagnons et des guides indigènes pour m'escorter et m'aider à trouver les autels placés devant les temples des dieux de la cité et leurs demeures hospitalières et aussi pour que nous puissions avancer en toute sûreté à travers la ville. La nature nous a donné des traits différents : le Nil ne nourrit pas une race pareille à celle de l'Inachos. Veille à ce que la hardiesse n'enfante pas la crainte. On a déjà vu des gens tuer un ami par ignorance.

LE ROI. — Allez, gardes : l'étranger a raison. Conduisez-le aux autels de la cité, sièges de nos dieux, et à ceux que vous rencontrerez dites sans vous arrêter à parler : « C'est un marin que nous conduisons au foyer de nos dieux. »

(Danaos sort.)

LE CORYPHÉE. — Tu as parlé à mon père ; qu'il s'en aille avec tes instructions. Mais moi, que dois-je faire ? Où vas-tu pourvoir à ma sûreté ?

LE ROI. — Laisse là tes rameaux, signes de ta détresse.

LE CORYPHÉE. — Voilà : je les laisse, confiante en ton bras et en ta parole.

LE ROI. — Passe maintenant dans la partie plane du bois sacré.

LE CORYPHÉE. — Et comment un bois ouvert à tous pourrait-il me protéger ?

LE ROI. — Rassure-toi : nous ne te livrerons pas aux oiseaux de proie.

LE CORYPHÉE. — Mais si tu me livres à des gens plus méchants que d'impitoyables dragons ?

LE ROI. — A de bonnes paroles réponds par de bonnes paroles.

LE CORYPHÉE. — Il n'y a rien d'étrange à ce que la crainte me rende impatiente.

LE ROI. — La crainte est impossible à maîtriser quand elle est excessive [13].

LE CORYPHÉE. — Rends donc, toi, la joie à mon cœur par tes paroles et par tes actes.

LE ROI. — Va, ton père ne te laissera pas longtemps seule. Moi, je vais convoquer le peuple d'Argos pour disposer la communauté en ta faveur et j'enseignerai à ton père ce qu'il devra dire. Reste donc ici et prie les dieux du pays de t'accorder ce que tu désires obtenir. Pour moi, je vais m'occuper de tout cela. Puisse la Persuasion me suivre et la Fortune seconder mes efforts !

(Le roi sort.)

LE CHŒUR. — *Roi des rois, bienheureux entre les bienheureux, puissance souveraine entre toutes les puissances, heureux Zeus, écoute-nous ; écarte de ta race l'insolence de ces mâles, bien digne de ta haine, et précipite dans la mer empourprée le noir vaisseau qui nous apporte le malheur.*

Jette les yeux sur des femmes dont l'antique race remonte à une aïeule qui te fut chère, et qu'on parle à nouveau de ta bonté. Souviens-toi bien, toi dont la main toucha Io. Nous nous honorons d'être filles de Zeus et d'être parties de ce pays.

Je suis venue sur une trace ancienne aux lieux où ma mère, sous l'œil d'un gardien, paissait les fleurs, à la prairie nourricière de bœufs, d'où Io, pourchassée par le taon, s'enfuit, éperdue, et traverse une foule de nations, et fendant, sur l'ordre du destin, le détroit houleux qui sépare deux continents, passe de l'un à l'autre, qui lui est opposé.

Elle s'élance à travers l'Asie, traverse toute la Phrygie, nourricière de moutons, passe dans la ville mysienne de Teuthras, franchit les vallons de Lydie, se lance à travers les monts des Ciliciens et des Pamphyliens, et atteint les fleuves intarissables et le riche terroir et l'illustre terre d'Aphrodite, fertile en froment [14].

Elle arrive, toujours piquée par l'aiguillon du bouvier ailé, dans la terre sacrée de Zeus, riche en fruits de toute sorte, dans la prairie nourrie par la fonte des neiges et assaillie par la fureur de Typhon, sur les bords du Nil aux eaux toujours saines, affolée, comme une bacchante, par les indignes souffrances et les tourments que lui cause l'aiguillon d'Héra.

Les mortels qui habitaient alors la contrée pâlirent d'épouvante à ce spectacle étrange et leurs cœurs bondirent en voyant une bête repoussante, mêlée d'être humain, moitié génisse, moitié femme, et ils restèrent stupides devant ce prodige. Et alors quel fut celui qui charma la souffrance de la vagabonde Io, pourchassée par le taon ?

C'est le roi dont l'empire ne connaîtra pas de fin... C'est Zeus « qui la délivre » par sa force bienfaisante et son souffle divin, et des larmes de pudeur coulent de ses yeux affligés. Mais du germe reçu de Zeus, suivant un récit véridique, elle enfanta un fils irréprochable.

Un fils comblé de biens durant une longue vie. Aussi la terre entière le proclame : « Ce fils à qui nous devons la vie est sans nul doute le fils de Zeus. » Car quel autre aurait mis un terme au délire causé par l'insidieuse Héra ? C'est là l'œuvre de Zeus. Et si l'on dit que notre race est issue d'Épaphos, on aura touché la vérité.

Quel dieu pourrais-je invoquer avec plus de raison, vu la justice de ses actes ? C'est notre père lui-même, le roi qui de sa propre main a planté la souche dont nous sommes issues, l'antique et puissant auteur de notre race, le dieu qui guérit tout, le dieu des vents favorables, Zeus.

Nul pouvoir ne siège au-dessus du sien, et il est aussi fort que les plus forts. Personne n'est assis plus haut que lui et il n'a personne à honorer d'en bas. Il parle et l'effet suit : ce que son esprit a décidé s'accomplit aussitôt.

DANAOS. — Rassurez-vous, mes enfants : le peuple d'Argos est pour nous; il a pris des décrets décisifs.

LE CORYPHÉE. — Salut, ô mon vieux père, qui m'annonces de si bonnes nouvelles. Mais dis-nous à quoi s'arrête la décision, et jusqu'où s'est élevée la majorité des suffrages populaires.

DANAOS. — Les votes des Argiens ne se sont point partagés et mon vieux cœur en a été tout ragaillardi. L'éther a frémi de la levée des mains, quand le peuple a ratifié d'une voix unanime la proposition de nous traiter comme des habitants du pays, comme des hommes libres, qu'on ne pourra revendiquer pour l'esclavage et qui seront inviolables, que nul habitant, nul étranger ne pourra saisir, à qui, en cas de violence, les habitants de ce pays devront prêter main-forte sous peine d'être frappés d'atimie ou d'exil par une sentence du peuple. Telle est la proposition qu'a fait passer à notre sujet le roi des Pélasges, en avertissant la cité de ne pas nourrir pour les jours à venir le redoutable ressentiment de Zeus, dieu des suppliants, et en déclarant que la double souillure, à la fois étrangère et nationale, qui atteindrait la ville, serait une source inépuisable de malheur. Après avoir entendu ce discours, le peuple d'Argos, sans attendre la proclamation du héraut, l'a ratifié à main levée. Les accents persuasifs de l'habile orateur ont convaincu le peuple pélasge et Zeus a emporté la décision.

LE CORYPHÉE. — Allons, faisons des vœux de bonheur pour les Argiens en retour de leurs bienfaits. Que Zeus hospitalier ait égard aux hommages que lui rend la bouche de ses hôtes et qu'il mène vraiment à bonne fin tous nos vœux!

LE CHŒUR. — *Voici le moment pour vous, dieux issus de Zeus, d'exaucer les vœux que nous voulons répandre sur ce peuple. Que jamais la terre des Pélasges ne soit livrée à l'incendie par la fureur d'Arès, dont le cri arrête les danses et qui moissonne les mortels dans les champs faits pour d'autres moissons!*

Car ils ont eu pitié de nous, en émettant ce vote favorable; ils respectent les suppliants de Zeus dans ce troupeau pitoyable.

Ils n'ont pas dédaigné la cause des femmes et voté pour les mâles; ils ont songé au dieu qui surveille et venge le crime, sans qu'on puisse lutter avec lui. Aussi quelle maison pourrait se réjouir, quand il s'abat sur son toit de tout le poids de sa colère?

Ils honorent leurs parents dans la personne des suppliants de Zeus très saint. Aussi plairont-ils aux dieux en sacrifiant sur des autels purs!

Aussi qu'à l'ombre de ces rameaux il ne vole de ma bouche que des vœux pour sa gloire. Que jamais la peste ne vide la cité de ses hommes et que la discorde intestine ne rougisse pas la terre du sang des citoyens abattus!

Que la fleur de la jeunesse échappe à la faux, et que l'amant d'Aphrodite, Arès, fléau des humains, ne la tranche pas dans son éclat!

Que les vieillards s'assemblent en foule auprès des autels brûlants! Ainsi la cité sera prospère, parce qu'on y vénérera le grand Zeus, le dieu hospitalier surtout, celui dont l'antique loi règle le destin.

Nous souhaitons qu'il naisse toujours de nouveaux fils pour veiller sur le pays, et qu'Artémis Hécate veille aux couches de ses femmes.

Qu'aucun fléau ne vienne tuer ses hommes et ravager la cité, en armant Arès, dieu des larmes, qui fait taire les chœurs et la cithare, et soulève les clameurs de la guerre civile!

Que le triste essaim des maladies aille se poser loin de la tête des citoyens et que le dieu du Lycée [15] *soit propice à toute la jeunesse!*

Fasse Zeus que la terre leur paye un exact tribut de fruits en toute saison, que les brebis qui paissent leur campagne mettent bas des milliers de petits et que tout prospère sous la faveur des dieux!

Que les aèdes fassent retentir près des autels des chants d'allégresse et que des bouches pures unissent leurs voix aux sons de la lyre!

Que le conseil qui gouverne la cité, pouvoir prévoyant qui veille au bien commun, garde constamment ses honneurs et qu'avant d'armer Arès il écarte les malheurs en se montrant de composition facile avec les étrangers!

Qu'on décerne toujours aux dieux protecteurs du pays les honneurs que les ancêtres leur rendaient, en se couronnant de laurier et leur immolant des bœufs! Car la vénération de ceux qui nous ont donné le jour est la troisième loi inscrite au livre infiniment respectable de la justice.

DANAOS. — Voilà des vœux sages, mes enfants; je les approuve; mais vous-mêmes, ne vous effrayez pas si je vous annonce une nouvelle inattendue. De cet observatoire, asile de notre troupe suppliante, j'aperçois le navire; il est facile à distinguer et je reconnais fort bien l'arrangement de ses voiles, ses bastingages et la proue qui, de ses yeux, regarde la route devant elle, et qui, au gré de ceux chez qui elle ne vient pas en amie, n'est que trop obéissante au gouvernail qui la dirige de l'arrière du vaisseau. Je distingue les marins dont les membres noirs saillent de leurs vêtements blancs; puis voici les autres bâtiments et toute l'armée qui viennent en vue. Le vaisseau qui tient la tête a replié sa voile à l'approche du rivage et avance à grand bruit de rames. Ce que vous avez à faire, vous, c'est d'envisager le fait avec calme et prudence et de vous attacher à ces dieux. Pour moi, je vais aller chercher des défenseurs et des avocats. Il se peut qu'un héraut ou une ambassade vienne pour vous emmener et vous ressaisir par droit de reprise. Mais cela ne sera point, ne le craignez pas. Néanmoins il est bon, si notre secours se fait attendre, de ne jamais oublier la protection que vous trouvez ici. Aie confiance, aux temps et jour marqués, tout mortel qui méprise les dieux recevra son châtiment.

LE CORYPHÉE. — Père, j'ai peur; car les vaisseaux aux ailes rapides sont arrivés. Il n'y a plus à compter sur aucun délai.

LE CHŒUR. — *J'ai vraiment bien peur de n'avoir rien gagné à fuir ainsi et à courir les chemins. Je meurs d'effroi, père.*

DANAOS. — Les Argiens ont émis un vote décisif. Prends donc courage, mon enfant. Ils combattront pour toi, j'en suis sûr.

LE CORYPHÉE. — C'est une engeance maudite que ces insolents fils d'Égyptos, insatiables de combats : tu le sais comme moi.

LE CHŒUR. — *Ils ont réussi dans leur rancune à passer jusqu'ici sur ces vaisseaux à la solide et sombre carène avec leur nombreuse armée noire.*

DANAOS. — Nombreux aussi sont ceux qu'ils trouveront, avec des bras durcis à la chaleur des midis.

LE CHŒUR. — Ne me laisse pas seule, je t'en supplie, père. Une femme qu'on laisse seule n'est plus rien. Mars n'habite pas en elle.

LE CHŒUR. — *Eux n'ont que des pensées funestes et des desseins perfides, et leurs esprits impurs, tout comme les corbeaux, n'ont aucun souci des autels.*

DANAOS. — Ce serait pour nous, ma fille, un bel avantage, s'ils se faisaient haïr des dieux comme de toi.

LE CORYPHÉE. — Ah! ce ne sont certainement pas ces tridents et la majesté des dieux qui leur feront craindre de porter les mains sur nous, mon père.

LE CHŒUR. — *Avec leur arrogance sans borne, leur cœur impie, forcené, d'une impudence de chien, ils sont entièrement sourds à la voix des dieux.*

DANAOS. — Mais on dit que les loups sont plus forts que les chiens, et le fruit du papyrus ne l'emporte pas sur l'épi [16].

LE CORYPHÉE. — Comme ils ont aussi les instincts luxurieux et sacrilèges des bêtes brutes, il faut prendre garde de tomber en leur pouvoir.

DANAOS. — Il faut du temps pour manœuvrer une armée navale et trouver le mouillage d'où il faut porter à terre les amarres qui assurent le salut du navire, et même quand l'ancre est jetée, les commandants ne sont pas rassurés sur-le-champ, surtout quand ils sont arrivés dans un pays sans port, à l'heure où le soleil décline vers la nuit. La nuit cause d'ordinaire de l'angoisse au pilote prudent.

L'armée ne pourrait même pas débarquer comme il faut si le vaisseau n'est pas au préalable assuré du mouillage. Pour toi, puisque tu as peur, n'oublie pas de recourir aux dieux. <Quant à moi, je reviendrai bientôt> avec du secours [17]. Le messager n'encourra point de reproche de la cité : il est vieux, mais il est jeune d'esprit et sait user de sa langue.

LE CHŒUR. — *Ah! terre montueuse, digne objet de ma vénération, que vais-je devenir ? Où fuir en ce pays d'Apis pour trouver une cachette sombre ? Si seulement j'étais une fumée noire qui s'approche des nuées de Zeus ! Si je pouvais disparaître tout entière et, comme la poussière qui, sans ailes, se disperse dans les airs, échapper à la vue et mourir !*

Mon âme ne s'arrête pas de frissonner ; je sens palpiter mon cœur assombri. Ce que mon père a vu de sa guette m'a perdu : je meurs d'effroi. Je voudrais trouver un lacet fatal et me pendre avant qu'un homme exécré portât la main sur mon corps. Que je meure plutôt et devienne sujette d'Hadès !

Puissé-je avoir dans l'éther un siège contre lequel les nuages humides se changent en neige, ou un roc escarpé, inaccessible, invisible, sauvage, suspendu en l'air, une aire de vautour qui m'assurerait une chute profonde, avant de subir malgré mon cœur un hymen déchirant !

Je consens alors à devenir la proie des chiens et le dîner des oiseaux de l'Argolide. La mort délivre de la douleur et des gémissements. Qu'elle vienne avant que j'entre dans la couche nuptiale ! Quelle autre voie pourrais-je me frayer pour fuir et pour m'affranchir du mariage ?

Elève ta voix aiguë jusqu'au ciel en invoquant les dieux dans tes chants ; que je puisse voir la fin de mes épreuves, être délivrée et tranquille ! Regarde-nous, père, et jette sur la violence les regards de colère qu'elle mérite. Respecte tes suppliantes, Zeus tout-puissant, protecteur de ce pays.

Car la race d'Égyptos, ces mâles d'une intolérable insolence qui courent sur mes pas avec des clameurs luxurieuses, cherchent à prendre de force la fugitive. Mais c'est toi seul qui tiens le plateau de la balance. Qu'est-ce que les mortels peuvent accomplir sans toi ?

Ah! ah! voilà le ravisseur qui sort du vaisseau; il touche terre. Puisses-tu périr auparavant, ravisseur . . . . . .

. . . .

. . . .

J'élève un cri de détresse. Je vois ici le prélude de violences qu'on me prépare. Ah! Ah! fuis vers le secours. La terreur triomphe, intolérable, sur terre et sur mer. Roi du pays, protège-nous.

LE HÉRAUT. — *En route, en route pour la galiote de toute la vitesse de vos jambes. Sinon, sinon, gare aux cheveux arrachés, oui, arrachés, aux piqûres du fer, aux têtes coupées dans un sanglant massacre. En route, en route, malheureuses, vers le vaisseau.*

LE CHŒUR. — *Si seulement, en traversant les flots houleux de la mer, tu avais péri avec l'insolence de tes maîtres et leur vaisseau aux fortes chevilles!*

LE HÉRAUT. — *Allons, entre dans le vaisseau* [18].

. . . .

. . . .

Je t'intime l'ordre de lâcher l'autel...

Quitte ton siège, viens au vaisseau et montre ton respect pour la cité.

LE CHŒUR. — *Puissé-je ne jamais revoir les eaux nourricières de bœufs qui font naître et affluer chez les hommes le sang qui donne la vie!*

LE HÉRAUT. — . . . .

. . . .

Mais toi, tu vas, sans tarder, monter dans le vaisseau, que tu le veuilles ou non . . . .

. . . .

LE CHŒUR. — *Ah! Ah! puisses-tu périr sans recours, en errant dans la plaine liquide, poussé par les vents du ciel contre le promontoire sablonneux de Sarpédon* [19] *!*

LE HÉRAUT. — Crie, vocifère, appelle les dieux. Une fois dans la galiote égyptienne, tu ne sauteras pas pardessus bord. Crie, hurle, plus amèrement. . . . .

LE CHŒUR. — *Hélas! hélas!* . . . .

. . . .

Que le grand Nil qui te voit t'écarte loin de nous avec ton insolence et te fasse disparaître.

LE HÉRAUT. — Je te somme de monter dans la galiote qui se balance, et vite et sans tarder. Si je dois te traîner, je n'épargnerai pas tes boucles de cheveux.

LE CHŒUR. — *Hélas! père, le secours des autels est ma perte. Oui, il m'entraîne à la mer comme une araignée, pas à pas, le spectre, le spectre noir. Hélas! Hélas! Hélas! Terre mère, Terre mère, écarte l'effrayant hurleur, ô père, Zeus, fils de la Terre.*

LE HÉRAUT. — Non, je ne crains pas les dieux d'ici : ils n'ont pas élevé mon enfance ni nourri ma vieillesse.

LE CHŒUR. — *Il bondit vers moi, le serpent à deux pieds. Comme une vipère, il me mord et me tient.*

Hélas! hélas! hélas! Terre mère, Terre mère, écarte l'effrayant hurleur, ô père, Zeus, fils de la Terre.

LE HÉRAUT. — Si tu ne gagnes pas le vaisseau suivant mes ordres, je vais sans pitié mettre en pièces ta tunique.

LE CHŒUR. — *Nous sommes perdues. Seigneur, on nous traite d'une manière impie.*

LE HÉRAUT. — *Des seigneurs, vous allez en voir, et beaucoup, les fils d'Égyptos. N'ayez crainte : vous ne direz pas que vous manquez de maîtres.*

LE CHŒUR. — *Ah! chefs qui commandez la ville, on me fait violence.*

LE HÉRAUT. — Je vois bien qu'il faudra, pour vous arracher d'ici, vous traîner par les cheveux, puisque vous faites la sourde oreille à mes appels.

LE ROI. — Hé là, toi, que fais-tu? Par quelle imprudence oses-tu mépriser cette terre des Pélasges? Crois-tu donc être venu dans une ville de femmes? Pour un barbare, tu en prends bien à l'aise avec les Grecs. Commettre une telle méprise, c'est montrer peu de sens.

LE HÉRAUT. — En quoi suis-je fautif et manqué-je à la justice?

LE ROI. — D'abord tu ne sais pas te comporter comme le doit un étranger.

LE HÉRAUT. — Comment donc? Je ne fais que retrouver ce que j'ai perdu.

LE ROI. — A quels proxènes du pays t'es-tu adressé?

LE HÉRAUT. — Au plus grand des proxènes, à Hermès, dieu de ceux qui cherchent.

LE ROI. — Tu t'es adressé aux dieux et tu n'as aucun respect pour les dieux.

LE HÉRAUT. — Les dieux que j'honore sont ceux du Nil.

LE ROI. — Et ceux d'ici ne sont rien, à t'entendre.

LE HÉRAUT. — J'emmènerai ces femmes, à moins qu'on ne me les ravisse.

LE ROI. — Il t'en cuira, si tu les touches, et sans attendre longtemps.

LE HÉRAUT. — J'entends là des mots qui n'ont rien d'hospitalier.

LE ROI. — Je ne traite point en hôtes ceux qui dépouillent les dieux.

LE HÉRAUT. — Je vais aller rendre compte de cela aux fils d'Égyptos.

LE ROI. — C'est de quoi je ne me soucie guère.

LE HÉRAUT. — Mais, pour savoir et rapporter plus clairement les choses, car il faut qu'un héraut rende clairement compte de tout, comment dois-je m'exprimer, et par qui dirai-je en arrivant que la troupe des cousines m'a été enlevée ? Ces débats-là, Arès ne les juge pas sur des dépositions de témoins et ne résout pas la querelle en recevant de l'argent. Il faut qu'il y ait auparavant bien des hommes tombés et des vies fauchées.

LE ROI. — Qu'ai-je besoin de te dire mon nom ? Tu apprendras à le connaître avec le temps, toi et tes compagnons. Quant à ces femmes, tu les emmèneras, si elles y consentent de bon cœur et si tu les décides par de pieuses raisons. Le peuple d'Argos a ratifié d'une voix unanime la résolution de ne point rendre, malgré elle, cette troupe de femmes. C'est un clou nettement planté et enfoncé qui restera inébranlable. Ce sont choses que nous n'avons point gravées sur des tablettes ni scellées dans les plis d'une feuille de papyrus. Voilà la réponse nette qu'une bouche libre te fait entendre. Maintenant disparais au plus vite de mes yeux.

LE HÉRAUT. — Sache que dès à présent tu soulèves une guerre nouvelle. Puissent la victoire et la force se ranger du côté des mâles !

LE ROI. — Des mâles, vous en trouverez aussi dans ce pays et qui ne boivent pas de vin d'orge.

(Le héraut se retire.)

Vous toutes, avec vos fidèles suivantes, rassurez-vous et entrez dans notre ville bien close, que protège l'appareil de ses hautes tours. L'État y possède de nombreuses maisons. Moi-même je suis pourvu d'un palais d'une ampleur suffisante. Vous pouvez disposer ici de demeures confortables à partager avec beaucoup d'autres. Mais, si cela vous plaît mieux, vous pouvez habiter des maisons où vous serez seules. Libre à vous de choisir ce qui vous paraît le mieux et le plus agréable, je réponds de vous, moi et tous les citoyens qui vous l'ont garanti par leur vote. Pourquoi attendre des patrons plus autorisés que ceux-ci ?

LE CORYPHÉE. — Ah! puisses-tu, en retour de tes bienfaits, être comblé de biens, divin roi des Pélasges! Mais aie la bonté de nous renvoyer ici notre père, le vaillant Danaos, pour nous guider et nous conseiller. C'est à lui de décider le premier en quelles maisons nous devons demeurer et où nous serons bien accueillies. Chacun est prêt à trouver à redire aux étrangers. Tâchons que tout se passe au mieux.

(Le roi sort.)

Pour qu'on nous estime et pour qu'on parle de nous sans malice, rangez-vous, chères servantes, à la place que Danaos a assignée à chacune de vous en l'inscrivant dans notre dot.

DANAOS. — Mes enfants, il faut que vous offriez aux Argiens des vœux, des sacrifices et des libations comme à des dieux de l'Olympe, puisque, d'un accord unanime, ils viennent de nous sauver. Ils ont en effet écouté le récit de ce que j'ai fait avec la sympathie qu'on a pour des parents et l'indignation que méritent vos cousins. Ils m'ont de plus donné cette escorte de satellites armés, pour m'octroyer une marque d'honneur et pour me garantir contre un coup de lance imprévu et mortel qui me frapperait par surprise et qui serait pour ce pays un éternel fardeau. En échange de tels services, vous devez, si votre âme est bien gouvernée, redoubler pour eux de vénération et de reconnaissance. Et maintenant, à côté des nombreuses leçons de modestie inscrites en votre souvenir par votre père, inscrivez encore cette maxime, que le temps seul découvre ce que vaut une troupe d'inconnus. Chacun porte une langue prête à médire de l'étranger et se laisse aller facilement à le salir de ses propos. Aussi je vous engage à ne pas me couvrir de honte, avec cette beauté qui attire sur vous les regards des hommes. Le tendre fruit mûr n'est pas facile à garder : tous y portent la dent, bêtes et hommes, vous le savez, monstres qui volent et monstres qui marchent sur le sol. Cypris proclame l'attrait des corps pleins de suc[20]. . . . . Tout homme qui passe devant les vierges aux formes délicates leur décoche le trait charmeur du regard, vaincu par l'amour. Sachant cela, gardons-nous de subir un malheur que nous n'avons évité qu'aux prix de bien des fatigues et en labourant de notre carène une grande étendue de mer, et ne commettons point de faute qui serait une honte pour nous, une joie pour nos ennemis. Pour nous loger, nous avons même deux habitations, celle que le roi des Pélasges nous propose et celle que la ville nous offre, et cela sans nous faire payer de loyer. Ce sont là des facilités. Seulement observez bien les conseils de votre père : mettez la modestie à plus haut prix que la vie.

LE CORYPHÉE. — Pour le reste, puissent les dieux de l'Olympe assurer notre bonheur. Quant à la fleur de ma beauté, rassure-toi, père. A moins que les dieux n'aient pris une décision nouvelle, je ne m'écarterai pas de la voie que mon cœur a suivie jusqu'ici.

(Danaos sort.)

LE CHŒUR. — *Allez, célébrez les dieux bienheureux, seigneurs d'Argos, ceux qui habitent la ville et ceux qui habitent les bords de l'antique Érasinos. Et vous, suivantes, répondez à notre chant. Adressons nos louanges à la ville des Pélasges et ne vénérons plus dans nos hymnes les bouches du Nil,*

mais les fleuves qui versent à travers la contrée leurs ondes paisibles et par des canaux multiples ameublissent le sol de leurs gras épanchements. Que la chaste Artémis jette sur notre troupe un regard de pitié et que Cythérée ne nous impose point un hymen forcé! Que le ciel réserve cette épreuve à nos ennemis!

LES SUIVANTES. — *Nous n'oublions pas Cypris dans nos chants pieux; car elle est avec Héra presque aussi puissante que Zeus. C'est une déesse à l'esprit subtil, et on l'honore pour ses œuvres augustes. Près d'elle, associés à leur mère, se tiennent le Désir et la Persuasion enchanteresse à qui rien ne résiste. Harmonie aussi a reçu sa part du lot d'Aphrodite, ainsi que les Amours aux tendres gazouillements.*

Pour les suppliantes, je crains les vents, les douleurs cruelles, les guerres sanglantes. Pourquoi ont-ils fait une si heureuse traversée et nous ont-ils poursuivies si vite ? Ce qui est marqué par le destin pourrait bien s'accomplir. On ne peut passer outre à la profonde, à l'impénétrable pensée de Zeus. Comme bien d'autres femmes avant toi, tu pourrais bien finir par le mariage.

LE CHŒUR. — *Que le grand Zeus détourne de moi l'hymen des fils d'Égyptos !*

LES SUIVANTES. — *Ce serait pourtant là le mieux.*

LE CHŒUR. — *Tu voudrais, toi, fléchir une inflexible.*

LES SUIVANTES. — *Et toi, tu ne connais pas l'avenir.*

LE CHŒUR. — *Mais pourquoi devrais-je lire dans l'esprit de Zeus, abîme insondable ?*

LES SUIVANTES. — *Mesure mieux tes vœux.*

LE CHŒUR. — *Quelle mesure veux-tu que j'observe ?*

LES SUIVANTES. — *Ne scrute pas trop curieusement les secrets des dieux.*

LE CHŒUR. — *Que le seigneur Zeus me garde d'un mariage détestable, odieux, lui qui délivra heureusement Io de sa peine, en la touchant d'une main salutaire et lui faisant une douce violence.*

Et qu'il accorde la victoire aux femmes — je me résigne au moindre mal et à la moitié de mes vœux — et qu'un arrêt conforme à la justice suive mes prières et que je me voie libre grâce à quelque arrangement divin.

LES PERSES

NOTICE
SUR
LES PERSES

Les Perses furent représentés en ~ 472 sous l'archonte Ménon, avec le jeune Périclès pour chorège. Ils faisaient partie d'une tétralogie ainsi composée : *Phinée*, *les Perses*, *Glaucos de Potnies*, *Prométhée*. Ce *Prométhée* était un drame satirique, le *Prométhée allumeur de feu*, mentionné parmi les œuvres d'Eschyle. Les trois autres pièces semblent bien avoir été des pièces indépendantes, sans aucun lien entre elles. Quoi qu'il en soit, Eschyle obtint le prix, et l'on peut croire qu'il le dut surtout à la seule pièce que nous ayons conservée sur les quatre, à la tragédie des *Perses*.

Le sujet avait déjà été traité par Phrynichos dans ses *Phéniciennes*, qui débutaient par un vers qu'Eschyle a repris en le modifiant à peine, au commencement de sa pièce. Eschyle le traita différemment et lui donna une tout autre portée.

La composition en est aussi simple que celle des *Suppliantes*. Comme dans *les Suppliantes*, c'est le chœur qui en est le principal acteur, mais un acteur qui n'agit point et dont le rôle n'est qu'une longue lamentation. Chargé de veiller au salut de l'empire en l'absence de Xerxès, il attend impatiemment des nouvelles de l'armée et, tout en se rappelant l'immense multitude de peuples levés par le roi et la vaillance de leurs chefs, il ne peut se défendre contre de tristes pressentiments, que confirme un songe de la reine Atossa. Un messager arrive enfin et annonce le désastre : la flotte perse a été détruite à Salamine et l'élite des troupes royales anéantie dans l'île de Psyttalie. Xerxès au désespoir a donné l'ordre de la retraite et lui-même s'est sauvé avec quelques hommes. Le chœur alors et la reine évoquent l'ombre de Darios dans l'espoir qu'il les aidera de ses conseils. A leur appel, Darios remonte de l'Hadès. On lui apprend que son fils a perdu la Perse en voulant conquérir la Grèce, et lui-même apprend à la reine et au chœur qu'au désastre de la flotte s'ajoutera un autre malheur, celui de l'armée de terre que les Grecs anéantiront à Platée. Il conseille aux Perses de se borner à guerroyer sur le continent asiatique et à s'abstenir de la mer, que le destin leur a interdite. Quand il est rentré dans l'ombre, le chœur déplore l'imprudence de Xerxès, à laquelle il oppose la sagesse de Darios, qui lui a valu tant de conquêtes, que son fils a perdues. Enfin Xerxès arrive en gémissant. Il se reproche amèrement d'avoir été le fléau de sa race et de sa patrie. Il invite le chœur à gémir avec lui et ils s'abandonnent ensemble à des lamentations désespérées.

On le voit, la pièce ne comporte ni action ni intrigue, et cependant, bien que nous n'ayons pas autant de motifs de nous y intéresser que les Athéniens du temps de Périclès, elle nous captive et nous émeut, en nous rendant témoins du désespoir de cette vieille reine et de ces Fidèles qui voient la gloire et la puissance de leur patrie s'abîmer dans un désastre irrémédiable. Quoique la pièce ne soit qu'un long thrène, l'attention ne languit pas, parce que le poète a su varier l'expression de la douleur par une habile progression. Le désespoir que provoque le messager en annonçant la défaite de la flotte s'accroît d'abord par le récit d'un autre désastre, le massacre de Psyttalie, puis par la révélation de Darios qui prédit la défaite de Platée, et enfin par l'arrivée de Xerxès et l'explosion de douleurs hurlantes qui rappellent les cris frénétiques des Marandyniens dans les funérailles de leurs proches.

Eschyle aurait pu concevoir autrement le sujet. Il aurait pu placer la scène à Athènes et, au lieu de célébrer les chefs de l'armée perse, glorifier les héros grecs, et en particulier Aristide et Thémistocle, qu'il n'a même pas nommés. Pourquoi nous transporte-t-il à Suse chez les vaincus ? C'est sans doute que la désolation de Xerxès et des siens marquait mieux qu'un chant de triomphe la profondeur du désastre des vaincus, que le tableau de ces innombrables armées détruites et de cet immense empire effondré était d'autant plus expressif et plus émouvant pour les vainqueurs que c'étaient les vaincus eux-mêmes qui reconnaissaient leur humiliation et leur défaite. Les chants de victoire et les cris d'allégresse qu'il aurait pu mettre dans la bouche des Grecs auraient moins touché que les gémissements du peuple perse et n'auraient pas fait voir d'une manière aussi éclatante la grandeur du désastre de leurs ennemis.

Ce tableau du peuple abattu, Eschyle l'a tracé avec une impartialité sereine. Il a su respecter les vaincus et s'est interdit contre eux toute invective. Il savait qu'il ne faut point se glorifier orgueilleusement de ses propres succès, de peur d'exciter la jalousie des dieux. C'est ce sentiment religieux qui lui a inspiré cette modération, on pourrait même dire cette pitié pour les malheurs des vaincus, et qui a contribué à donner à son œuvre cette noble impassibilité qui n'est pas un de ses moindres mérites.

Ce n'est pas cependant que tout soit à louer dans la conception de la pièce. C'est ainsi que l'apparition de Darios a été critiquée par différents motifs. On voit bien quelle a été l'intention du poète. Il a voulu opposer la sage modération de Darios à la folle témérité de Xerxès; il a voulu conseiller par sa bouche aux Perses de ne plus tenter la fortune sur mer; il a voulu apaiser la douleur des Perses et les rattacher aux joies de la vie. Mais ce Darios si modéré est un faux Darios. Le poète semble avoir oublié que cette expédition de Xerxès réprouvée par Darios avait été l'unique pensée des dernières années de ce roi qui avait à prendre sa revanche de Marathon et qui se faisait répéter tous les jours : « Souviens-toi des Athéniens. » La liberté prise avec l'Histoire est vraiment trop forte pour être excusée.

Une autre liberté, plus pardonnable peut-être, c'est la série des noms de fantaisie donnés aux chefs des peuples enrôlés par Xerxès. Eschyle est ici en plein désaccord avec Hérodote. Il est probable que le poète ignorait encore, quand il composa *les Perses*, les noms de tous ces capitaines que l'historien a puisés à bonne source, dans les archives ou dans les investigations qu'il fit auprès des Perses survivants. Eschyle se contenta de noms qui avaient l'air d'être des noms persans, faute de connaître les vrais. On était certainement alors sur la vérité historique du drame moins pointilleux que nous ne le sommes aujourd'hui. Les Athéniens furent sans doute peu choqués de ces inexactitudes : ils avaient trop à admirer dans ce chef-d'œuvre qui glorifiait leur vaillance.

LES PERSES

PERSONNAGES

CHŒUR DES VIEILLARDS, ATOSSA, UN COURRIER. L'OMBRE DE DARIOS, XERXÈS,

La scène est à Suse, devant le palais des rois de Perse.

LE CORYPHÉE. — Ceux que vous voyez ici se nomment les Fidèles. Tandis que les autres Perses sont partis pour la terre de Grèce, nous gardons ce palais opulent et plein d'or; car notre maître Xerxès, roi fils de Darios, nous a choisis en raison de notre dignité pour veiller sur le pays.

Quant au retour du roi et de l'armée bardée d'or, je sens aujourd'hui, prophète de malheur, une inquiétude si vive qu'elle me ronge le cœur; car c'est toute la force de l'Asie qui s'en est allée; et j'appelle un homme qui en revienne, et nul messager, nul cavalier n'arrive à la capitale de la Perse.

Ils ont quitté Suse et Ecbatane et la vieille enceinte de Kissia [1] et sont partis, les uns à cheval, les autres sur des vaisseaux, et à pied les fantassins qui forment le gros de l'armée.

Tels sont partis Amistrès, Artaphrénès, Mégabatès et Astaspès, capitaines des Perses, rois vassaux du Grand Roi, à la tête d'une nombreuse armée [2], et avec eux des archers redoutables et des cavaliers, formidables à voir et terribles au combat par leur endurance et la résolution de leurs cœurs.

Tels aussi Artembarès sur son coursier, et Masistrès et le vaillant Imaios à l'arc redoutable, et Pharandakès et Sosthanès qui presse ses coursiers.

D'autres sont venus du large Nil nourricier, Sousiskanès, Pégastagôn, fils d'Égyptos, et le souverain de la sainte Memphis, le grand Arsamès, et le commandant de l'antique Thèbes, Ariomardos, et les rameurs habiles qui voguent sur les marais, multitude innombrable.

Viennent ensuite la foule des Lydiens délicats et les peuples entièrement continentaux, que Mètrogathès et le vaillant Arcteus, rois qui les gouvernent, et Sardes l'opulente envoient sur des milliers de chars attelés de quatre et de six chevaux bataillons dont l'aspect imprime la terreur.

Les voisins du Tmolos sacré jurent aussi qu'ils jetteront sur la Grèce le joug de l'esclavage, Mardôn, Tharybis, enclumes de la lance, avec les Mysiens, lanceurs de javelots. Babylone, riche en or, envoie en longues colonnes une multitude mêlée, et des marins sur leurs vaisseaux, et des soldats confiants dans leur arc et leur courage. Ils sont suivis de la nation armée de l'épée courte, venue de tous les points de l'Asie, qui obéit aux ordres redoutables du roi.

Ainsi est partie la fleur des guerriers de la terre de Perse, et cette terre d'Asie qui les a nourris gémit toute d'un cuisant regret, et les parents et les épouses comptent les jours en tremblant à la pensée du temps qui s'allonge.

LE CHŒUR. — *L'armée royale, dévastatrice de villes, a déjà passé sur la terre voisine qui nous fait face ; elle a franchi le détroit d'Hellè, l'Athamantide* [3], *sur des radeaux liés par des cordes de lin, en jetant au cou de la mer le joug d'une passerelle clouée par mille chevilles* [4].

Le chef impétueux de la populeuse Asie lance sur la terre entière un gigantesque troupeau d'hommes par deux routes, celle de terre et celle de mer, confiant dans ses solides et durs capitaines. C'est le roi issu de la race enfantée par la pluie d'or [5], *c'est un homme égal aux dieux.*

Dans ses yeux étincelle le regard bleu sombre du dragon sanglant. Il meut des milliers de bras et de vaisseaux, et, poussant son char syrien [6], *il mène contre un peuple illustré par la lance l'Arès qui triomphe par ses flèches.*

On peut croire que personne ne peut résister à cet immense torrent d'hommes ni arrêter par des digues solides l'invincible flot de cette mer. Irrésistible est l'armée de la Perse, et vaillant le cœur de ses soldats.

Mais quel mortel peut échapper aux pièges astucieux d'un dieu trompeur ? Qui a le pied assez agile pour bondir aisément par-dessus ?

Atè, par ses caresses, attire l'homme en ses panneaux et aucun mortel ne peut les éviter en sautant par-dessus et s'échapper.

Les dieux, depuis longtemps, ont fixé le destin des Perses et leur ont donné pour tâche les guerres qui détruisent les remparts, les mêlées tumultueuses des cavaliers et le renversement des villes.

Mais ils ont appris à regarder la vaste plaine de la mer blanchie par les vents impétueux, confiants dans de fins cordages de lin et des engins à transporter les hommes.

A cette idée, l'angoisse déchire mon cœur en deuil. « Oâ! malheureuse armée perse! » Je tremble que la grande ville de Suse, vidée de tous ses fils, n'entende retentir ce cri, oâ!

Que la citadelle des Kissiens n'y fasse écho et que les femmes assemblées ne le répètent, en mettant en lambeaux leurs robes de lin.

Tout un peuple de cavaliers et d'hommes de pied a quitté le pays, comme un essaim d'abeilles, sur les pas du chef de l'armée et a franchi les caps marins reliés par un pont aux deux continents.

Le regret des hommes remplit les lits de larmes, et toutes les femmes perses, en proie à l'affliction et au tendre regret de leurs époux, ayant vu partir l'impétueux guerrier qui partageait leur couche, restent seules attelées au joug.

LE CORYPHÉE. — Allons, Perses, prenons place sous ce toit antique, et, dans une délibération sage et profonde, dont vous sentez le besoin, examinons la situation du roi Xerxès, fils de Darios, descendant de celui qui donna son nom à notre race. Est-ce la corde de l'arc qui triomphe? Est-ce la lance[7] coiffée de fer dont la force est victorieuse? Mais voici venir la mère du roi, ma reine, lumière égale à celle dont brille l'œil des dieux : je tombe à ses pieds. Saluons-la tous et adressons-lui nos hommages.

O reine [8], souveraine des femmes perses aux ceintures profondes, vénérable mère de Xerxès, femme de Darios, salut! Tu as partagé la couche d'un dieu des Perses, et tu as donné le jour à un dieu, si du moins la fortune antique de ce peuple n'a pas changé de camp.

LA REINE. — C'est la raison qui m'a fait quitter pour venir ici le palais doré et la chambre où je partageais la couche de Darios. Moi aussi, je sens mon cœur déchiré par le souci et je veux bien vous le dire, mes amis : je ne suis pas sans inquiétude, j'ai peur qu'un démon puissant ne renverse du pied et ne couvre de poussière l'édifice de prospérité qu'éleva Darios, non sans l'aide de quelque dieu. Aussi je suis en proie à une double inquiétude qui me ronge indiciblement le cœur.

Des richesses sans défenseurs n'imposent à la multitude ni respect ni vénération, et sans richesses on ne brille pas d'un éclat proportionné à sa force. Or, si notre richesse n'a pas souffert, en revanche, je crains pour nos yeux; car l'œil d'une maison, c'est, pour moi, la présence du maître. Devant cette situation, Perses, vieillards en qui j'ai foi, j'ai besoin de vos conseils sur les faits que voici : car c'est de vous seuls que j'attends des avis salutaires.

LE CORYPHÉE. — Sache-le bien, reine de ce pays : tu n'auras pas besoin de m'indiquer deux fois ni un mot ni un acte là où je serai capable de te servir de guide; car c'est à des conseillers dévoués que tu t'adresses.

LA REINE. — Il n'est pas de nuit où je ne sois assaillie par des songes multiples, depuis que mon fils, équipant une armée, est parti dans le dessein de ravager la terre d'Ionie. Mais je n'en ai pas encore vu aussi nettement que la nuit dernière. Écoute. J'ai cru voir venir à moi deux femmes magnifiquement vêtues, l'une parée à la mode perse, l'autre à la mode dorienne, toutes deux surpassant de loin les femmes d'aujourd'hui, à la fois par leur taille et par leur beauté sans tache. C'étaient deux sœurs du même sang; mais elles habitaient, l'une la Grèce, que le sort lui avait attribuée, l'autre la terre barbare. Une querelle, à ce que je crus voir, s'était élevée entre elles. Mon fils, s'en étant aperçu, entreprit de les contenir et de les calmer, puis les attela à son char et leur mit les courroies sur le cou. Alors l'une d'elles se redressait sous son harnais et offrait aux rênes une bouche docile; mais l'autre regimbait, et soudain, de ses deux mains, elle met en pièces les agrès du char, qu'elle entraîne de force en dépit des rênes, et elle brise le joug en deux. Mon fils tombe et son père, Darios, paraît à ses côtés et le plaint. Mais, en le voyant, Xerxès déchire les vêtements qui le couvrent. Voilà la vision que j'ai eue la nuit. Puis je me suis levée et, après avoir baigné mes mains au courant d'une eau pure, je me suis approchée de l'autel pour faire un sacrifice et offrir un gâteau aux dieux préservateurs qui ont droit à cet hommage. Alors j'aperçois un aigle qui fuit vers le foyer de Phoibos, et je reste là, muette d'épouvante, amis. Mais bientôt après, je vois un faucon qui fond sur lui de ses ailes rapides et de ses serres déplume la tête de l'aigle, qui, sans se défendre, se blottit et s'abandonne à son agresseur. Ç'a été pour moi un spectacle effrayant à voir, comme il doit être pour vous à entendre, car, vous le savez bien, si mon fils réussit, il passera pour un héros admirable, et, s'il échoue, il n'a pas de comptes à rendre à ses sujets; s'il est sauvé, il n'en régnera pas moins sur ce pays.

Le Coryphée. — Nous ne voulons, mère, ni trop t'effrayer en te répondant, ni t'inspirer trop de confiance; mais va supplier les dieux, et si tu as eu quelque vision sinistre, demande-leur d'en détourner l'effet et de combler de leurs faveurs toi-même, tes enfants, ton pays et tous tes amis. Tu devras ensuite verser des libations à la terre et aux morts; enfin prie tendrement ton époux Darios, que tu dis avoir vu cette nuit, d'envoyer du sein de la terre à la lumière des augures favorables pour toi et pour ton fils et de retenir les augures contraires enfouis dans les ténèbres souterraines. Voilà ce que, prophète inspiré par le cœur, je te conseille dans mon affection pour toi. Et j'estime que ces songes n'auront que des conséquences heureuses.

La Reine. — Je reconnais ton dévouement à mon fils et à ma maison dans cette interprétation de mes songes que tu as donnée le premier et dans les paroles dont tu l'as confirmée. Puissent-elles se réaliser heureusement! Quant à ce qui concerne les dieux et les mânes qui nous sont chers, j'accomplirai tout selon tes désirs, quand je serai de retour au palais. Mais il y a des choses que je voudrais savoir avant, mes amis : en quel endroit de la terre dit-on qu'Athènes est située?

Le Coryphée. — Bien loin vers le couchant où disparaît le roi Soleil.

La Reine. — Et mon fils désirait prendre cette ville à la chasse?

Le Coryphée. — Oui; car toute la Grèce serait soumise au roi.

LA REINE. — Ils ont donc une armée bien nombreuse ?

LE CORYPHÉE. — Oui, une armée telle qu'elle a déjà fait beaucoup de mal aux Mèdes.

LA REINE. — Qu'ont-ils encore avec cela ? Ont-ils une richesse suffisante dans leurs maisons ?

LE CORYPHÉE. — Ils ont une source d'argent, un trésor que leur fournit la terre [9].

LA REINE. — L'arme qui les distingue, est-ce la flèche qui bande l'arc ?

LE CORYPHÉE. — Non, c'est l'épée pour combattre de pied ferme et le bouclier qu'ils portent au bras.

LA REINE. — Quel chef est à leur tête et commande leur armée ?

LE CORYPHÉE. — Ils ne sont esclaves si sujets d'aucun homme.

LA REINE. — Comment pourraient-ils donc soutenir l'attaque de leurs ennemis ?

LE CORYPHÉE. — Ils la soutiennent si bien qu'ils ont détruit la grande et belle armée de Darios.

LA REINE. — Ce que tu dis là doit causer de terribles soucis aux pères et mères de ceux qui sont partis.

LE CORYPHÉE. — Mais tu vas, je crois, savoir tout de suite toute la vérité. Voici un homme qui vient au pas de course et qui paraît bien être un Perse. Il apporte une nouvelle sûre, bonne ou mauvaise.

LE MESSAGER. — O villes de l'Asie entière, ô terre de Perse, port immense de richesse, il a suffi d'un coup pour détruire ta grande prospérité et abattre la fleur des Perses. Hélas ! c'est déjà un malheur d'être le premier à annoncer un malheur ; il faut pourtant déployer toute notre misère, Perses : l'armée barbare a péri tout entière.

LE CHŒUR. — *Horribles, horribles souffrances, inouïes et déchirantes ! Hélas ! pleurez, Perses, en apprenant ce malheur.*

LE MESSAGER. — Oui, c'en est fait de toute cette armée, et moi-même, c'est contre tout espoir que je vois le jour du retour.

LE CHŒUR. — *Ah ! pauvres vieux que nous sommes, nous n'avons que trop prolongé notre vie pour entendre ce désastre inattendu.*

LE MESSAGER. — Et c'est comme témoin, Perses, et non pour en avoir entendu le récit de la bouche d'autrui, que je peux vous raconter les malheurs qu'on nous a préparés là-bas.

LE CHŒUR. — *Malheur! Malheur! C'est donc en vain que des milliers d'armes de toutes sortes confondues ensemble ont passé de la terre d'Asie dans cette terre ennemie, dans ce pays de Grèce!*

LE MESSAGER. — Les rivages de Salamine et tout le pays voisin sont remplis de morts qu'un funeste destin a fait périr.

LE CHŒUR. — *Malheur! Malheur! Ainsi, à t'entendre, les corps de ceux que j'aime, plongeant et replongeant dans les flots, roulent sans vie, emportés dans leurs larges saies errantes!*

LE MESSAGER. — Nos arcs ne nous ont servi de rien, et notre armée tout entière a péri, domptée par le choc de leurs navires.

LE CHŒUR. — *Pousse le cri de désolation et de deuil sur l'infortune des Perses, que les dieux ont frappés d'un désastre complet. Hélas! notre armée est anéantie.*

LE MESSAGER. — O Salamine! de tous les noms les plus odieux à entendre! Hélas! que de pleurs me coûte le souvenir d'Athènes!

LE CHŒUR. — *Oui, Athènes est pour moi, misérable, un nom détesté. Ah! j'ai de quoi me souvenir d'elle : c'est par elle que des milliers de femmes perses ont perdu, pour rien, leurs enfants et leurs époux.*

LA REINE. — Je suis restée longtemps sans voix, malheureuse, accablée par l'infortune. Notre désastre est si grand que je ne puis parler ni faire de questions sur nos malheurs. Il faut pourtant que les mortels endurent les peines que les dieux leur envoient. Déroule donc à nos yeux toute la catastrophe et, reprenant tes esprits, dis-nous, quelques sanglots que t'arrachent nos maux, quels sont, parmi les chefs, ceux qui ont survécu et ceux aussi que nous devons pleurer et qui, placés au rang de porte-sceptre, ont laissé en mourant leur place vide.

LE MESSAGER. — Pour Xerxès, il vit et voit la lumière.

LA REINE. — Cette parole est pour ma maison une clarté brillante; c'est un jour éclatant après une sombre nuit.

LE MESSAGER. — Mais Artembarès, qui commandait dix mille cavaliers, se heurte à présent à l'âpre côte de Silènies [10], et le chiliarque Dadakès, frappé d'un coup de lance, a sauté de son bord d'un bond léger. Ténagôn, le héros le plus noble des Bactriens, est ballotté autour de l'île d'Ajax battue par le flot [11]. Lilaios, Arsamès et Arghestès, tous trois tournoyant autour de l'île aux colombes [12], se sont brisé la tête contre le dur rivage. Et les Égyptiens, voisins des sources du Nil, Arcteus, Adeuès et avec eux Pharnoukhos, armé d'un bouclier, sont tombés du même vaisseau. Matallos de Chrysa [13], qui menait dix mille hommes, a changé en mourant la couleur de son épaisse et longue barbe rousse contre une teinture de pourpre. Arabos, le Mage, et Costamès le Bactrien, qui menait trente mille cavaliers noirs, sont désormais domiciliés là-bas sur l'âpre terre où ils ont péri. Amestris et Amphistreus, qui brandissait une lance infatigable, et le valeureux Ariomardos, qui met Sardes en deuil, et Seisamès le Mysien, et Tharybis, qui commandait deux cent cinquante vaisseaux, ce beau guerrier originaire de Lyrna, il gît, le malheureux, tué d'un coup malencontreux. Pour Syennésis, le plus intrépide des hommes, le commandant des Ciliciens [14], après avoir à lui seul causé le plus grand mal aux ennemis, il a péri d'une mort glorieuse. Voilà les chefs dont le souvenir m'est revenu; mais nos maux sont infinis : je n'en rapporte qu'un petit nombre.

La Reine. — Ah! je n'ai jamais entendu d'aussi profonds malheurs que les nôtres : ils déshonorent les Perses et vont provoquer des lamentations aiguës. Mais reviens en arrière et dis-moi quelle quantité de vaisseaux avaient les Grecs pour oser engager la lutte avec l'armée perse et attaquer notre flotte.

Le Messager. — Pour le nombre des vaisseaux, sache-le, les barbares avaient l'avantage. Les Grecs ne comptaient en tout que trois cents navires, plus dix navires de réserve. Xerxès, je le sais, en conduisait un millier, plus deux cent sept supérieurs en vitesse. Telle était la proportion. Trouves-tu que nous étions inférieurs en cette lutte? Mais c'est un dieu qui a détruit notre armée, en mettant dans la balance deux fortunes d'un poids inégal. Ce sont les dieux qui ont sauvé la ville de la déesse Pallas.

La Reine. — Est-ce que la ville d'Athènes est encore échappée à la ruine?

Le Messager. — Oui, car une ville qui garde ses hommes possède un rempart sûr.

La Reine. — Mais comment le combat naval s'est-il engagé? Dis-moi qui entama la lutte, les Grecs ou mon fils, fier du nombre de ses vaisseaux?

Le Messager. — La cause première de tout le désastre, reine, c'est un génie vengeur ou un démon méchant venu je ne sais d'où. Un Grec de l'armée athénienne [15] vint en effet dire à ton fils Xerxès que, lorsque les noires ténèbres de la nuit seraient descendues, les Grecs n'attendraient plus, mais que, se précipitant sur les bancs de leurs vaisseaux, ils s'enfuiraient furtivement les uns d'un côté, les autres de l'autre, afin de sauver leur vie. Il ne l'eut pas plus tôt entendu que, sans se douter de cette ruse de Grec et de la jalousie des dieux, il fait proclamer cet ordre à tous les commandants de vaisseau : quand le soleil aura cessé de brûler la terre de ses rayons et que les ténèbres rempliront la voûte céleste, ils disposeront le gros de leurs navires sur trois rangs pour garder les issues et les passes houleuses, et avec les autres ils encercleront l'île d'Ajax. Si les Grecs parviennent à éviter le destin fatal qui les attend et trouvent quelque voie secrète pour s'enfuir, les navarques peuvent s'attendre tous à être décapités. Voilà ce qu'il dit dans l'excès de sa confiance, car il ne savait pas ce que lui réservaient les dieux. Docilement et sans désordre, ils préparent leur repas, puis les marins attachent la rame au tolet qui l'affermit. Quand la clarté du soleil fut éteinte et la nuit survenue, tous les maîtres de rame montent à bord, ainsi que tous les commandants des soldats de marine. D'un poste à l'autre on s'encourage sur le vaisseau long, et chacun vogue au rang qui lui a été assigné, et toute la nuit les commandants de la flotte tiennent toute l'armée navale en croisière. Cependant la nuit se passe sans que l'armée des Grecs tente sur aucun point de s'échapper furtivement. Mais lorsque le jour aux blancs coursiers a rempli toute la terre de sa clarté resplendissante, on entend tout d'abord retentir du côté des Grecs une bruyante clameur, qui ressemble à un chant et dont l'éclat est répercuté par l'île rocheuse.

La crainte alors saisit tous les barbares déçus dans leur attente; car ce n'était pas pour fuir que les Grecs entonnaient alors ce péan solennel, mais pour s'élancer au combat, pleins de courage et d'audace, et la trompette enflammait de ses éclats toute leur armée. Aussitôt, abattant leurs rames bruyantes avec ensemble, ils frappent l'eau profonde en cadence et nous les voyons sortir à toute vitesse et paraître à nos yeux. L'aile droite marchait la première en bon ordre, ensuite toute la flotte s'avançait; en même temps on pouvait entendre un grand cri : « Allez, enfants des Grecs, délivrez votre patrie, délivrez vos enfants et vos femmes, les sanctuaires des dieux de vos pères et les tombeaux de vos aïeux; c'est pour tous vos biens que vous luttez aujourd'hui. » De notre côté, on répond par des cris en langue perse : ce n'est plus le moment de tarder. Aussitôt vaisseaux contre vaisseaux heurtent leurs étraves de bronze. La première attaque part d'un vaisseau grec, qui fracasse toute l'armature de la proue d'un bâtiment phénicien, puis chacun met le cap sur un adversaire. Or tout d'abord le torrent de l'armée perse tint bon; mais comme la multitude de nos vaisseaux était entassée dans un espace étroit, qu'ils ne pouvaient se porter secours entre eux et qu'ils s'entrechoquaient eux-mêmes avec leurs éperons d'airain, ils brisaient tout l'appareil de leurs rames. Alors les vaisseaux grecs se glissant adroitement autour d'eux les frappent; les coques se renversent, et la mer disparaît sous un amas d'épaves et de cadavres sanglants; les rochers du rivage regorgent de morts, et toute la flotte des barbares s'enfuit en désordre à force de rames, tandis que les Grecs les frappent comme des thons ou des poissons pris au filet et leur cassent les reins avec des tronçons de rames et des fragments d'épaves. Des gémissements mêlés de sanglots s'entendent au large sur la mer jusqu'à l'heure où la sombre face de la nuit les déroba au vainqueur. Mais la multitude de nos pertes, quand je prendrais dix jours pour en faire le détail, je ne pourrais en venir à bout. Jamais, sache-le, une telle quantité d'hommes n'a péri en un seul jour.

La Reine. — Hélas! un immense océan de maux a déferlé sur les Perses et sur toute la race des barbares.

Le Messager. — Sache-le bien, cela n'est pas encore la moitié de nos malheurs. Une pénible calamité s'est abattue sur nous, deux fois plus lourde que celle que je viens de dire.

La Reine. — Et quelle calamité pourrait être plus cruelle que celle-là? Dis-nous quel autre malheur a frappé l'armée et qui, à t'entendre, dépasse tous nos maux.

Le Messager. — Tous ceux des Perses qui étaient à la fleur de l'âge, les meilleurs pour le courage, les plus distingués par leur noblesse, et au premier rang pour leur constante fidélité au roi ont péri honteusement de la mort la plus ignominieuse.

La Reine. — Hélas! infortunée, que mon sort est cruel, mes amis! Mais de quel mort dis-tu qu'ils ont péri?

Le Messager. — Il y a devant Salamine une île petite et d'un accès difficile aux vaisseaux, hantée de Pan qui aime à y mener des chœurs sur le rivage de la mer [16]. C'est là que Xerxès envoie ces hommes, afin que, si des naufragés ennemis essayaient de se sauver dans l'île, ils pussent aisément massacrer les soldats grecs et sauver les leurs en les recueillant dans le détroit marin. Il lisait mal dans l'avenir; car, dès que le ciel eut accordé à la flotte grecque la gloire de la victoire, ceux-ci, le jour même, couvrant leurs corps d'armes d'airain, sautèrent hors de leurs vaisseaux et cernèrent l'île entière, de façon que les nôtres ne surent plus où se tourner. Ils furent en effet accablés d'une grêle de pierres parties de la main de l'ennemi, tandis que les traits lancés par la corde de l'arc ravageaient leurs rangs. Enfin, s'élançant d'un seul bond sur ces malheureux, les Grecs les frappent et les taillent en pièces jusqu'à ce qu'ils les aient tous exterminés. Xerxès alors devant cet abîme d'infortunes éclata en lamentations. Il était en effet sur un siège d'où il avait vue sur toute l'armée; c'était une haute colline près du rivage de la mer [17]. Il déchire ses habits, pousse des cris aigus de douleur, fait soudain passer un ordre à l'armée de terre et se précipite dans une fuite éperdue. Voilà le désastre que tu as à déplorer après celui que j'ai dit.

La Reine. — Ah! Fortune ennemie, comme tu as déçu les Perses dans leur espoir! Il est amer, le châtiment que mon fils a trouvé pour l'illustre Athènes, au lieu de se contenter des barbares déjà tombés à Marathon. En se flattant d'en tirer vengeance, il a attiré sur lui cet amas d'infortunes. Mais toi, dis-moi, les navires qui ont échappé au désastre, où les as-tu laissés? Peux-tu l'indiquer exactement?

Le Messager. — Les commandants des navires épargnés se sont hâtés de fuir en désordre au gré du vent. Quant au reste de l'armée, une partie a succombé en Béotie, en quête de sources claires pour étancher la soif qui la consumait, ou épuisée et à bout de souffle. L'autre partie, dont j'étais, fuyant à perte d'haleine, parvient à passer en territoire phocidien et en Doride, puis au golfe Maliaque, où le Sperchios arrose la plaine de ses eaux bienfaisantes. De là nous entrons dans les champs de l'Achaïe [18] et dans les villes thessaliennes, où nous commençâmes à manquer de vivres; la plupart y périrent de soif et de faim; car nous étions en butte aux deux. Puis nous arrivons au pays des Magnètes et à la région macédonienne, au cours de l'Axios, aux roseaux du marécageux Bolbè et au mont Pangée, pays des Édoniens [19]. Cette nuit-là un dieu suscita un hiver prématuré, qui gela tout le cours du Strymon sacré, et tel qui jusque-là ne croyait pas qu'il existât des dieux se mit alors à faire des vœux et des prières, en adorant la terre et le ciel.

Quand l'armée eut fini ses instantes invocations, elle s'engage sur le courant gelé. Seuls, ceux d'entre nous qui s'y lancèrent avant que le dieu répandît ses rayons sont aujourd'hui sauvés; car le disque brillant du soleil échauffant le fleuve de ses rayons de flamme y fit une brèche en son milieu, et les hommes y tombèrent les uns sur les autres: heureux ceux qui perdirent très vite le souffle de la vie. Ceux qui restèrent et qui échappèrent à la mort, après avoir péniblement et à grand-peine traversé la Thrace, sont enfin arrivés au terme de leur retraite et sont rentrés au pays de leur foyer, mais en petit nombre. Aussi la Perse va gémir et pleurer la jeunesse aimée sortie de son sein. Voilà la vérité, et, en vous la rapportant, je laisse de côté bien des malheurs parmi ceux que les dieux ont déchaînés sur les Perses.

Le Coryphée. — O funeste démon, avec quelle cruauté tu as sauté à pieds joints sur toute la race des Perses!

La Reine. — Ah! malheureuse que je suis, notre armée est détruite. Ah! vision qui t'es montrée dans mes songes nocturnes, comme tu m'avais clairement annoncé ces malheurs! Et vous, de votre côté, vous en aviez bien mal jugé. Cependant, je céderai à l'autorité de vos avis et j'adresserai d'abord des prières aux dieux, puis j'irai prendre dans mon palais un gâteau sacré que j'offrirai à la terre et aux morts. Je sais que mon offrande vient après coup; mais peut-être l'avenir nous réservera un sort meilleur. Pour vous, votre devoir est d'apporter à vos fidèles princes de fidèles avis sur les événements. Consolez mon fils, s'il arrive avant mon retour, accompagnez-le dans le palais, de peur qu'à nos malheurs il n'ajoute encore un malheur.

(La reine se retire.)

Le Coryphée. — O roi Zeus, en perdant l'armée des Perses altiers et innombrables, tu as plongé les villes de Suse et d'Ecbatane dans un sombre deuil.

Que de femmes déchirant leurs voiles de leurs faibles mains baignent leur sein de larmes ruisselantes et sont en proie à la douleur!

Et les épouses des Perses, s'abandonnant mollement aux plaintes que leur arrache le regret d'une union récente, disent adieu à la couche aux molles draperies qui charmait leur jeunesse luxueuse, et exhalent leur deuil en sanglots insatiables, tandis que moi-même je porte douloureusement le deuil que mérite le destin de ceux qui sont partis.

LE CHŒUR. — *Et maintenant toute la terre d'Asie, dépeuplée, gémit. Xerxès les a emmenés, hélas! Xerxès les a perdus, hélas! Xerxès a tout conduit témérairement avec ses galiotes marines.*

Ah! pourquoi Darios fut-il jadis un maître si inoffensif pour ses sujets, Darios l'archer, le chef aimé de la Susiane [20].

Fantassins et marins, les sombres navires aux ailes rapides les ont emmenés, hélas! les navires les ont perdus, ô douleur, les navires avec leurs abordages désastreux et les mains des Ioniens. C'est à peine si le roi lui-même a pu, dit-on, s'échapper à travers les plaines de la Thrace et par des chemins glacés.

Mais ceux qui sont restés, hélas! frappés d'abord par un fatal destin, hélas! tournoient autour des rivages de Kykhreus [21]*, ô douleur! Gémis et déchire-toi, crie hautement tes souffrances jusqu'au ciel, hélas! hélas! et tends ta voix misérable pour clamer ton désespoir.*

Cruellement cardés par le flot, hélas! ils sont écorchés par les muets enfants, hélas! de l'Incorruptible [22]*, ô douleur! et la maison est en deuil de celui qu'elle a perdu, et les vieux pères sans enfants déplorent, hélas! hélas! leurs souffrances infinies, et connaissent toutes les affres de la douleur.*

Et les peuples de la terre d'Asie n'obéiront plus longtemps à la loi des Perses, ils ne paieront plus le tribut imposé par leurs maîtres, ils ne se prosterneront plus et ne se laisseront plus commander; car la force du roi n'est plus.

La langue non plus ne sera plus emprisonnée; car le peuple est délié et parle librement, dès que le joug de la force est détaché. Une terre ensanglantée, l'île d'Ajax battue des flots, a enseveli la puissance des Perses.

LA REINE. — Amis, quiconque a fait l'expérience du malheur sait que lorsqu'une vague de maux s'est abattue sur eux les hommes s'effrayent de tout, tandis que si le destin les favorise, ils se persuadent que le vent de la prospérité ne cessera jamais de souffler pour eux. Pour moi, tout est aujourd'hui plein d'effroi; tout montre à mes regards les dieux contraires. Un cri retentit à mes oreilles, qui n'est pas fait pour me guérir, tellement mon âme est abattue par la crainte du malheur! C'est pourquoi j'ai refait le chemin du palais jusqu'ici sans char et sans pompe, comme tout à l'heure, pour apporter au père de mon fils les libations propitiatoires qui apaisent les mânes : le doux lait blanc d'une vache que le joug n'a point souillée, le miel brillant distillé par l'ouvrière que le pille sur les fleurs. J'y ai joint l'onde qui s'épanche d'une source vierge, et cette pure liqueur venue d'une mère sauvage, joyeux produit d'une vigne antique, et le fruit odorant de l'olivier blond au feuillage toujours vivace, et des guirlandes de fleurs, filles de la terre féconde. Allons, amis, entonnez sur ces libations aux morts des hymnes favorables et évoquez le dieu Darios, tandis que j'adresserai aux dieux infernaux ces hommages que boira la terre.

LE CORYPHÉE. — Reine vénérée des Perses, envoie tes libations dans les demeures souterraines, tandis que nous, nous demanderons que les conducteurs des morts nous soient favorables sous la terre.

Allons, divinités sacrées des enfers, Terre, Hermès, et toi, roi des morts, envoyez du sein de la terre à la lumière l'âme de Darios; car si, mieux que nous, il sait un remède à nos maux, seul d'entre les mortels il peut en révéler le terme.

LE CHŒUR. — *M'entend-il, le bienheureux Darios, le roi égal aux dieux ? M'entend-il lancer ces appels en claire langue barbare, sur tous les tons de la douleur et de la plainte ? Je crierai vers lui mes souffrances infinies. Du fond de la terre m'entend-il ?*

Allons, toi, Terre, et vous, les autres princes des morts, laissez venir de vos demeures ce démon glorieux, ce dieu des Perses que Suse a vu naître. Renvoyez en haut celui dont la terre de Perse n'a pas encore recouvert le pareil.

Oui, ce héros nous est cher et chère sa tombe; car elle renferme une âme qui nous est chère. Aidôneus [23], *fais ramener à la lumière, ô Aidôneus, le roi sans pareil, Darios. Hé! Hé!*

Jamais il ne perdit ses soldats dans les désastres meurtriers de la guerre. Les Perses l'appelaient l'inspiré des dieux, et il l'était en effet; car il savait gouverner son armée. Hé! Hé!

Antique monarque, antique monarque, viens, viens, parais au sommet de ce tertre; lève ton pied chaussé de brodequins safranés, fais luire le bouton de la tiare royale. Viens, père bienfaisant, Darios. Ah!

Viens apprendre des malheurs nouveaux, inouïs. Maître de mon maître, apparais. Une brume de mort s'est répandue sur nous : toute notre jeunesse a péri. Viens, père bienfaisant, Darios. Ah!

Hélas! hélas! ô mort tant pleuré des tiens. <Est-il possible qu'une double défaite ait frappé tout notre pays[24] *? > Ils ont péri nos vaisseaux à triple rang de rames, ils ne sont plus, ils ne sont plus.*

L'Ombre de Darios. — O fidèles entre les fidèles, compagnons de ma jeunesse, vieillards perses, de quel mal souffre ma cité ? Elle gémit, se frappe le sein et le sol s'entrouvre. La vue de mon épouse près de mon tombeau m'effraye et j'ai accueilli de bon cœur ses libations. Vous-mêmes, debout près de ce monument, vous vous lamentez, vous poussez des gémissements aigus et vous appelez lamentablement mon âme par vos évocations. Or il n'est pas facile de sortir des enfers, d'autant plus que les dieux souterrains savent mieux prendre que lâcher. Néanmoins j'ai usé du pouvoir que j'ai parmi eux, et me voilà. Hâte-toi donc, pour qu'on ne me reproche pas de m'être mis en retard. Quel nouveau malheur s'est abattu sur les Perses ?

Le chœur. — *Je n'ose te regarder, je n'ose te parler en face; j'ai peur de toi comme autrefois.*

Darios. — Mais puisque je me suis rendu à tes plaintes et suis venu de l'Hadès, ne t'étends pas en longs discours, mais parle brièvement, et, laissant de côté le respect que tu as pour moi, fais-moi un récit complet.

Le chœur. — *J'ai peur de te satisfaire, j'ai peur de te parler en face : c'est pénible à dire à ceux que j'aime.*

Darios. — Eh bien! puisque la crainte ancienne retient encore ta pensée, c'est à toi, la vieille compagne de ma couche, ma noble femme, d'arrêter tes pleurs et tes gémissements et de me faire un récit clair. Les malheurs sont le lot naturel des humains, bien des malheurs leur viennent de la mer, bien d'autres fondent de la terre sur les mortels qui prolongent un peu leur vie.

La Reine. — O toi dont l'heureuse fortune a surpassé le bonheur de tous les mortels, puisque, tant que tu as vu les rayons du soleil, tu as mené, envié des Perses, la vie heureuse d'un dieu, et qu'aujourd'hui encore je t'envie d'être mort avant d'avoir vu l'abîme de nos maux, je vais tout t'apprendre en peu de mots, Darios : la puissance des Perses est, on peut le dire, entièrement détruite.

Darios. — Comment cela? Est-ce la famine, est-ce la guerre civile qui s'est abattue sur l'État?

La Reine. — Non pas; mais notre armée a été anéantie tout entière près d'Athènes.

Darios. — Et quel est, dis-moi, celui de mes fils qui a conduit l'armée là-bas?

La Reine. — C'est l'impétueux Xerxès, qui a vidé pour cela toutes les plaines de notre continent.

Darios. — Est-ce par terre ou par mer qu'il a fait cette folle tentative, le malheureux?

La Reine. — Par les deux à la fois : l'expédition était double et présentait deux fronts.

Darios. — Et comment une si grande armée de terre est-elle arrivée à passer la mer?

La Reine. — Au moyen d'engins dont il a joint les deux bords du détroit d'Hellè, pour se faire un passage.

Darios. — Et il est venu à bout d'enchaîner le grand Bosphore?

La Reine. — Oui; un dieu sans doute l'aida à exécuter ce dessein.

Darios. — Ah! un dieu puissant, s'il a ainsi aveuglé son esprit.

La Reine. — On en voit le résultat dans le mal qu'il a causé.

Darios. — Que leur est-il donc arrivé pour que vous en gémissiez ainsi?

La Reine. — La défaite de l'armée navale a perdu l'armée de terre.

Darios. — Ainsi tout un peuple a été complètement exterminé par le fer?

La Reine. — C'est pour cela que la ville de Suse tout entière pleure la perte de ses hommes...

Darios. — Grands dieux! quel bon soutien, quel appui vous perdez en cette armée!

La Reine. — Que le peuple bactrien est entièrement perdu et n'aura plus de vieillards...

Darios. — Ah! le malheureux, de quelle jeunesse il a privé nos alliés!

La Reine. — Et que seul, dit-on, Xerxès abandonné avec quelques compagnons...

Darios. — Comment et où l'expédition s'est-elle terminée pour lui ? A-t-il quelque chance de salut ?

La Reine. — Et qu'il a été bien aise d'arriver au pont qui joignait les deux continents.

Darios. — Et de revenir vivant sur le nôtre. Est-ce sûr ?

La Reine. — Oui, sur ce point du moins, les nouvelles sont sûres et il n'y a point de désaccord.

Darios. — Ah! elle est vite venue, la réalisation des oracles, et c'est sur mon fils que Zeus a fait tomber l'accomplissement des prophéties [25]. Je me flattais, moi, que les dieux mettraient longtemps à les accomplir; mais quand on court de soi-même à sa perte, les dieux y mettent la main aussi. Aujourd'hui c'est une source de maux que sont allés chercher tous ceux qui nous sont chers, et c'est mon fils, qui, sans y voir clair, a, dans sa juvénile audace, consommé ce malheur, lui qui s'est flatté d'enchaîner, comme un esclave, l'Hellespont sacré, le Bosphore, le courant d'un dieu; qui a transformé le détroit et, en lui passant des entraves forgées au marteau, a ouvert une immense route à une immense armée. Mortel, il pensait, l'imprudent, triompher de tous les dieux et particulièrement de Poséidon. N'est-ce pas là une maladie de l'esprit qui a frappé mon enfant ? J'ai peur que l'immense richesse conquise par mes travaux ne devienne la proie du premier qui les prendra.

La Reine. — C'étaient là les leçons que l'impétueux Xerxès recevait des hommes détestables dont il faisait sa société. On lui répétait que, toi, tu avais conquis pour tes enfants de grandes richesses à la pointe de l'épée, et que lui, faute de courage, faisait la guerre en chambre, sans accroître en rien la fortune paternelle. A entendre souvent de tels reproches de la bouche de ces pervers, il résolut de lever une armée et de marcher contre la Grèce.

Darios. — C'est donc eux qui sont les auteurs de ce désastre si grand, si mémorable que jamais pareil coup n'a frappé et vidé cette ville de Suse, depuis que le roi Zeus accorda à un seul homme l'honneur de commander à l'Asie nourricière de moutons et lui mit en main le sceptre qui dirige. Mèdos fut le premier qui commanda le peuple [26]; un autre, son fils, acheva son œuvre : la raison gouvernait son cœur. Le troisième après lui, Kyros, favori de la fortune, prit le pouvoir et donna la paix à tous ses sujets; il conquit la Lydie et la Phrygie et soumit de force l'Ionie tout entière, toujours favorisé des dieux, parce qu'il était plein de raison. Le fils de Kyros fut le quatrième chef de l'armée [27]. Le cinquième roi fut Mardis [28], opprobre de sa patrie et de ce trône antique; mais le brave Artaphrénès le tua par ruse dans son palais à l'aide d'amis choisis pour cette entreprise. [Le sixième fut Maraphis et le septième Artaphrénès [29].] Enfin moi-même, ayant obtenu du sort ce que je souhaitais, j'ai fait beaucoup d'expéditions à la tête d'une nombreuse armée, mais je n'ai jamais infligé à mon pays un tel échec. Quant à Xerxès, mon fils, il est jeune et il pense en jeune homme, sans se souvenir de mes recommandations. Sachez-le donc, mes vieux compagnons, en prenant ensemble tous ceux qui ont gouverné cet empire, vous ne sauriez dire que nous avons causé d'aussi grands maux.

LE CORYPHÉE. — Mais quoi? roi Darios, à quelle conclusion tendent tes discours? Comment nous, le peuple perse, pourrons-nous après cela revoir autant que possible des jours heureux?

DARIOS. — En ne portant plus la guerre dans le pays des Grecs, l'armée des Mèdes fût-elle encore plus nombreuse. Car la terre elle-même combat pour eux.

LE CORYPHÉE. — Que dis-tu? Comment combat-elle?

DARIOS. — En tuant par la famine les multitudes trop nombreuses.

LE CORYPHÉE. — Mais nous lèverons une armée d'élite, équipée à la légère.

DARIOS. — Mais l'armée même qui est restée au pays grec n'obtiendra du ciel ni salut ni retour.

LE CORYPHÉE. — Que dis-tu? L'armée des barbares n'a donc pas tout entière quitté l'Europe et franchi le détroit d'Hellè?

DARIOS. — Seulement quelques hommes sur des milliers, s'il faut en croire les oracles des dieux, en considérant ceux qui sont accomplis actuellement; car il n'est pas possible que les uns se réalisent, les autres, non. Et s'il en est ainsi, en laissant en Grèce un nombreux corps d'élite, Xerxès s'est leurré d'une vaine espérance. Il reste là où l'Asopos arrose la plaine de ses eaux courantes, heureux engrais pour la terre de Béotie. C'est là que les suprêmes calamités les attendent, pour prix de leurs violences et de leur orgueil impie, eux qui, venus sur la terre grecque, n'ont pas eu honte de dépouiller les statues des dieux ni d'incendier les temples, qui ont détruit les autels et arraché et renversé pêle-mêle de leurs socles les images divines. Ils ont fait du mal; ils en souffrent tout autant, et ce n'est pas fini : ils n'ont pas encore atteint le fond de leurs misères : elles jaillissent encore abondamment, tant doit être grand l'amas du sang versé par la lance dorienne sur la terre de Platée! Des amas de cadavres, jusqu'à la troisième génération, parleront dans leur muet langage aux yeux des hommes et leur diront qu'un mortel ne doit pas nourrir de pensées au-dessus de sa condition; car la violence, en s'épanouissant, produit un épi de malheur, qui ne fournit qu'une moisson de larmes. En voyant ces fautes ainsi punies, souvenez-vous d'Athènes et de la Grèce, et que personne ne méprise sa fortune présente et ne s'expose, en convoitant celle d'autrui, à renverser un grand bonheur. Zeus est là pour châtier les pensées trop superbes, dont il demande un compte sévère. En conséquence, puisque Xerxès manque de sagesse, rappelez-le à la raison par de sages remontrances, afin qu'il cesse d'offenser les dieux par une insolente audace. Et toi, vieille mère chérie de Xerxès, rentre dans ton palais; prends-y des vêtements convenables et va au-devant de ton fils, car, dans la douleur qu'il ressent de ses maux, il a déchiré en lambeaux tous les vêtements brodés qui lui couvraient le corps. C'est à toi de le calmer par de douces paroles; car tu es la seule, je le sais, dont il ne repoussera point la voix. Pour moi, je m'en retourne au fond des ténèbres souterraines, et vous, vieillards, adieu. Si malheureux que vous soyez, n'en livrez pas moins votre âme au plaisir que chaque jour apporte : chez les morts la richesse ne sert plus de rien.

(L'ombre de Darios disparaît.)

LE CORYPHÉE. — Ah! que j'ai souffert en entendant ces malheurs sans nombre qui frappent et frapperont encore les barbares!

LA REINE. — O Dieu, que nos malheurs me causent de peines! Mais la plus poignante, c'est d'entendre que mon fils n'a plus sur le corps que des vêtements sordides. Aussi je vais aller chercher une parure au palais et je tâcherai de rencontrer mon enfant; car je ne trahirai pas dans le malheur ce que j'ai de plus cher.

LE CHŒUR. — *O dieux, quelle grande et belle existence nous avons menée dans nos villes, quand le vieux roi tout-*

puissant, bienfaisant, invincible, Darios égal aux dieux, régnait sur le pays.

D'abord nous montrions au monde des armées réputées, qui, dans les sièges, se réglaient sur l'usage; et des retours sans peine ni dommage ramenaient nos soldats dans leurs foyers prospères.

Que de villes il prit, sans franchir le cours de l'Halys, sans même quitter son foyer! telles les villes humides du lac strymonien, qui avoisinent les résidences des Thraces.

Et, en dehors de ce lac, sur le continent, les villes ceintes de remparts qui obéissaient à ce prince, et celles qui se glorifiaient de leur situation sur le large détroit d'Hellè, et le golfe de la Propontide et la bouche du Pont [30].

Et les îles baignées des flots qui, en face du promontoire marin, se dressent près de notre pays, telles Lesbos, Samos qui cultive l'olivier, Chios, Paros, Naxos, Myconos et Andros, voisine enchaînée à Tènos.

Il commandait de même aux îles situées entre les deux rivages, Lemnos, la terre d'Icaros, et Rhodes, et Cnide, et les villes de Cypre : Paphos, Soli, et Salamine [31], *dont la métropole cause aujourd'hui nos gémissements.*

Et, dans le domaine des Ioniens, les villes grecques opulentes et populeuses conquises par sa sagesse avec la force infatigable de ses hommes d'armes et de ses auxiliaires de toutes les nations. Mais aujourd'hui nous subissons un revirement voulu sans nul doute par les dieux sous le coup de la terrible défaite que nous avons essuyée sur mer.

XERXÈS. — Ah! malheureux que je suis d'être tombé sur un lot si affreux et si imprévisible! Avec quelle cruauté le destin s'est abattu sur la race des Perses! Misérable, que vais-je devenir? Je sens fléchir la force de mes membres à la vue des vieillards de ma ville. Ah! pourquoi, ô Zeus, la destinée ne m'a pas, moi aussi, plongé dans la mort avec les guerriers qui ne sont plus?

LE CORYPHÉE. — Hélas! ô roi, je pleure notre belle armée et la grande gloire de l'empire perse et cette parure de guerriers que le destin vient de faucher.

LE CHŒUR. — *Cette terre gémit sur la jeunesse née de son sol et tuée par Xerxès, pourvoyeur de l'Hadès, qu'il a rempli de Perses. Descendus chez Hadès, des myriades d'hommes, fleur de ce pays, archers triomphants, ont péri en masse compacte. Pleurons, pleurons nos vaillants défenseurs. Et l'Asie, roi de cette terre, — quel coup, quel coup terrible! — s'est abattue sur ses genoux.*

XERXÈS. — *C'est moi, hélas! moi, déplorable, infortuné, qui suis donc devenu le fléau de ma race et du pays de mes pères!*

LE CHŒUR. — *Pour saluer ton retour, je t'adresserai le cri de sinistre augure, la plainte du pleureur mariandyne* [32] *qui s'excite à gémir, le thrène noyé de larmes.*

XERXÈS. — *Que votre voix éclate en gémissements lamentables, lugubres, car aujourd'hui le destin s'est tourné contre moi.*

LE CHŒUR. — *Oui, je veux pousser des gémissements lamentables pour déplorer les coups inouïs qui t'ont frappé sur mer; je pleurerai sur la ville, sur la race : je crierai ma plainte et me noierai dans les larmes.*

XERXÈS. — *L'Arès d'Ionie nous a tout ravi; l'Arès d'Ionie, armé de vaisseaux, a fait pencher la balance de l'autre côté et fauché la plaine lugubre et le rivage de malheur.*

LE CHŒUR. — *Hélas! crie et informe-toi de tout* [33]. *Où est le reste de tes nombreux amis ? Où sont ceux qui combattaient à tes côtés, Pharandakès, Sousas, Pélagôn, Dotamas, Psammis, Sousiskanès et Agabatas, qui a quitté Ecbatane ?*

XERXÈS. — *Ils sont perdus. Précipités d'un navire tyrien, je les ai laissés au rivage de Salamine, heurtant la rude falaise.*

LE CHŒUR. — *Hélas! Et qu'as-tu fait de Pharnoukos et du brave Ariomardos ? Où est le prince Seuakès, le noble Lilaios, Memphis, Tharybis, et Masistras, et Artembarès, et Hystaichmas ? Apprends-le-moi aussi.*

XERXÈS. — *Malheur! malheur sur moi! Ils ont vu l'antique, l'odieuse Athènes, et tous, d'un seul coup, hélas! hélas! les voilà, les malheureux, palpitants sur la grève!*

LE CHŒUR. — *Et celui qui comptait les myriades, les myriades de l'armée perse* [34]*, ton œil toujours fidèle* [35]*, Alpis-*

tos, fils de Batanôkhos <et le fils> [36] *de Sésamas, fils de Mégabatas, et Parthos et le grand Oïbarès, les as-tu laissés, laissés ? Ah! ah! quels malheurs! Ces pertes que tu nous annonces sont pour les nobles Perses des pertes, des pertes sans pareilles.*

XERXÈS. — *Ah! tu réveilles en moi un violent regret de mes braves compagnons par ces mots affreux, affreux, odieux de pertes sans pareilles. Mon cœur crie, crie au fond de ma poitrine.*

LE CHŒUR. — *Et nous en regrettons d'autres encore : Xanthis qui commandait dix mille Mardes, et le martial Ankharès, et Diaïxis et Arsamès, commandants de cavalerie, et Dadakès et Lythimnès et Tolmos, insatiable de combats. Je suis étonne, étonné qu'ils ne suivent pas ton char à baldaquin.*

XERXÈS. — *Ils sont morts ceux qui commandaient mon armée.*

LE CHŒUR. — *Ils sont morts, hélas! sans gloire.*

XERXÈS. — *Las! las! hélas! hélas!*

LE CHŒUR. — *Hélas! hélas! les dieux ont provoqué un désastre inattendu, éclatant comme ceux que voit Atè.*

XERXÈS. — *Nous sommes frappés, et de quelle inguérissable blessure!*

LE CHŒUR. — *Nous sommes frappés, ce n'est que trop visible.*

XERXÈS. — *D'une infortune inouïe, d'une infortune inouïe.*

LE CHŒUR. — *Pour nous être heurtés, malheureusement, aux marins d'Ionie. La race des Perses est malheureuse à la guerre.*

XERXÈS. — *Assurément. Quel coup pour moi, infortuné, d'avoir perdu une si grande armée!*

LE CHŒUR. — *Qu'en reste-t-il ? elle était grande, la puissance des Perses.*

XERXÈS. — *Tu vois ici ce qui reste de mon équipement.*

LE CHŒUR. — *Je vois, je vois.*

XERXÈS. — *Cet étui de traits.*

LE CHŒUR. — *Que dis-tu que tu as sauvé ?*

XERXÈS. — *Ce carquois de flèches.*

LE CHŒUR. — *C'est peu sur beaucoup.*

XERXÈS. — *Nous avons perdu nos défenseurs.*

LE CHŒUR. — *Le peuple d'Ionie ne fuit pas le combat.*

XERXÈS. — *Il n'est que trop belliqueux. Aussi j'ai vu de mes yeux un désastre inattendu.*

LE CHŒUR. — *Tu veux dire la déroute de la flotte de guerre.*

XERXÈS. — *J'ai déchiré mes vêtements quand j'ai vu ce malheur.*

LE CHŒUR. — *Hélas! hélas!*

XERXÈS. — *Oui, plus qu'hélas!*

LE CHŒUR. — *En effet nos malheurs sont doubles et triples.*

XERXÈS. — *Douleurs pour nous, joies pour nos ennemis.*

LE CHŒUR. — *Et notre force a été brisée.*

XERXÈS. — *Je n'ai plus d'escorte.*

LE CHŒUR. — *Par la défaite navale des nôtres.*

XERXÈS. — *Pleure, pleure notre peine et rentre au palais.*

LE CHŒUR. — *Hélas! hélas! malheur! malheur!*

XERXÈS. — *Réponds à mes cris par tes cris.*

LE CHŒUR. — *Misérable consolation de leurs misères à des misérables.*

XERXÈS. — *Accompagne mon chant de cris aigus.*

LE CHŒUR. — *Hélas! hélas! hélas! C'est un lourd malheur, hélas! et j'en souffre aussi.*

XERXÈS. — *Frappe, frappe et gémis pour me complaire.*

LE CHŒUR. — *Je suis baigné de larmes et je gémis.*

XERXÈS. — *Réponds à mes cris par tes cris.*

LE CHŒUR. — *J'ai matière à le faire, maître.*

XERXÈS. — *Élève la voix pour gémir.*

LE CHŒUR. — *Hélas! hélas! hélas! A mes cris je mêlerai des coups lugubres, gémissants.*

XERXÈS. — *Frappe aussi ta poitrine et pousse le cri mysien* [37].

LE CHŒUR. — *O douleurs! ô douleurs!*

XERXÈS. — *Ravage aussi le poil blanc de ta barbe.*

LE CHŒUR. — *A pleines mains, à pleines mains, lamentablement.*

XERXÈS. — *Pousse des cris aigus.*

LE CHŒUR. — *C'est ce que je veux faire aussi.*

XERXÈS. — *Déchire de tes ongles le voile qui te couvre le sein.*

LE CHŒUR. — *O douleurs! ô douleurs!*

XERXÈS. — *Arrache-toi aussi les cheveux en gémissant sur l'armée.*

LE CHŒUR. — *A pleines mains, à pleines mains, lamentablement.*

XERXÈS. — *Mouille tes yeux de larmes.*

LE CHŒUR. — *Mes yeux en ruissellent.*

XERXÈS. — *Réponds à mes cris par tes cris.*

LE CHŒUR. — *Hélas! hélas!*

XERXÈS. — *Rentre au palais en gémissant.*

LE CHŒUR. — *Hélas! hélas!*

XERXÈS. — *Hélas! par la ville.*

LE CHŒUR. — *Hélas! oui, oui.*

XERXÈS. — *Accompagnez de sanglots votre marche languissante.*

LE CHŒUR. — *Hélas! hélas! terre de Perse foulée par le malheur!*

XERXÈS. — *Hélas! hélas! plaignons, hélas! hélas! ceux qui ont péri par les galiotes à trois rangs de rames.*

LE CHŒUR. — *Hélas! hélas! je t'accompagnerai de mes tristes lamentations.*

LES SEPT CONTRE THÈBES

NOTICE
SUR
LES SEPT CONTRE THÈBES

Une didascalie conservée dans le Mediceus nous apprend que *les Sept contre Thèbes* furent joués en ~ 467 sous l'archontat de Théagénis, et qu'Eschyle remporta le prix avec une tétralogie composée de *Laïos*, *Œdipe*, *les Sept contre Thèbes* et *le Sphinx*, drame satirique.

Eschyle avait puisé le sujet de sa tétralogie dans deux épopées du cycle thébain, l'*Œdipodie* et la *Thébaïde*, dont nous n'avons à peu près rien. Mais on peut, d'après *les Sept*, reconstituer l'essentiel de la légende. Laïos, mari de Jocaste et roi de Thèbes, impatient d'avoir un fils, avait consulté l'oracle de Delphes. Apollon lui avait répondu que sa descendance, s'il en avait, serait la ruine de Thèbes. Laïos ne tint pas compte de cette menace du dieu : il eut un fils, Œdipe. Il est vrai que, pris de remords, il le fit exposer. Mais ce fils, ayant grandi loin de Thèbes, rencontra son père et le tua sans le connaître. Puis il délivra Thèbes de la Sphinx et, proclamé roi, il épousa Jocaste, la reine, et en eut deux fils, Étéocle et Polynice, et deux filles, Antigone et Ismène. Ils étaient déjà grands quand Œdipe découvrit qu'il avait épousé sa mère. Il se creva les yeux et Jocaste se pendit. Ses fils tinrent leur père enfermé dans le palais et un jour, comme ils venaient de faire un sacrifice, ils lui servirent la hanche de la victime au lieu de l'épaule, morceau de choix réservé au roi. Pris de colère, il les maudit, il leur prédit qu'ils se disputeraient son héritage les armes à la main. Et en effet il ne fut pas plus tôt mort qu'ils entrèrent en compétition pour le trône. Polynice, évincé, se réfugia à Argos, à la cour d'Adraste, dont il devint le gendre, et il décida son beau-père à lever une armée et à marcher sur Thèbes, pour revendiquer ses droits au trône.

C'est ici que commence la troisième pièce de la trilogie

d'Eschyle, *les Sept contre Thèbes*. Nous voyons d'abord un peuple rassemblé sur l'agora. Le roi, Étéocle, l'exhorte à défendre la ville attaquée par Polynice avec une armée argienne. Un émissaire envoyé en observation vient alors annoncer que les chefs qui la commandent ont tiré au sort à quelle porte chacun d'eux conduirait sa phalange et qu'ils s'approchent à présent des remparts. Cette nouvelle remplit d'effroi les femmes qui forment le chœur. Elles se recommandent à tous les dieux. Étéocle les gourmande rudement. Il a peur qu'elles n'amollissent le courage des défenseurs de la ville. Mais rien ne calme leur effroi, et à peine Étéocle est parti vers les remparts qu'elles recommencent à se lamenter à la pensée des horreurs qui attendent les femmes lorsqu'une ville est prise d'assaut. L'assaut va en effet être donné à chacune des sept portes de la ville par les sept chefs de l'armée ennemie. Un messager qui les a vus et entendus décrit chacun d'eux avec son armure, ses emblèmes et les menaces effrénées qu'il profère contre la ville. A chacun d'eux Étéocle oppose un guerrier thébain qui saura leur tenir tête et rabattre leur jactance. Lui-même se réserve le septième qui n'est autre que son frère Polynice. Le chœur essaye en vain de le détourner de combattre son frère. Étéocle sait que l'imprécation de son père condamne la race de Laïos à périr : il est résolu à mourir.

Le chœur se rappelle alors la faute de Laïos et ses conséquences, les malheurs d'Œdipe et ceux qui vont enfin anéantir sa postérité. Un messager vient en effet annoncer que, si Thèbes est sauvée, les deux fils d'Œdipe se sont entre-tués. On apporte leurs corps. Le chœur entonne sur eux le thrène rituel; puis Antigone et Ismène reprennent à leur tour cette lamentation funèbre. Là-dessus, un héraut se présente, qui, au nom de la cité, défend d'ensevelir le corps de Polynice. Antigone lui répond qu'elle est résolue à ne tenir aucun compte de cette défense, et le chœur se partage en deux : les uns déclarent qu'ils aideront Antigone à ensevelir son frère, les autres qu'ils suivront le convoi d'Étéocle. Et la pièce finit sur cette déclaration.

Le sujet des *Sept*, déjà traité avant Eschyle par Phrynichos, fut repris par Euripide dans ses *Phéniciennes*, qui furent représentées en ~ 407, soixante ans après le drame d'Eschyle. Euripide y a fait bien des changements : il a substitué au chœur des femmes thébaines un chœur de Phéniciennes, de passage à Thèbes; il a ajouté aux personnages Jocaste, qui se tuera sur le corps de ses fils, et

Créon, Ménécée et Tirésias; il a imaginé avant le combat une entrevue entre les deux frères; enfin il a tiré de son sujet un drame plein de variété et de mouvement, où la Fatalité a moins de place que dans Eschyle, et où le pathétique est d'autant plus touchant qu'il vient de sentiments purement humains, de la tendresse de Jocaste et d'Antigone, de la jalousie et de l'ambition des deux frères.

Cependant l'œuvre d'Euripide reste bien inférieure à celle d'Eschyle. Comme *les Suppliantes* et *les Perses*, *les Sept* sont un drame simple et sans intrigue. Le chœur y tient encore une place prépondérante, et ce sont ses émotions, renouvelées par les récits des messagers, qui suscitent et maintiennent l'intérêt. Mais elles sont exprimées d'une manière si vive, si variée, si expressive qu'elles forcent l'attention et ne la laissent jamais languir. A côté de cette partie lyrique, les récits épiques y sont d'une beauté poétique incomparable. La revue des sept chefs argiens avec leur violence effrénée, leurs menaces truculentes, leurs emblèmes orgueilleux, qui s'opposent à la modération des défenseurs choisis par Étéocle, a toujours excité chez les anciens comme chez les modernes une admiration enthousiaste. Enfin le héros de la pièce, Étéocle, est une des créations les plus originales de la tragédie grecque. Il sait le sort dont il est menacé par les imprécations paternelles; il sait qu'il mourra dans la lutte; mais cette certitude n'ébranle pas un moment sa détermination. Il est résolu à défendre la ville, malgré la mort qui l'attend. Dans son patriotisme exalté, il ne ménage pas plus les autres que lui-même. Il est rude et brutal avec les femmes thébaines, dont les lamentations pourraient amollir le courage de leurs défenseurs; mais il est prudent et sage dans le choix de ses capitaines. C'est une belle figure de soldat et de patriote, qui par certains côtés rappelle celle d'Achille. C'est en songeant à Étéocle et aux sept capitaines argiens qu'Aristophane fait dire à Eschyle : « J'ai composé un drame tout plein de l'esprit d'Arès, *les Sept contre Thèbes*, auquel on ne pouvait assister sans être enflammé de la fureur des combats. » (*Grenouilles*, 1021 sq.) Cette exaltation des personnages se traduit en un style surhumain. L'imagination du poète y fait jaillir des images audacieuses et grandioses, des métaphores surprenantes et longuement suivies, des expressions originales, des mots composés inattendus, qui donnent à la langue d'Eschyle une couleur et un relief saisissants.

LES SEPT CONTRE THÈBES

PERSONNAGES

ÉTÉOCLE, ROI DE THÈBES, UN MESSAGER ÉCLAIREUR, CHŒUR DE JEUNES FILLES, UN ENVOYÉ, ISMÈNE, SŒUR D'ÉTÉOCLE, ANTIGONE, SŒUR D'ÉTÉOCLE, UN HÉRAUT.

La scène est sur l'agora de Thèbes.

ÉTÉOCLE. — Peuple de Cadmos [1], il faut dire ce que les circonstances exigent, lorsqu'on tient le gouvernail de la cité et qu'on veille sur la chose publique, sans laisser le sommeil fermer ses paupières. Si le succès nous favorise, on l'attribue aux dieux; si, au contraire, ce qu'à Dieu ne plaise, un malheur arrive, seul, Étéocle sera décrié dans toute la ville par les citoyens, qui éclateront en bruyants reproches et en lamentations, dont Zeus Préservateur veuille, conformément à son nom, préserver la cité cadméenne! C'est aussi le moment pour vous tous, qui n'avez pas encore atteint la force de la jeunesse ou qui en avez dépassé l'âge, de tendre tous votre vigueur, et chacun faisant son devoir comme il convient, de porter secours à la ville, aux autels des dieux du pays, afin que leur culte ne soit jamais effacé; à vos fils et à la Terre maternelle, qui, lorsque, enfants, vous vous traîniez sur son sol bienveillant, s'est chargée de tous les soins de votre éducation et vous a nourris pour être des citoyens fidèles et pour la protéger de vos boucliers dans le besoin présent. Jusqu'ici le ciel penche pour nous; car depuis le jour où nous sommes assiégés, la guerre, grâce aux dieux, tourne le plus souvent à notre avantage. Mais aujourd'hui le devin a parlé : ce pâtre des oiseaux, qui, sans le secours du feu [2], observe par l'oreille et par l'esprit les augures fatidiques avec une science infaillible, ce maître des présages tirés du vol des oiseaux, annonce que les Achéens ont décidé cette nuit de tenter un assaut suprême et de surprendre la ville. Courez donc tous aux créneaux et aux portes des remparts; armez-vous de pied en cap et hâtez-vous de garnir les parapets; tenez-vous sur les terrasses des tours, gardez hardiment les issues des portes et craignez peu la cohue des assaillants : les dieux nous donneront la victoire. De mon côté, j'ai envoyé des émissaires pour épier l'armée, j'ai confiance au succès de leurs démarches. Leurs rapports entendus, je ne risque pas d'être surpris.

Un Messager. — Étéocle, vaillant roi des Cadméens, j'arrive de là-bas, et t'apporte des nouvelles sûres de l'armée; car j'ai vu les choses de mes propres yeux. Sept capitaines fougueux ont égorgé un taureau sur un bouclier noir et, trempant leurs mains dans le sang de la victime, ils ont juré par Arès, Ényô [3] et la Déroute, amie du carnage, ou de saccager et de détruire de fond en comble la ville des Cadméens, ou de périr en arrosant cette terre de leur sang.

Puis ils ont suspendu de leurs mains au char d'Adraste des souvenirs qu'ils envoient dans leurs foyers à leurs parents [4], en versant des larmes, mais sans laisser échapper aucune plainte de leur bouche. Leur cœur de fer, bouillant de courage, ne respirait que la guerre, comme des lions aux yeux pleins d'Arès. Et l'effet de leurs serments ne se fait pas attendre. Je les ai laissés, tandis qu'ils tiraient au sort à quelle porte chacun d'eux conduirait sa phalange. En conséquence, choisis les meilleurs chefs qui soient dans la ville et hâte-toi de les poster aux issues des portes; car les soldats d'Argos, armés de pied en cap, s'approchent à cette heure de nos murs; la poussière s'élève, et la plaine est souillée par la blanche écume qui dégoutte des poumons de leurs chevaux. C'est à toi, comme un habile pilote, de fortifier la ville, avant que le souffle d'Arès se déchaîne; car on entend mugir la vague terrestre des assaillants. Saisis pour cela l'occasion la plus prompte. Pour moi, pendant le reste du jour, je tiendrai fidèlement l'œil ouvert, et toi, instruit par de clairs rapports de ce qui se passe au-dehors, tu préviendras tout danger.

Étéocle. — O Zeus, ô Terre, ô dieux de Thèbes et toi, Malédiction, puissante Érinys d'un père [5], ne déracinez pas, ne ruinez pas à jamais, ne livrez pas à l'ennemi une ville où résonne la langue grecque, et les foyers de ses maisons; ne courbez jamais sous le joug de l'esclavage un pays libre, une ville fondée par Cadmos. Soyez notre défense. Nos intérêts, j'ose le croire, sont les vôtres; car une ville qui prospère honore les dieux.

(Etéocle sort pour aller choisir les chefs.)

LE CHŒUR. — *Je crie ma peur et mes vives douleurs. L'armée est lâchée; un flot immense de cavaliers a quitté le camp et le voici qui roule et court en avant. C'est ce que m'atteste la poussière que je vois monter dans les airs, messager sans voix, mais sincère et vrai.*

Les plaines de mon pays sont remplies du bruit des sabots qui s'approche, vole et gronde comme un torrent invincible qui bat le flanc des monts.

Las! las! dieux et déesses, écartez le malheur qui fond sur nous. Les cris passent par-dessus les murs. Le peuple aux boucliers blancs, prêt au combat, s'élance à pas pressés contre la ville.

Qui donc nous sauvera, quel dieu ou quelle déesse viendra nous secourir ? Devant quelles statues des dieux dois-je me prosterner ? Ah! dieux bienheureux, présents dans vos beaux temples, c'est le moment de s'attacher à vos images. Pourquoi m'attarder à gémir ?

Entendez-vous, n'entendez-vous pas le cliquetis des boucliers ? Quand, si ce n'est à présent, apporterons-nous à nos dieux les supplications des voiles et des guirlandes ?

J'entends du bruit, c'est le cliquetis de milliers de lances. Que vas-tu faire, Arès ? trahiras-tu le pays que tu as si longtemps habité ? O dieu au casque d'or, jette, ah! jette un regard sur la ville qui t'a jadis été si chère.

Dieux protecteurs de notre pays, venez, venez tous. Voyez cette troupe de vierges qui vous supplient de les sauver de l'esclavage. Un flot de soldats aux panaches frémissants bouillonne autour de la ville, poussé par les souffles d'Arès. O Zeus, père, qui conduis tout à son terme, que ton puissant secours sauve la ville des mains de l'ennemi. Les Argiens encerclent la ville de Cadmos, et les armes d'Arès m'épouvantent. Les freins qui enchaînent les mâchoires des chevaux sonnent un glas de mort. Sept chefs d'armée, arrogants, brandissant leur lance impétueuse, s'avancent contre nos sept portes, chacun vers celle que le sort lui a désignée.

Et toi, puissante guerrière, fille de Zeus, Pallas, sois la sauvegarde de notre ville. Et toi, Poséidon, roi cavalier, qui règnes sur la mer avec le trident dont tu frappes les poissons, délivre-nous, délivre-nous de ces terreurs. Et toi, Arès, hélas! hélas! veille sur la ville qui porte le nom de Cadmos et montre clairement que tu lui es allié par le sang [6]. *Et toi, Cypris, la première mère de notre race, défends-nous; car nous sommes nées de ton sang* [7]. *Nous venons à toi avec des prières et des cris qui implorent ta divinité. Et toi, roi tueur de loups* [8], *sois un loup pour l'armée ennemie et fais-lui payer nos sanglots. Et toi, vierge, fille de Lèto* [9], *tiens ton arc prêt.*

Ah! ah! j'entends le fracas des chars autour de la ville. O vénérable Hèra! Les essieux ont grincé sous la charge. Artémis aimée! Ebranlé par les javelines, l'éther frémit furieusement. A quoi notre ville est-elle exposée? que va-t-il advenir? Où les dieux la réduiront-ils?

Ah! ah! une grêle de pierres vient de loin frapper les créneaux. O cher Apollon! J'entends à nos portes le cliquetis des boucliers d'airain. Fils de Zeus [10], *puissance auguste, qui dans la bataille décides de l'issue de la guerre, et toi, Onka* [11], *reine bienheureuse, adorée devant nos murs, sauvez votre ville aux sept portes.*

Ah! dieux tout-puissants! Ah! dieux et déesses qui gardez efficacement les tours de ce pays, ne livrez pas notre ville pressée par les lances à une armée qui parle une autre langue [12]. *Exaucez, exaucez les justes prières des vierges qui tendent les bras vers vous.*

Ah! dieux amis, dieux sauveurs, défendez la ville et faites voir que vous aimez vos cités. Songez aux sacrifices que le peuple vous offre, songez-y et secourez-le. Souvenez-vous des mystères où la cité vous offre tant de sacrifices.

ÉTÉOCLE (de retour). — Je vous le demande à vous, intolérables créatures, est-ce là le meilleur moyen de sauver la ville et de donner du cœur à nos soldats assiégés que de vous jeter aux pieds des statues des dieux avec des cris, des hurlements que les gens sensés réprouvent? Puissé-je ne jamais voir, ni dans le malheur, ni dans la douce prospérité, cette engeance féminine vivre sous mon toit! A-t-elle le dessus, elle est d'une audace intraitable; prend-elle peur, c'est encore un fléau pire pour sa maison et sa cité. Aujourd'hui encore, en courant ainsi et vociférant partout, vous ôtez le cœur et le courage aux défenseurs de la ville, et vous fortifiez merveilleusement le parti du dehors, tandis qu'à l'intérieur nous nous détruisons nous-mêmes. Voilà ce qu'on gagne à vivre avec des femmes. Mais aujourd'hui, le premier qui n'obéira pas à mon commandement, homme, femme, ou tout autre [13], verra un arrêt de mort porté contre lui : il sera lapidé par le peuple, sans pouvoir échapper à son destin. C'est l'homme, non la femme, qui doit délibérer sur les affaires du dehors. Reste au logis et ne fais pas de mal. M'as-tu entendu, oui ou non, ou parlé-je à une sourde ?

LE CHŒUR. — *O cher enfant d'Œdipe, j'ai pris peur en entendant le fracas, le fracas retentissant des chars, quand les moyeux des roues ont crié et que les mors, fils du feu* [14], *ont résonné dans la bouche des chevaux.*

ÉTÉOCLE. — Hé quoi ! est-ce en fuyant de la poupe à la proue que le nautonier trouve le moyen de se sauver, quand le navire est fatigué par le flot marin ?

LE CHŒUR. — *Non, mais j'ai couru aux vieilles statues des dieux, confiante en leur assistance, lorsqu'une meurtrière avalanche de pierres a retenti à nos portes. C'est alors que l'effroi m'a poussée à prier les Bienheureux, pour qu'ils couvrent la ville de leur protection.*

ÉTÉOCLE. — Priez-les de repousser de nos murs la lance des ennemis. N'est-ce pas d'ailleurs leur intérêt ? En tout cas, l'on dit que, lorsqu'une ville est prise, ses dieux eux-mêmes l'abandonnent.

LE CHŒUR. — *Ah ! que jamais, moi vivante, ces dieux ne quittent ensemble notre ville, que je ne la voie point parcourue en tous sens par nos ennemis et son peuple brûlé par un feu destructeur !*

ÉTÉOCLE. — Invoque les dieux ; mais conduis-toi sagement. La discipline est la mère du succès qui sauve, femme. Voilà ce que je prétends.

LE CHŒUR. — *C'est juste ; mais le pouvoir des dieux est plus efficace encore. Souvent, quand l'homme est abattu par le malheur et qu'une douleur amère étend un nuage sur ses yeux, c'est un dieu qui le relève.*

ÉTÉOCLE. — C'est aux hommes qu'il appartient d'offrir des sacrifices aux dieux et d'interroger les oracles, en tâtant l'ennemi. Ton rôle à toi, c'est de garder le silence et de rester au logis.

LE CHŒUR. — *C'est grâce aux dieux que nous habitons une ville invaincue et que nos remparts nous protègent contre les hordes ennemies. Qui pourrait s'indigner de mes prières et les réprouver ?*

ÉTÉOCLE. — Je ne suis point jaloux que tu honores les dieux; mais si tu ne veux pas ôter le courage aux citoyens, tiens-toi tranquille et calme ta frayeur exagérée.

LE CHŒUR. — *En entendant tout à l'heure un fracas confus, j'ai été saisie de peur et d'effroi, et je suis venue dans cette acropole, séjour révéré.*

ÉTÉOCLE. — Si vous entendez parler de morts ou de blessés, ne vous abandonnez pas aux lamentations. C'est de cela qu'Arès se repaît, du sang des hommes.

LE CORYPHÉE. — Ah! j'entends hennir les chevaux.

ÉTÉOCLE. — Si tu les entends, ne le laisse pas trop voir.

LE CORYPHÉE. — La ville gémit du fond de son sol : ils nous enveloppent.

ÉTÉOCLE. — Eh bien! je suis bon, moi, pour y pourvoir.

LE CORYPHÉE. — J'ai peur : le bruit redouble aux portes.

ÉTÉOCLE. — Tais-toi : cesse de crier ainsi par la ville.

LE CORYPHÉE. — O conseil des dieux, n'abandonne pas nos remparts.

ÉTÉOCLE. — Ah! malheur! ne te résoudras-tu pas à garder le silence?

LE CORYPHÉE. — Dieux de mon pays, sauvez-moi de l'esclavage.

ÉTÉOCLE. — C'est toi qui te livres à l'esclavage et, avec toi, toute la cité.

LE CORYPHÉE. — O Zeus tout-puissant, tourne tes traits contre nos ennemis.

ÉTÉOCLE. — O Zeus, quel présent tu nous as fait avec le sexe féminin!

LE CORYPHÉE. — Sexe lamentable, aussi bien que celui des hommes, quand leur ville est prise.

ÉTÉOCLE. — Tu parles encore de malheurs, tout en étreignant les statues des dieux!

LE CORYPHÉE. — Je suis sans courage : la peur m'arrache les mots.

ÉTÉOCLE. — Voudrais-tu, je te prie, m'accorder une légère faveur.

LE CORYPHÉE. — Tu n'as qu'à la dire tout de suite et je la saurai vite.

ÉTÉOCLE. — Tais-toi, malheureuse; n'effraie pas tes défenseurs.

LE CORYPHÉE. — Je me tais : je supporterai l'arrêt du destin avec les autres.

ÉTÉOCLE. — De tout ce que tu as dit, voilà le seul mot que j'approuve. Fais plus : arrache-toi à ces statues et prie les dieux qu'ils nous accordent la plus précieuse des faveurs, en combattant avec nous. Écoute aussi ma prière, puis entonne, comme un péan favorable, le hurlement sacré, le cri rituel des Grecs, lorsqu'ils offrent un sacrifice : tu encourageras ainsi les tiens et tu chasseras la peur de l'ennemi. Je fais vœu, moi, aux dieux tutélaires de ce pays, à ceux des champs comme à ceux de la ville, aux sources de Dirkè et aux eaux de l'Ismènos [15], si la guerre tourne bien et si la ville est sauvée, de rougir les autels divins du sang des brebis, [d'immoler des taureaux], de dresser des trophées, de suspendre aux demeures saintes des dieux les vêtements des ennemis, dépouilles conquises par nos lances. Voilà les prières que tu dois faire aux dieux, sans te plaire à gémir et sans pousser ces cris vains et sauvages, qui ne te sauveront pas de ton destin. Pour moi, je vais aller ranger aux sept portes de nos remparts six hommes de haute valeur et moi septième, pour tenir tête aux ennemis, avant qu'il nous arrive des messagers pressés et des rumeurs précipitées, et que, sous le coup de la nécessité, tout soit mis en feu.

(Étéocle sort.)

LE CHŒUR. — *Je n'oublie pas tes recommandations; mais la peur tient mon cœur en éveil et les soucis qui assaillent mon âme enflamment mon effroi devant ces troupes qui enserrent nos remparts, comme la colombe tremblante craint le serpent qui apporte la mort au nid de ses petits. Les uns, en masse compacte, s'avancent contre nos tours — que vais-je devenir ? — les autres lancent sur nos gens enveloppés de tous côtés des pierres pointues. Par tous les moyens, ô dieux, fils de Zeus, sauvez la ville et le peuple issu de Cadmos.*

En quel pays préférable à celui-ci irez-vous habiter, si vous abandonnez aux ennemis ce pays au sol profond et l'eau de Dirkè, la plus nourrissante des sources que font jaillir Poséidon qui ceint la terre et les enfants de Téthys [16] *?*

Soufflez donc, dieux de notre ville, à ceux qui sont hors des murs la lâcheté qui perd les hommes, l'égarement qui fait jeter les armes et donnez la gloire à mes concitoyens, et vous, restez dans vos beaux sanctuaires pour nous protéger et, sensibles aux cris qui vous implorent, conservez notre ville.

Ce serait pitié qu'une aussi vieille cité fût précipitée dans l'Hadès, devînt la proie de la lance, l'esclave du vainqueur et, réduite en cendre friable, fût, avec la permission des dieux, ignominieusement ravagée par l'Achéen; que ses femmes, devenues veuves, fussent, hélas! jeunes et vieilles, traînées par les cheveux, comme des cavales, avec leurs voiles en lambeaux, tandis que la ville se vide au milieu des cris et des gémissements confus des captives mourantes. Je vois venir avec terreur de cruelles infortunes.

Il serait déplorable que de chastes vierges, avant les rites qui cueilleront leur verte jeunesse, prissent l'odieuse route d'une maison étrangère. Que dis-je? les morts sont plus heureux qu'elles. Que de maux, en effet, s'abattent, hélas! sur une ville conquise! Tel emmène un prisonnier ou le tue, tel autre sème l'incendie. Toute la ville est souillée de fumée. Arès en fureur souffle la destruction et souille tout ce que la piété révère.

Des cris confus retentissent par la ville, tandis qu'un filet l'enveloppe, comme un mur infranchissable. Le guerrier tombe sous la lance du guerrier. Les vagissements sanglants des enfants s'élèvent du sein des mères qui les nourrissent. Puis c'est le pillage avec les courses en toute la ville. Un homme chargé de butin croise un homme chargé de butin; un homme aux mains vides appelle un homme aux mains vides, afin d'avoir un complice; aucun ne veut une part plus petite ni même égale. Que ne peut-on pas conjecturer d'après cela?

Des fruits de toute espèce jonchent le sol, spectacle affligeant et qui contriste l'œil des ménagères. Maints présents de la terre sont emportés pêle-mêle en torrents où ils se perdent. De jeunes captives qui n'ont jamais connu la souffrance se voient, les malheureuses, réservées au lit d'un soldat heureux, d'un ennemi qui est leur maître, et n'ont d'autre perspective que de servir à cet office nocturne et de voir ainsi croître leurs inconsolables douleurs.

LE CORYPHÉE. — Voici, je crois, l'éclaireur de l'armée, qui nous apporte, amies, quelque information nouvelle. Il meut à toute vitesse les ressorts des jambes qui l'amènent. Voici aussi le roi lui-même, fils d'Œdipe, qui vient juste à point pour entendre le rapport du messager. Dans sa hâte, il ne songe pas, lui non plus, à modérer son allure.

LE MESSAGER. — J'ai bien vu les dispositions des ennemis et comment le sort a marqué à chacun d'eux sa place aux portes. Tydée [17] gronde déjà à la porte Proitide [18]; mais le devin ne lui permet pas de franchir le gué de l'Ismènos; car les entrailles des victimes ne sont pas favorables. Et Tydée, furieux et brûlant de combattre, crie comme un serpent qui siffle à l'heure de midi, et il accable d'outrages le savant devin, fils d'Oïclée, et l'accuse de flatter lâchement la mort et le combat. Et, en poussant ces cris, il secoue trois aigrettes ombreuses, crinière de son casque, et, sous son bouclier, des clochettes d'airain sonnent l'épouvante. Il a sur son bouclier un fastueux emblème, l'image d'un ciel resplendissant d'étoiles; au milieu de ce bouclier brille de tout son éclat la pleine lune, astre vénéré entre tous, œil de la nuit. Dans le fol orgueil que lui inspire ce fastueux harnais, il crie sur les rives du fleuve, épris de bataille, comme un cheval fougueux qui renâcle contre son frein, en attendant impatiemment l'appel de la trompette. Qui opposeras-tu à ce guerrier? Qui offre assez de garanties pour commander la porte de Proitos, quand la barrière sera forcée?

ÉTÉOCLE. — Il n'est pas d'armure de guerrier qui me fasse peur, à moi : les emblèmes ne font pas de blessures, les aigrettes et les clochettes ne mordent point sans la lance. Quant à cette nuit qui brille, dis-tu, sur son bouclier, de tout l'éclat des astres célestes, il y a quelqu'un pour qui sa sottise pourrait bien être prophétique. Si la nuit vient à tomber sur ses yeux mourants, cet emblème orgueilleux sera pour celui qui le porte une signification exacte et juste : c'est lui-même qui aura prophétisé ce coup contre lui-même. A Tydée j'opposerai, moi, le prudent fils d'Astacos, pour défendre cette porte. Il est de très noble race, il révère le trône de l'honneur et abhorre les discours orgueilleux. Il recule devant la honte; mais il n'a pas l'habitude d'être lâche. Il est sorti de la souche des hommes semés qu'Arès a épargnés [19], et c'est un vrai fils de notre sol que Mélanippe. Pour le combat, ce sont les dés d'Arès qui en décideront; mais c'est vraiment le devoir filial qui l'envoie écarter les lances ennemies de la mère qui l'a nourri.

LE CHŒUR. — *Puissent les dieux donner la victoire à notre champion, aussi sûrement qu'il est juste qu'il coure au premier rang défendre la ville. Mais je crains de voir la mort sanglante de ceux qui périront pour défendre leurs amis.*

LE MESSAGER. — Fassent les dieux que ce champion réussisse comme tu le souhaites ! C'est Capanée [20] que le sort a désigné pour la porte d'Électre, un géant, celui-là, plus grand que celui que j'ai nommé d'abord, un vantard d'un orgueil surhumain, qui profère contre nos murs de terribles menaces — puisse la Fortune l'empêcher de les accomplir ! Il affirme qu'il saccagera la ville, que les dieux le veuillent ou qu'ils ne le veuillent pas, et que l'opposition de Zeus, se dressant devant lui, ne l'arrêterait pas : les éclairs et les carreaux de la foudre ne sont pas plus pour lui que les ardeurs de midi. Il a pour emblème un homme nu qui porte du feu, dont la main est armée d'un flambeau allumé, et qui proclame en lettres d'or : « Je brûlerai la ville. » Contre un pareil guerrier envoie... Mais qui lui tiendra tête ? Qui pourra sans trembler atteindre ce fanfaron ?

ÉTÉOCLE. — Ici encore un avantage en amène un autre. Quand les hommes s'abandonnent à de vaines présomptions, leur langage est contre eux un accusateur véridique. Capanée menace, prêt à agir ; il méprise les dieux, il exerce sa bouche à traduire une vaine allégresse et, tout mortel qu'il est, il lance vers le ciel à Zeus des apostrophes sonores et tempétueuses. Mais j'ai confiance que la foudre, portant le feu, tombera sur lui, une foudre qui ne ressemble en rien aux ardeurs d'un soleil de midi. A ce guerrier, en dépit de son intempérance de langage, j'ai déjà opposé un homme d'une volonté ardente, le puissant Polyphonte, gardien sur qui l'on peut compter, grâce à la bienveillante protection d'Artémis et d'autres dieux. Cite un autre chef désigné par le sort pour une autre porte.

LE CHŒUR. — *Périsse l'homme qui fait à la ville ces terribles menaces ! et qu'un trait de la foudre l'arrête avant qu'il s'élance dans ma demeure et que, de sa lance arrogante, il me chasse de ma chambre virginale !*

LE MESSAGER. — Et maintenant voici celui que le sort a désigné ensuite contre une de nos portes. C'est Étéoclos [21], le troisième chef à qui est échu le troisième lot sorti du casque d'airain renversé. Il doit lancer sa phalange contre la porte Néiste. Il fait tourner ses cavales, qui frémissent sous leurs têtières, impatientes de voler vers nos portes. Un sifflement étrange s'échappe de leurs muselières, remplies du souffle de leurs naseaux orgueilleux. Son bouclier porte un emblème qui marque une belle audace : c'est un hoplite qui monte les degrés d'une échelle appliquée à une tour qu'il veut raser. Cet hoplite, lui aussi, crie dans une inscription qu'Arès lui-même ne le renverserait pas de dessus les remparts. A celui-là aussi envoie un adversaire sur qui l'on puisse compter, pour écarter de notre ville le joug de l'esclavage.

ÉTÉOCLE. — Je l'enverrais tout de suite, si par chance il n'avait déjà été envoyé. C'est un homme qui n'a de jactance que dans ses bras, Mégareus, fils de Créon, de la race des guerriers semés. Le bruit des hennissements furieux de ces cavales n'est pas pour l'effrayer et il n'abandonnera pas sa porte; mais ou bien, en mourant, il paiera sa dette à la terre qui l'a nourri, ou, prenant les deux hommes et la ville représentés sur le bouclier, il ornera de ces dépouilles la maison de son père. Passe aux fanfaronnades d'un autre, et ne m'envie pas les renseignements.

LE CHŒUR. — *Puissent les dieux te donner la victoire, ô défenseur de mes foyers, et aux autres la défaite. Aux propos hautains que leur fureur profère contre la ville que Zeus, dispensateur de la justice, réponde en jetant sur eux un regard de colère.*

LE MESSAGER. — Un autre, le quatrième, désigné pour la porte voisine, celle d'Athèna Onka, s'avance en vociférant : c'est la figure et la haute taille d'Hippomédon [22]. A le voir brandir une aire immense, c'est un bouclier que je veux dire, j'ai frissonné, je ne veux pas le nier. Ce n'était pas un artisan vulgaire, il faut le reconnaître, l'homme qui lui a ciselé l'emblème de son bouclier, un Typhon [23] qui vomit par sa bouche enflammée une fumée noire, sœur mobile de la flamme, tandis que des serpents enlacés sont incrustés dans la marge creuse qui borde l'orbe du bouclier. Lui-même a poussé le cri de guerre, et, plein d'Arès, il se démène, comme une thyiade, en vue du combat, et ses yeux sèment l'épouvante. Il faut bien prendre garde à ce que peut tenter un tel homme; car sa jactance sème déjà la panique à cette porte.

ÉTÉOCLE. — D'abord Pallas Onka, qui habite près de la ville, dans le voisinage de cette porte, et qui hait l'insolence de cet homme, l'écartera de sa couvée comme un affreux serpent. Et puis, l'homme que j'ai choisi contre cet homme est Hyperbios, le vaillant fils d'Oinops, qui ne veut interroger le sort qu'au moment du besoin amené par la fortune. Ni sa taille, ni son courage, ni l'état de son armure ne prêtent au reproche. Hermès a eu raison de les apparier : c'est un ennemi qui se mesurera avec un ennemi, et ils mettront aux prises des dieux ennemis sur leurs boucliers, car l'un a Typhon vomissant du feu, et Hyperbios porte Zeus, le père des dieux, fermement campé sur son bouclier, avec un carreau de feu dans la main. Et personne n'a encore jamais vu Zeus avoir le dessous. [C'est ainsi que se partage la bienveillance des dieux. Nous sommes du côté des vainqueurs; eux, des vaincus, s'il est vrai que Zeus est plus fort au combat que Typhon. On peut croire que les deux adversaires seront dans le même cas, et, vu son emblème, Hyperbios sera sans doute sauvé par le Zeus qui se trouve sur son bouclier.]

LE CHŒUR. — *Oui, j'ai confiance que celui qui porte sur son bouclier le corps du démon enseveli sous terre, de l'odieux adversaire de Zeus, image en horreur aux hommes et aux dieux immortels, brisera sa tête devant la porte.*

LE MESSAGER. — Puisse-t-il en être ainsi! J'en viens maintenant au cinquième chef, rangé à la cinquième porte, la porte de Borée, près du tombeau même d'Amphion, fils de Zeus [24]. Il jure par la lance qu'il tient et que, dans sa présomption, il vénère plus qu'une divinité et plus que ses yeux, qu'il saccagera la ville de Cadmos en dépit de Zeus. Ainsi parle ce rejeton d'une nymphe des montagnes [25], gracieux enfant qui est déjà un homme, dont les joues viennent de s'ombrager de ce duvet de la puberté qui croît en touffes épaisses. Mais son cœur cruel ne rappelle en rien les vierges dont il porte le nom, et il marche contre nous avec des yeux féroces; en effet, ce n'est pas sans jactance qu'il se présente à nos portes; car je l'ai vu brandir sur son bouclier d'airain, rempart arrondi de son corps, un emblème outrageant pour notre ville, la Sphinx, mangeuse de chair crue, dont le corps ciselé en relief et attaché par des clous jette un éclat resplendissant. Elle tient sous elle un Cadméen, pour attirer sur cet homme la plupart de nos traits. On voit bien qu'il n'est pas venu pour marchander la bataille ni pour avoir à rougir de la longue route qu'il a faite, cet Arcadien qui a nom Parthénopée. Il est étranger dans Argos, et c'est pour payer le généreux entretien qu'il en a reçu qu'il profère contre nos tours ces menaces, dont les dieux puissent empêcher l'effet!

ÉTÉOCLE. — Ah! si les dieux leur rendaient ce qu'ils méditent avec leurs fanfaronnades impies, à coup sûr ils périraient sans ressources de la mort la plus misérable. Pour cet Arcadien dont tu parles j'ai un guerrier sans jactance, mais dont le bras fait ce qu'il faut faire. C'est Actor, le frère du dernier que j'ai nommé. Celui-là ne permettra pas qu'un flot de paroles sans actes coule à l'intérieur de nos portes et grossisse nos maux, et il ne laissera pas entrer celui qui porte sur un bouclier ennemi l'image d'une bête exécrée. Il essuiera ses reproches, s'il essaye de la porter du dehors à l'intérieur, quand les coups pleuvront dru sur elle devant notre ville. Veuillent les dieux que j'aie prédit la vérité!

LE CHŒUR. — *Ce que j'entends me perce le cœur, et les boucles de mes cheveux se dressent, quand j'entends les terribles menaces de ces impies arrogants. Fassent les dieux qu'ils périssent en ce pays!*

LE MESSAGER. — Pour le sixième, je puis dire que c'est un homme très sage et très vaillant au combat, c'est le puissant devin Amphiaraos [26]. Rangé à la porte Homoloïs [27], il accable de malédictions le puissant Tydée, Tydée le meurtrier, le perturbateur de l'État, le plus grand maître d'infortunes pour Argos, le héraut d'Érinys, le serviteur du carnage, le conseiller pour Adraste de ces malheurs. Puis, s'adressant à ton frère, le puissant Polynice, et dressant les sourcils, il l'apostrophe, en coupant à la fin son nom en deux [28], puis il ajoute ces paroles : « C'est, ma foi, un bel exploit, agréable aux dieux, glorieux à entendre et à répéter pour tes descendants, de ravager la ville de tes pères et les temples des dieux de ton pays en y lançant une armée étrangère. De quel droit veux-tu tarir la source maternelle? Comment ton pays natal, conquis par ton ambition à la pointe de l'épée, fera-t-il alliance avec toi? Pour moi, j'engraisserai ce sol, devin caché dans une terre ennemie. Combattons! J'espère une mort qui ne sera pas sans gloire. » Voilà ce que disait le devin, cependant qu'il tenait tranquillement son bouclier d'airain massif, sur l'orbe duquel il n'y avait pas d'emblème; car il ne veut pas paraître très brave, il veut l'être, et il moissonne en son cœur le sillon profond d'où germent les sages résolutions. A celui-là je te conseille d'envoyer des adversaires à la fois sages et braves : redoutable est l'homme qui révère les dieux.

ÉTÉOCLE. — Ah! le mauvais présage qui associe un homme juste à des mortels impies! En toute entreprise, il n'y a rien de plus funeste que de mauvais associés; le fruit n'est pas bon à cueillir. Dans le champ de l'erreur on ne récolte que la mort. Qu'un homme pieux s'embarque avec des nautoniers ardents au crime, il périt avec cette engeance odieuse aux dieux. De même, qu'un homme juste s'accointe à des citoyens inhospitaliers et oublieux des dieux, il est pris, malgré son innocence, dans le même filet, et il succombe frappé du fouet divin avec tous les autres. Ainsi le devin, j'entends le fils d'Oïclée, homme sage, juste, brave et pieux, grand prophète, parce qu'il s'est trouvé mêlé, malgré sa volonté, à des impies à la bouche arrogante, sera, si Zeus le veut, entraîné avec eux, quand ils s'engageront dans la longue route du retour. Maintenant je pense qu'il n'attaquera même pas nos portes, non pas qu'il manque de cœur ou de résolution virile, mais il sait qu'il doit périr dans la bataille, si les oracles de Loxias portent leurs fruits, et il a l'habitude de dire ce qui convient ou de se taire. Néanmoins nous lui opposerons le puissant Lasthénès, un portier inhospitalier, vieillard pour la prudence, mais jeune quant à la force, œil rapide et main preste à saisir avec sa javeline le point découvert par le bouclier. Mais ce sont les dieux qui accordent la victoire aux mortels.

LE CHŒUR. — *Dieux, qui entendez mes justes prières, exaucez-les, pour que la ville ait la victoire, détournez les maux de la guerre sur nos envahisseurs, et que Zeus les frappe et les tue d'un coup de foudre hors de nos murs.*

LE MESSAGER. — Je vais parler enfin du septième chef, qui est ici, à la septième porte [29], de ton propre frère, et du sort qu'il réserve à la ville dans ses imprécations et ses prières. Il veut, quand il aura escaladé nos remparts, qu'il aura été proclamé roi du pays et qu'il aura entonné le péan pour la prise de la ville, se mesurer avec toi, et te tuer au risque de périr à tes côtés, ou, si tu vis, se venger en te chassant de Thèbes, comme tu l'en as honteusement chassé! Voilà ce qu'il crie, et il prie les dieux de la race et du pays de ses pères de prêter une oreille entièrement favorable à ses prières, le puissant Polynice. Il tient un bouclier rond, récemment forgé, sur lequel figure un double emblème : un guerrier ciselé en or et une femme qui le conduit et le guide d'un air modeste. Elle prétend être la justice, d'après ce que dit l'inscription : « Je ramènerai cet homme et il reprendra possession de la ville et du palais de ses pères. » Tels sont les emblèmes imaginés par ces chefs. [Maintenant, vois toi-même qui tu veux envoyer contre lui.] Tu n'auras jamais de reproches à me faire sur mes rapports. Maintenant décide toi-même comment tu vas piloter la ville.

ÉTÉOCLE. — O race aveuglée par le ciel et détestée par les dieux! O lamentable race d'Œdipe, ma race! hélas! c'est aujourd'hui que s'accomplissent les imprécations d'un père. Mais ce n'est le moment ni de pleurer ni de se plaindre, si l'on ne veut pas engendrer des lamentations plus insupportables encore. Pour ce Polynice, si bien nommé, nous saurons bientôt où aboutira son emblème et s'il suffira, pour le ramener, de lettres d'or ciselées sur un bouclier, flux de paroles jaillies d'un esprit en délire. Si la vierge, fille de Zeus, la Justice, présidait à ses actes et à ses pensées, peut-être cela se réaliserait-il. Mais ni quand il s'évada du flanc ténébreux de sa mère, ni dans son enfance, ni quand il approcha de l'adolescence, ni quand la barbe s'épaissit sur son menton, la justice ne lui parla ni ne le jugea digne de ses soins, et ce n'est certes pas, je pense, au moment où il maltraite la terre de ses pères qu'elle va se ranger à ses côtés, ou alors on pourrait très justement dire qu'elle porte un faux nom, cette Justice acoquinée à un homme qui a toutes les audaces. Voilà ce qui fait ma confiance et c'est moi-même qui le combattrai; quel autre serait mieux désigné? Roi contre roi, frère contre frère, ennemi contre ennemi, je lui ferai tête. Allons! qu'on m'apporte vite mes cnémides, pour me protéger des javelines et des pierres.

LE CORYPHÉE. — Non, le plus cher des hommes, fils d'Œdipe, n'imite pas la colère de cet affreux blasphémateur. C'est assez que des Cadméens en viennent aux mains avec des Argiens : ce sang, on peut l'expier; mais la mort de deux frères qui s'entre-tuent de leurs propres mains, c'est là une souillure qui ne vieillit pas.

ÉTÉOCLE. — Qu'on supporte un malheur qui ne comporte point de honte, soit; c'est le seul profit qu'on emporte chez les morts; mais si la honte se joint au malheur, tu ne saurais parler de bonne renommée.

LE CHŒUR. — *Qu'as-tu en tête, mon fils? Ne te laisse*

pas emporter par la colère qui remplit ton cœur ni égarer par une fureur belliqueuse. Repousse dès son principe ton mauvais désir.

ÉTÉOCLE. — Puisqu'un dieu précipite les événements, qu'elle aille au gré du vent vers les flots du Cocyte où le destin la pousse, toute la race de Laïos, odieuse à Phoibos!

LE CHŒUR. — *Il est trop mordant le désir qui te pousse à l'homicide au fruit amer, que tu veux commettre sur un sang qui t'est défendu.*

ÉTÉOCLE. — C'est que l'odieuse, la noire Imprécation d'un père, dont les yeux secs ne connaissent pas les larmes, s'attache à moi et me dit que j'ai plus à gagner à mourir aujourd'hui que plus tard.

LE CHŒUR. — *Eh bien! ne te presse pas : tu ne seras pas appelé lâche si tu réussis à vivre. L'Érinys à l'égide noire ne sort-elle pas des maisons, quand les dieux agréent le sacrifice qu'on leur offre ?*

ÉTÉOCLE. — Les dieux ne se soucient plus de moi: la seule offrande qui puisse leur plaire est celle de ma mort. A quoi bon flatter encore un destin qui veut ma perte?

LE CHŒUR. — *Sans doute il te presse aujourd'hui, mais, avec le temps, il peut changer de volonté et venir sur toi d'un souffle plus paisible. Aujourd'hui, il est encore effervescent.*

ÉTÉOCLE. — Ce sont les imprécations d'Œdipe qui le font bouillonner. Elles n'étaient que trop vraies les visions qui me sont apparues en songe et qui partageaient l'héritage paternel.

LE CORYPHÉE. — Écoute des femmes, bien que tu ne les portes pas dans ton cœur.

ÉTÉOCLE. — Conseillez-moi des choses que je puisse accomplir, et faites-le brièvement.

LE CORYPHÉE. — Ne t'engage pas dans ce chemin; ne va pas à la septième porte.

ÉTÉOCLE. — Mon esprit est trop bien aiguisé pour que tu l'émousses par des paroles.

LE CORYPHÉE. — Une victoire, même lâchement acquise, n'est pas moins en honneur chez les dieux.

ÉTÉOCLE. — Un homme d'armes ne doit pas admettre une telle maxime.

LE CORYPHÉE. — Quoi! tu veux cueillir le sang de ton propre frère?

ÉTÉOCLE. — Les malheurs qu'envoient les dieux ne sauraient s'éviter.

LE CHŒUR. — *J'ai peur que la déesse qui perd les maisons, qui ressemble si peu aux dieux, l'infaillible prophétesse de malheurs, l'Érinys invoquée par un père, n'accomplisse les imprécations courroucées d'Œdipe en délire. Cette querelle va précipiter la perte de ses fils.*

L'étranger qui répartit les lots, le Chalybe émigré de Scythie, le dur partageur d'héritages, le fer au cœur cruel, leur a déjà tiré au sort la juste mesure de terre qu'occupent les morts : ils ne garderont rien de leurs vastes domaines.

Quand ils seront morts, tués par les coups dont ils se seront mutuellement déchirés, quand la poussière du sol aura bu le sang noir et figé du meurtre, qui pourra en offrir l'expiation, qui pourra les en laver ? O nouvelles douleurs qui viennent se mêler aux anciennes calamités de la maison!

Je pense en effet à la faute ancienne, sitôt punie, mais dont l'effet dure jusqu'à la troisième génération, à la faute de Laïos sourd à la voix d'Apollon, qui, par trois fois, dans son siège fatidique de Pythô, nombril du monde, avait déclaré qu'il devait mourir sans enfants, s'il voulait sauver la ville.

Mais, cédant à un désir insensé, il engendra sa propre mort, Œdipe le parricide, qui dans le sillon sacré d'une mère, où il avait été nourri, osa planter une racine sanglante. Le délire avait uni ces époux en folie [30].

Une mer de maux lance ses vagues sur nous. Quand l'une s'écroule, elle en soulève une autre trois fois plus forte, qui gronde en bouillonnant contre la poupe de notre cité. Entre les deux s'étend pour toute défense la faible épaisseur de nos remparts, et j'ai peur que la ville ne succombe avec ses rois.

Car voici le terrible règlement des anciennes imprécations qui s'accomplit. Les calamités passent à côté des pauvres; mais les mortels industrieux qui ont amassé trop de richesses doivent jeter leur cargaison du haut de la poupe.

Quel homme obtint jamais à la fois des dieux, assis au foyer de la ville, et des citoyens assemblés à l'agora autant d'admiration, autant de respect qu'en obtint Œdipe, lorsqu'il eut délivré le pays du monstre qui ravissait ses habitants ?

Mais quand il connut, le malheureux, quel déplorable hymen il avait fait, il ne put supporter sa douleur et, dans le délire de son âme, il acheva un double malheur : de sa main parricide, il se sépara de ses yeux, plus chers que ses fils. Et, indigné d'être si maigrement servi [31], *il lança, hélas! contre ses fils des imprécations amères, souhaitant qu'ils fissent un jour le partage de ses biens le fer à la main. Et maintenant je tremble que l'Érinys aux pieds rapides ne les accomplisse.*

LE MESSAGER. — Rassurez-vous, enfants grandis sous l'aile de vos mères : notre ville a échappé au joug de l'esclavage. Elles sont tombées, les fanfaronnades de ces hommes qui se targuaient de leur force. Le calme est revenu pour la ville : elle n'a point fait eau sous les coups répétés de la houle. Ses remparts la protègent et nous avions muni chaque porte d'un champion qui nous garantissait la victoire. En somme, tout va bien à six portes; mais la septième, c'est l'auguste septième chef, le roi Apollon, qui se l'est réservée, pour accomplir sur la race d'Œdipe le châtiment de la faute ancienne de Laïos.

LE CORYPHÉE. — Mais quel nouveau malheur frappe encore notre ville?

LE MESSAGER. — La ville est sauvée; mais les deux rois frères [sont morts, tués par leurs propres mains] [32].

LE CORYPHÉE. — Qui? que dis-tu? Tes paroles m'épouvantent et m'affolent.

LE MESSAGER. — Reviens à toi et écoute. Les fils d'Œdipe...

LE CORYPHÉE. — Hélas! malheureux, je devine leurs malheurs.

LE MESSAGER. — Ayant — le fait est incontestable — mordu la poussière...

LE CORYPHÉE. — Gisent là-bas sans doute. Si rude que soit le mot, dis-le.

LE MESSAGER. — Oui, c'est ainsi qu'ils se sont tués tous deux de leurs mains fraternelles.

LE CORYPHÉE. — Tant le dieu leur en voulait à tous les deux également! C'est lui assurément qui détruit cette race malheureuse...

LE MESSAGER. — Telle est la situation; on peut à la fois s'en réjouir et en pleurer; car si la ville triomphe, ses rois, les deux chefs d'armée, se sont partagé avec le fer scythe forgé au marteau tout leur héritage : ils en posséderont la terre qui couvrira la tombe où les ont précipités les vœux malheureux de leur père.

[La ville est sauvée; mais la terre a bu le sang des deux rois frères tués l'un par l'autre] [33].

LE CORYPHÉE. — O grand Zeus et vous, dieux tutélaires de la ville, qui venez de sauver les remparts de Cadmos, dois-je me réjouir et pousser le cri d'allégresse en l'honneur du Sauveur qui a préservé la ville de tout mal, ou pleurer nos déplorables et malheureux chefs de guerre morts sans postérité ? Ils ont bien justifié leur nom : c'est en se querellant qu'ils ont péri, victimes de leurs sentiments impies.

LE CHŒUR. — *O noire et fatale imprécation d'Œdipe et de sa race, un froid cruel enveloppe mon cœur. Comme une thyade, j'entonne un chant funèbre, en apprenant qu'ils sont morts dégouttants de sang, les malheureux! Ah! c'est sous un sinistre augure qu'ils ont croisé leurs lances.*

Elle ne s'est pas relâchée qu'elle n'ait atteint son but, l'imprécation sortie de la bouche d'un père. L'imprudence indocile de Laïos a porté ses effets jusqu'au bout, et l'angoisse règne dans la ville : les oracles ne s'émoussent pas. Ah! déplorables princes, c'est un acte incroyable que vous avez commis. Ils sont arrivés, ces maux lamentables; ce ne sont plus des mots.

(On apporte les corps des deux frères.)

Les voilà qui se montrent eux-mêmes : nous avons sous les yeux le récit du messager. Double est notre angoisse, double la douleur de ce meurtre mutuel, double le malheur qui vient de s'accomplir. Que dire ? oui, que dire, sinon qu'au foyer de cette maison les malheurs succèdent aux malheurs ? Mais, allons, amies, abandonnez-vous au vent des gémissements et, frappant vos têtes de vos mains, faites retentir ce battement de rames qui accompagne les morts et conduit toujours à travers l'Achéron la nef aux voiles noires, insensible aux gémissements, vers le rivage qui ne connaît point Apollon, ni le soleil, le rivage invisible où vont tous les mortels.

[*Mais voici Antigone et Ismène qui viennent remplir un cruel devoir, le chant funèbre de leurs frères. Elles vont, sans aucun doute, de leurs seins charmants, aux plis profonds, exhaler une juste douleur. Mais il est juste qu'avant elles nous fassions retentir l'hymne lugubre d'Érinys et que nous entonnions aussi l'odieux péan d'Hadès. O vous, qui, de toutes les femmes qui enserrent leurs vêtements d'une ceinture, avez été les plus malheureuses en frères, je pleure, je gémis et je ne feins pas les cris aigus qui s'échappent tout droit de mon cœur]* [34].

(Le chœur se partage ici en demi-chœurs qui se répondent.)

Hélas! hélas! insensés, sourds aux conseils de vos amis, infatigables artisans de maux, vous avez, malheureux, pris possession de la maison paternelle avec l'épée.

Ah oui! malheureux, qui ont trouvé une mort malheureuse pour la ruine de leur famille.

Hélas! hélas! vous avez renversé les murs de votre maison et, après une royauté amère, vous voilà désormais réconciliés par le fer.

La puissante Érinys a certes bien ratifié les vœux d'Œdipe, votre père.

Frappés, oui, frappés au flanc gauche, au flanc fraternel, <vous êtes tombés, malheureux> [35]. *Hélas! infortunés! hélas! malédictions qui ont causé ces meurtres mutuels!*

Ils ont, par les coups dont tu les dis frappés, transpercé leur maison en même temps que leur corps, aveuglés qu'ils étaient par une rage indicible et par la discorde issue de l'imprécation de leur père.

Un gémissement court à travers la ville. Nos remparts gémissent; ce sol qui les aimait gémit. C'est aux épigones que sont réservés ces biens, cause de leur infortune, ces biens qui ont causé leur querelle et leur mort.

La rage au cœur, ils se sont partagé leurs biens à parts égales; mais le médiateur n'est pas sans reproche aux yeux de leurs amis et Arès a été dur pour eux.

Voilà l'état où les coups du fer les ont mis. Mais, dira-t-on, après les coups du fer, qu'est-ce qui les attend? Une part du tombeau de leurs pères.

Un gémissement bruyant de leur maison les escorte, qui déchire le cœur, qui gémit sur soi-même et souffre pour soi-même, qui attriste l'âme et repousse la joie, qui tire des larmes sincères de mon cœur, lequel se consume à pleurer sur ces deux princes.

On peut dire de ces infortunés qu'ils ont fait périr dans le combat beaucoup de citoyens et beaucoup d'étrangers dans les rangs ennemis. Malheureuse entre toutes les femmes qui sont appelées mères celle qui les mit au monde. Elle les enfanta de son propre fils, qu'elle avait pris pour époux, et voilà comme ils ont fini sous les coups réciproques de leurs mains de frères.

Frères, oui, qui se sont perdus ensemble par la haine qui les divisait et la lutte furieuse qui a mis fin à leur querelle. Enfin leur haine a pris fin; dans la terre inondée de leur sang, leurs vies se sont confondues et ils sont vraiment de même sang. Il a été cruel, l'arbitre de leur querelle, l'étranger du Pont, le fer aiguisé sorti de la fournaise; cruel aussi, le méchant partageur de leur patrimoine, Arès, qui vient de ratifier l'imprécation de leur père.

Ils ont, les malheureux, la part de chagrins infligée par les dieux que le destin leur réservait, et sous leur corps ils auront la richesse sans fond de la terre. Ah! ils ont mis le comble aux malheurs sans nombre de leur race. Mais enfin les imprécations ont fait retentir le chant aigu du triomphe, après avoir mis la race en une déroute complète. Le trophée d'Atè se dresse à la porte où ils se sont frappés, et le dieu, les ayant vaincus tous les deux, s'est arrêté.

ANTIGONE (s'adressant à Polynice). — *Frappé, tu as frappé.*

ISMÈNE (s'adressant à Étéocle). — *Et toi, tu es mort, après avoir tué.*

ANTIGONE. — *Tu as tué par la lance.*
ISMÈNE. — *Tu as péri par la lance.*
ANTIGONE. — *Tu as causé un malheur.*
ISMÈNE. — *Tu as souffert un malheur.*
ANTIGONE. — *Te voilà gisant.*
ISMÈNE. — *Après avoir tué.*
ANTIGONE. — *Éclatez, mes sanglots.*
ISMÈNE. — *Coulez, mes larmes.*
ANTIGONE. — *Hélas!*

ISMÈNE. — *Hélas!*
ANTIGONE. — *La douleur me rend folle.*
ISMÈNE. — *Mon cœur gémit dans ma poitrine.*
ANTIGONE. — *O toi, à jamais déplorable!*
ISMÈNE. — *Et toi aussi, à jamais malheureux!*
ANTIGONE. — *Tu as péri de la main d'un frère.*

ISMÈNE. — *Et toi, tu as tué un frère.*
ANTIGONE. — *Double chagrin à dire.*
ISMÈNE. — *Double chagrin à voir.*
ANTIGONE. — *Double malheur que nous avons sous les yeux.*
ISMÈNE. — *Malheur de nos frères sous les yeux de leurs sœurs* [36].
ANTIGONE et ISMÈNE. — *Ah! Parque, cruelle distributrice de misères! Et toi, ombre sacrée d'Œdipe! Ah! noire Érinys, que ta force est puissante!*

ANTIGONE. — *Hélas!*
ISMÈNE. — *Hélas!*
ANTIGONE. — *Maux pénibles à contempler.*
ISMÈNE. — *Qu'il m'a fait voir en revenant de l'exil.*
ANTIGONE. — *Il n'est pas rentré, même après avoir tué.*
ISMÈNE. — *Mais, de retour, il a perdu le souffle.*
ANTIGONE. — *Oui, il l'a perdu.*
ISMÈNE. — *Et il a tué l'autre.*
ANTIGONE. — *Race infortunée!*
ISMÈNE. — *Victime de l'infortune!*
ANTIGONE. — *Doubles deuils du même nom à déplorer!*
ISMÈNE. — *Double deuil, suite de violentes calamités* [37].
ANTIGONE et ISMÈNE. — *Ah! Parque, cruelle distributrice de misères! Et toi ombre sacrée d'Œdipe! Ah! noire Érinys, que ta force est puissante!*

ANTIGONE. — *Tu le sais, toi, pour l'avoir éprouvée.*
ISMÈNE. — *Et toi, tu n'as pas tardé à la connaître.*
ANTIGONE. — *Alors que tu es rentré dans ton pays.*
ISMÈNE. — *Et que tu as choqué ta lance contre la sienne.*
ANTIGONE. — *Malheur lamentable à rappeler.*
ISMÈNE. — *Malheur lamentable à voir.*
ANTIGONE. — *Oh! douleur!*
ISMÈNE. — *Oh! misères!*
ANTIGONE. — *Pour le palais et pour le pays.*
ISMÈNE. — *Et pour moi aussi.*
ANTIGONE. — *Hélas! hélas! déplorable prince de malheurs!*
ISMÈNE. — *Hélas! le plus déplorable des hommes!*
ANTIGONE et ISMÈNE. — *Hélas! aveuglés par Atè.*
ANTIGONE. — *Ah! ah! où les mettrons-nous en terre?*
ISMÈNE. — *Ah! à l'endroit le plus honorable.*
ANTIGONE et ISMÈNE. — *Ah! ah! leur malheur partagera la couche de leur père.*

LE HÉRAUT [38]. — Je suis chargé de proclamer ce qu'ont décidé et ce que décident les conseillers du peuple de la cité cadméenne. Pour celui-ci, Étéocle, ils ont décidé, en raison de son dévouement au pays, de lui creuser une tombe et de l'enterrer pieusement; plein de haine pour l'ennemi, il a voulu mourir dans sa patrie. Pur et sans reproche à l'égard des temples de nos pères, il est mort où il est beau pour les jeunes gens de mourir. Voilà ce qu'on m'a commandé de dire à son sujet. Quant à cet autre cadavre, celui de son frère Polynice, il sera jeté hors des murs, sans sépulture, pour être déchiré par les chiens, parce qu'il aurait dévasté la terre de Cadmos si un dieu n'avait arrêté sa lance, à celui-là. Même mort, il restera souillé par son attentat contre les dieux du pays, qu'il a outragés en lançant une armée étrangère à la conquête de la ville. Aussi a-t-on décidé qu'en punition de son sacrilège il serait enseveli ignominieusement par les oiseaux du ciel, qu'aucune main ne verserait sur lui la terre d'un tombeau, qu'on ne l'honorerait point du chant aigu des lamentations et que son cadavre méprisé ne serait point escorté de ses proches. Voilà ce qu'ont décrété les autorités des Cadméens.

ANTIGONE. — Eh bien, moi, je déclare aux chefs des Cadméens que, si personne ne veut m'aider à ensevelir celui-ci, c'est moi qui l'ensevelirai. C'est mon frère; aussi j'affronterai le péril en lui donnant la sépulture et je ne rougirai point de ma désobéissance et de ma rébellion aux ordres de la cité. On est fortement lié par la communauté du sein où l'on a pris naissance, enfants d'une mère misérable et d'un père infortuné. Aussi, mon âme partage volontairement son malheur involontaire et, vivante, témoigne au mort ses sentiments fraternels. Ses chairs ne seront pas la pâture des loups au ventre creux; que personne ne le croie; car je saurai, moi, toute femme que je suis, lui procurer une tombe où l'ensevelir. J'en apporterai la terre dans un pli de ma robe de lin et je l'en couvrirai moi-même, et que personne ne croie le contraire. Je trouverai bien un expédient efficace pour seconder mon audace.

LE HÉRAUT. — Je t'avertis de ne pas te rebeller ainsi contre la cité.

ANTIGONE. — Je t'avertis de ne pas me faire de sommations superflues.

LE HÉRAUT. — Le peuple est intraitable, quand il vient d'échapper à un désastre.

ANTIGONE. — Intraitable, si tu veux; mais celui-ci ne restera pas sans sépulture.

LE HÉRAUT. — Un homme que la ville abhorre, tu veux, toi, l'honorer d'un tombeau?

ANTIGONE. — Est-ce que les dieux jusqu'ici lui ont refusé sa part d'honneur?

LE HÉRAUT. — Non pas, du moins avant le péril où il a jeté son pays.

ANTIGONE. — Il n'a fait que rendre mal pour mal.

LE HÉRAUT. — Mais il nous punissait tous de la faute d'un seul.

ANTIGONE. — La Dispute veut toujours avoir le dernier mot parmi les dieux. Je l'ensevelirai : économise tes discours.

LE HÉRAUT. — Fais-en à ta tête; moi, je te le défends.

LE CORYPHÉE. — Hélas! hélas! O Kères Érinyes, orgueilleuses destructrices des familles, qui avez ainsi perdu de fond en comble la race d'Œdipe, que vais-je devenir? Que faire? Que résoudre? Pourrai-je prendre sur moi de ne pas pleurer, de ne pas t'accompagner jusqu'au tombeau?

Mais j'ai peur; je voudrais me défaire de la crainte que m'inspire la cité. Toi, tu auras une foule de gens pour porter ton deuil, et lui, l'infortuné, s'en ira sans lamentations, et il n'aura pour le pleurer que les larmes de sa sœur. Qui pourrait obéir à un tel ordre?

LE CHEF DU PREMIER DEMI-CHŒUR. — Que la cité punisse ou ne punisse pas ceux qui pleurent Polynice, nous irons, nous, l'ensevelir avec elle et nous suivrons son convoi. C'est un malheur qui touche la race entière, et la cité varie souvent dans l'appréciation du droit.

LE CHEF DU SECOND DEMI-CHŒUR. — Mais nous, c'est celui-ci que nous suivrons, comme la cité et le droit le recommandent; car, après les Bienheureux et le tout-puissant Zeus, c'est lui surtout qui a préservé la cité de la destruction et qui a repoussé le flot d'étrangers tout prêt à l'engloutir.

PROMÉTHÉE ENCHAINÉ

NOTICE
SUR LE
PROMÉTHÉE ENCHAÎNÉ

Le théâtre représente une montagne située à l'extrême nord de l'Europe. Pouvoir et Force, deux exécuteurs des volontés de Zeus et le fils de Zeus, Hèphaistos, y ont amené le titan Prométhée, coupable d'avoir dérobé le feu aux dieux et d'en avoir fait présent aux mortels. Ils ont reçu l'ordre de clouer le coupable au sommet de la montagne. Mais Hèphaistos hésite, il a pitié de la victime; enfin, pressé et gourmandé par l'impitoyable Pouvoir, il finit par enfoncer un clou dans la poitrine de Prométhée, et, sa besogne finie, il se retire avec ses deux acolytes.

Prométhée a supporté les coups sans proférer une plainte en présence de ses bourreaux. Mais dès qu'il est seul, il prend le ciel et la terre à témoin de l'injuste traitement de Zeus. Soudain il voit apparaître un char ailé qui se pose près de lui. Ce sont les Océanides, filles du titan Océan, parent de Prométhée, qui viennent le consoler. Elles s'apitoient sur son sort et s'indignent de le voir ainsi traité. Mais lui, sûr d'avoir un jour sa revanche, parce qu'il possède un secret qui fera tomber Zeus de son trône, s'il n'en est pas informé d'avance, il reste inflexible et refuse de s'humilier devant le nouveau roi des dieux, qu'il a aidé naguère à renverser Cronos et à s'emparer de son trône. Tandis qu'il rappelle aux Océanides les services qu'il a rendus à Zeus et les bienfaits dont il a comblé les hommes, arrive à son tour Océan, monté sur un griffon. Il vient offrir sa médiation à Prométhée, qui le prie de se tenir en repos, parce qu'il ne voudrait pas le voir se compromettre pour lui auprès de Zeus. Océan, satisfait d'avoir rempli un devoir de bienséance en venant visiter son parent, remonte son oiseau et disparaît. Prométhée poursuit alors devant les Océanides le récit qu'il avait commencé. Il leur apprend tout ce qu'il a fait pour les humains.

Il ne leur a pas seulement donné le feu et les arts que le feu a rendus possibles; il leur a appris à user de leur intelligence; il leur a enseigné l'astronomie, la médecine, la divination, la science des nombres, l'écriture, le travail des métaux.

Tandis que Prométhée s'entretient ainsi avec les Océanides, une jeune fille portant au front des cornes de vache se précipite sur la scène; c'est Io qui, aimée de Zeus et en butte à la jalousie d'Hèra, court le monde pour échapper au taon qui la poursuit. Étonnée d'être reconnue par Prométhée, elle lui demande de lui révéler le terme de ses épreuves.

Mais les Océanides, curieuses de connaître son aventure avec Zeus, la pressent de leur faire d'abord le récit de ses malheurs. Elle leur conte alors en termes pudiques et voilés les songes et les oracles qui la forcèrent à se rendre à l'amour du roi des dieux, sa métamorphose en génisse et sa vie vagabonde. A son tour, Prométhée lui révèle les nouvelles courses qui l'attendent, et pour lui prouver sa véracité, il lui rappelle les pays qu'elle a déjà parcourus, et il termine en prédisant à Io qu'arrivée en Égypte elle mettra au monde un fils, Épaphos, de qui naîtra un jour celui qui le délivrera lui-même du supplice auquel il est condamné. A peine a-t-il fini de parler qu'Io, reprise par le délire que lui cause le taon, s'enfuit éperdument.

Mais Zeus a entendu que Prométhée le menaçait d'être détrôné un jour. Aussi envoie-t-il Hermès pour le sommer de lui révéler le secret qu'il détient. L'inflexible Prométhée s'y refuse, en dépit des menaces d'Hermès. Aussitôt Zeus, de sa foudre, fracasse le roc où son adversaire est attaché et l'enfonce dans les profondeurs de la terre. Ainsi finit la pièce.

D'intrigue et d'action, il n'y en a pas. C'est, comme *les Suppliantes*, *les Sept*, *les Perses*, un de ces drames qu'Aristote appelle simples, où aucune péripétie n'éveille ni ne maintient la curiosité, et où l'intérêt vient de la peinture des caractères et de la gradation que le poète a su ménager par des scènes épisodiques, comme l'arrivée des Océanides, d'Océan, d'Io, d'Hermès. La tendre pitié des Océanides contraste avec la fermeté de Prométhée et la fait ressortir. Son indomptable volonté se révèle d'une manière plus frappante encore devant la prudente attitude d'Océan, dont il repousse la médiation; elle s'affirme aussi en présence d'Io, par la confiance qu'il a qu'un descendant de cette malheureuse le délivrera un jour de ses tourments;

enfin sa farouche obstination éclate surtout dans l'accueil ironique et hautain qu'il fait à Hermès, et qui amène aussitôt la catastrophe où il est englouti par le tonnerre de Zeus.

Les caractères des personnages secondaires sont tracés, eux aussi, d'une manière intéressante. L'impitoyable cruauté de Pouvoir nous rend plus sensible la compassion d'Hèphaistos pour sa victime. Le contraste entre la hardiesse des Océanides, fidèles à Prométhée jusqu'à la fin, fait valoir l'égoïsme d'Océan qui se contente d'une visite de bienséance et qui est tout heureux de renfourcher son griffon. Enfin Hermès, digne fils de son père, fait un juste pendant à l'attitude hautaine de Prométhée par le ton impérieux qu'il affecte et les menaces dont il essaye de l'effrayer.

Peu apprécié au XVIIe et au XVIIIe siècle, le *Prométhée enchaîné* a repris au XIXe sa place dans l'estime des lettrés. Ce n'est pas qu'on n'y puisse reprendre quelques hors-d'œuvre. Tel est par exemple la description du supplice d'Atlas et de Typhon, magnifique morceau de bravoure, mais qui n'est guère à sa place dans le drame. Tel est aussi le long récit des « erreurs » d'Io, avec ses détails géographiques en désaccord avec la réalité. Mais ces défauts sont rachetés à la lecture par la grandeur et la poésie d'un style entraînant et tout éclatant d'images originales.

Outre le *Prométhée enchaîné*, le catalogue des pièces d'Eschyle contient deux autres *Prométhée* : le *Prométhée délivré* et le *Prométhée porte-feu*. Ces trois pièces formaient une trilogie, où le *Prométhée enchaîné* occupait le premier rang, le *Prométhée délivré*, le deuxième, et le *Prométhée porte-feu* le troisième. Dans le *Prométhée délivré*, la scène était transportée au sommet du Caucase, où l'aigle de Zeus venait tous les deux jours dévorer le foie toujours renaissant du malheureux titan. Hèraclès, passant par le Caucase, abattait l'aigle d'une de ses flèches. C'était sans doute aussi dans cette pièce qu'avait lieu la substitution de Chiron à Prométhée, annoncée à mots couverts dans le *Prométhée enchaîné* (v. 1027). En tout cas, Prométhée y livrait son secret à Zeus qui le délivrait de ses chaînes.

Sur le *Prométhée porte-feu* nous n'avons pas de renseignements; mais nous savons que Prométhée, inventeur des arts, était le dieu des artisans du Céramique et qu'il avait un autel à l'Académie. On peut donc conjecturer sans invraisemblance que la troisième pièce avait pour objet l'introduction à Athènes du culte de Prométhée porte-feu, c'est-à-dire qui tient une torche à la main. C'est ainsi qu'Eschyle a terminé son *Orestie*, par l'introduction du culte des Euménides à Athènes. La didascalie des *Perses* note enfin un autre Prométhée, joué avec *Phinée*, *les Perses*, *Glaucos de Potnies* : c'est le *Prométhée allumeur de feu*, qui était un drame satirique.

A quelle époque de la carrière d'Eschyle faut-il rapporter le *Prométhée enchaîné ?* Sur ce point, les savants sont partagés. L'allusion à l'éruption de l'Etna qui eut lieu en ~ 479 ne peut servir à la dater exactement; car il a pu s'écouler un assez grand nombre d'années entre cette éruption et la représentation de la pièce. On a tiré argument pour une date tardive du fait que la première scène exige trois acteurs : elle serait dès lors postérieure à l'innovation de Sophocle qui ajoute un troisième acteur aux deux qui avaient suffi jusque-là à Eschyle.

Il y a en effet dans la première scène quatre acteurs : Pouvoir, Force, Hèphaistos et Prométhée. Mais Force et Prométhée sont silencieux. Il se peut donc, quoi qu'on en dise, que Prométhée ait été figuré dans cette scène par un mannequin, et qu'il ait été supplicié derrière le roc qui faisait face aux spectateurs, lesquels n'auraient aperçu que les deux agents de Zeus et Hèphaistos maniant son marteau. L'acteur qui jouait Hèphaistos aurait eu le temps, pendant que Pouvoir adressait à Prométhée ses dernières insultes, de se glisser derrière le roc. Une plaque tournante pouvait faire virer le roc et amener Prométhée à la vue des spectateurs. Quoi qu'il en soit, la simplicité de la pièce semble la rapprocher des *Suppliantes*, des *Perses* et des *Sept*. On peut donc, comme le fait Masqueray, la placer après *les Sept* représentés en ~ 467.

PROMÉTHÉE ENCHAÎNÉ

PERSONNAGES

POUVOIR, FORCE, HÈPHAISTOS, PROMÉTHÉE, CHŒUR DES OCÉANIDES, OCÉAN, IO, FILLE D'INACHOS, HERMÈS,

POUVOIR. — Nous voici arrivés sur le sol d'une contrée lointaine, au pays des Scythes, en un désert sans humains. C'est à toi, Hèphaistos, d'exécuter les ordres que t'a donnés ton père, d'enchaîner ce scélérat sur des roches escarpées dans d'infrangibles entraves et liens d'acier. Car c'est ton apanage, l'éclat du feu, père de tous les arts, qu'il a dérobé et donné aux mortels. Cette faute-là, il faut qu'il la paye aux dieux et qu'il apprenne à se résigner au règne de Zeus et à renoncer à favoriser ainsi les hommes.

HÈPHAISTOS. — Pouvoir et Force, vous en avez fini avec la mission que Zeus vous a confiée et rien ne vous retient plus. Mais moi, je n'ai pas le courage d'enchaîner de force à ce pic battu des tempêtes un dieu du même sang que moi. Malgré tout, il faut que je trouve le courage de le faire; car il m'en coûterait cher de négliger les ordres de mon père. (*A Prométhée.*) Fils aux hautes pensées de la sage Thémis, c'est malgré moi comme malgré toi que je vais te clouer dans des ferrements inextricables à ce roc désolé, où tu n'entendras plus la voix ni ne verras plus la figure d'aucun mortel, mais où, grillé par le soleil flamboyant, tu verras la fleur de ton teint se flétrir. Tu seras content lorsque la nuit cachera la lumière sous sa robe étoilée et que le soleil reviendra dissiper le givre du matin. Mais toujours le poids du mal présent t'accablera; car celui qui t'en soulagera n'est pas encore né. Voilà ce que tu as retiré de ta bienfaisance envers les hommes. En dieu qui ne se laisse pas effrayer par la colère des dieux, tu as dépassé ton droit en gratifiant les hommes de leurs honneurs. En récompense, tu vas monter sur ce rocher une garde sans agrément, debout, sans dormir et sans ployer le genou. Tu pousseras des plaintes sans fin et des lamentations sans effet; car le cœur de Zeus est inflexible : un nouveau maître est toujours dur [1].

POUVOIR. — Allons! que tardes-tu et pourquoi cette vaine pitié? Comment es-tu sans haine pour un dieu détesté des dieux, qui a livré ton privilège aux mortels?

HÈPHAISTOS. — C'est un lien fort que la parenté et l'habitude de vivre ensemble.

POUVOIR. — J'en conviens; mais est-ce possible de désobéir aux ordres d'un père? N'est-ce pas plus à craindre?

HÈPHAISTOS. — Toi, tu es toujours sans pitié et plein d'audace.

POUVOIR. — Tu ne le guériras pas en pleurant sur lui; ne te tourmente pas inutilement pour cela.

HÈPHAISTOS. — Ah! métier détesté!

POUVOIR. — Pourquoi le détester? Car, à parler franc, ton métier n'est pas la cause des maux présents.

HÈPHAISTOS. — Néanmoins il aurait bien dû échoir à quelque autre.

POUVOIR. — Tous les métiers sont déplaisants, sauf celui de roi des dieux, car nul n'est libre que Zeus.

HÈPHAISTOS. — Je le sais et je n'ai rien à répliquer à cela.

POUVOIR. — Hâte-toi donc de lui passer ses liens, que ton pere ne te voie pas tergiverser.

HÈPHAISTOS. — Il peut voir que j'ai déjà les anneaux en main.

POUVOIR. — Passe-les-lui autour du bras et frappe de toutes tes forces avec le marteau et cloue-le aux rochers.

HÈPHAISTOS. — Je suis en train de le faire, et ce n'est pas en vain que je travaille.

POUVOIR. — Frappe plus fort, serre, ne laisse pas de jeu; car il est capable de trouver une issue à une situation même inextricable.

HÈPHAISTOS. — Voilà un bras fixé d'une manière indissoluble.

POUVOIR. — A l'autre maintenant; agrafe-le solidement; qu'il apprenne que Zeus a l'esprit plus prompt que lui.

HÈPHAISTOS. — Personne, sauf lui, ne peut justement se plaindre de mon travail.

POUVOIR. — Maintenant enfonce-lui hardiment la dent de ce coin d'acier à travers la poitrine, et frappe ferme.

HÈPHAISTOS. — Hélas! Prométhée, je gémis en moi-même de tes maux.

POUVOIR. — Te voilà encore à hésiter et à gémir sur l'ennemi de Zeus. Prends garde d'avoir bientôt à t'apitoyer sur toi-même.

HÈPHAISTOS. — Tu vois un spectacle pénible à la vue.

POUVOIR. — Je vois qu'il a ce qu'il mérite. Allons! passe-lui cette ceinture autour des reins.

HÈPHAISTOS. — Je suis contraint de le faire; tu n'as pas besoin de me l'ordonner avec tant d'insistance.

POUVOIR. — Je te l'ordonne tout de même; je veux même te le crier. Descends et enserre-lui de force les jambes dans cet anneau.

HÈPHAISTOS. — Voilà qui est fait; le travail n'a pas été long.

POUVOIR. — Maintenant frappe fort et enfonce les entraves dans sa chair; car celui qui doit juger ton ouvrage est un maître redoutable.

HÈPHAISTOS. — Ton langage se rapporte bien à ta figure.

POUVOIR. — Attendris-toi, si tu veux; mais ne me reproche pas à moi ma hardiesse et la dureté de mon âme.

HÈPHAISTOS. — Partons; ses membres sont bien enlacés.

POUVOIR. — Maintenant fais ici l'insolent et livre à des êtres d'un jour les privilèges que tu as dérobés aux dieux. Que peuvent-ils, ces mortels, pour alléger tes maux? C'est bien à tort que les dieux t'appellent Prométhée [2]; c'est toi-même qui as besoin d'un Prométhée pour savoir comment tu te dégageras de ces nœuds savants.

(Ils sortent.)

PROMÉTHÉE. — O divin Éther, vents à l'aile rapide, sources des fleuves, sourire innombrable des flots marins, Terre, mère de tous les êtres, et toi, Soleil, œil qui voit tout, je vous atteste; voyez comment un dieu est traité par les dieux.

Voyez les tortures dont je suis déchiré et contre lesquelles je dois lutter pendant des milliers d'années. Voilà les liens injurieux que le jeune chef des Bienheureux a imaginés contre moi. Hélas! hélas! je gémis sur les tourments que je souffre aujourd'hui et sur ceux qui m'attendent dans l'avenir. Quand pourrai-je enfin voir lever la fin de mes peines ?

Mais que dis-je? l'avenir, je le connais exactement d'avance et tout entier : il ne m'arrivera aucun malheur que je n'aie prévu. Il faut supporter aussi bien que possible le lot que la destinée nous assigne et savoir qu'on ne peut lutter contre la force de la nécessité. Mais il m'est aussi impossible de taire ce qui m'arrive que de ne pas le taire. C'est à cause des faveurs que j'ai procurées aux mortels que je me vois sous le joug de la nécessité, infortuné que je suis. J'ai pris dans la tige d'une férule la semence du feu que j'ai dérobée, semence qui est pour les mortels la maîtresse de tous les arts et une auxiliaire sans prix. Voilà les fautes dont je porte la peine, suspendu dans les airs, dans ces chaînes où je suis cloué.

Ah! ah! eh! eh! quel bruit, quel parfum invisible a volé jusqu'à moi ? Vient-il d'un dieu, d'un mortel ou d'un demi-dieu ? Est-on venu à ce roc, aux limites du monde, pour voir mes souffrances, ou que me veut-on ? Voyez comme on tient dans les chaînes le misérable dieu que je suis,

l'ennemi de Zeus, qui a encouru la haine de tous les dieux qui fréquentent la cour de Zeus, parce qu'il a trop aimé les hommes.

Ah! ah! quel bruissement d'oiseaux entends-je de nouveau près de moi! L'air siffle doucement sous les battements légers de leurs ailes. Tout ce qui s'approche de moi me fait trembler.

LE CHŒUR. — *Ne crains rien; car c'est une troupe amie, qui, luttant à tire-d'aile de rapidité, est venue à ce rocher, après avoir vaincu à grand-peine la résistance d'un père. Enfin les vents rapides m'ont amenée ici. Le bruit du fer frappé par le marteau a pénétré au fond de mon antre et a chassé de moi la pudeur à l'œil timide, et, sans prendre le temps de me chausser, je me suis élancée sur ce char ailé.*

PROMÉTHÉE. — Hélas! hélas! enfants de la féconde Téthys, filles de l'Océan, dont les flots roulent autour de toute la terre sans jamais dormir, regardez, voyez les chaînes qui m'agrafent à la cime rocheuse de ce précipice, où je dois monter une garde peu enviable.

LE CHŒUR. — *Je vois, Prométhée, et je tremble de sentir sur mes yeux un nuage gonflé de larmes, à l'aspect de ton corps qui se dessèche sur ce roc dans la torture de ces liens d'acier. C'est que de nouveaux pilotes gouvernent l'Olympe et que, suivant des lois nouvelles, Zeus règne arbitrairement, et annihile à présent les géants d'autrefois.*

PROMÉTHÉE. — Oh! si seulement il m'avait précipité sous la terre, par-dessous l'Hadès qui engloutit les morts, dans l'immense Tartare, après m'avoir sauvagement enchaîné dans des liens indissolubles, pour que ni dieu ni personne autre ne trouvât matière à s'en réjouir, tandis qu'à présent, jouet des airs, je souffre, hélas! pour la joie de mes ennemis.

LE CHŒUR. — *Quel dieu aurait le cœur assez dur pour trouver de la joie à ton supplice ? Qui ne compatirait pas comme nous à tes souffrances, à part Zeus, qui, toujours en courroux, s'est fait une âme inflexible pour dompter la race d'Ouranos, et qui ne s'arrêtera point qu'il n'ait assouvi son cœur, ou qu'un autre ait pris de haute lutte ce pouvoir si difficile à conquérir ?*

PROMÉTHÉE. — Et pourtant il est certain, si maltraité que je sois par ces entraves indissolubles, qu'il aura encore une fois besoin de moi, ce prytane [3] des Bienheureux, pour l'avertir des effets d'un nouveau dessein qui le dépouillerait de son sceptre et de ses honneurs. Alors je ne me laisserai point prendre aux charmes des discours mielleux de la Persuasion et, si dures que soient ses menaces, elles ne me feront pas trembler, et je ne révélerai pas mon secret, qu'il n'ait d'abord relâché ces liens sauvages et qu'il n'ait consenti à me payer la peine de ses outrages.

LE CHŒUR. — *Tu es fier et, au lieu de céder à ton amère infortune, tu parles trop librement. Mais moi, je sens l'effroi pénétrer et agiter mon cœur. Ton sort me fait frémir : où faudra-t-il que tu en viennes pour voir le terme de tes souffrances ? Il est impossible d'avoir prise sur le caractère et de fléchir le cœur du fils de Cronos.*

PROMÉTHÉE. — Je sais qu'il est dur et qu'il règle le droit à son gré; mais je ne laisse pas de croire qu'il s'adoucira un jour, quand ce coup l'aura brisé. Alors il rabattra ce rude courroux et il en viendra à faire alliance et amitié avec moi, avec autant d'empressement que moi-même.

LE CORYPHÉE. — Dévoile tout et explique-nous pour quel grief Zeus t'a saisi et traité d'une manière si ignominieuse et si atroce. Renseigne-nous, si tu n'éprouves pas trop de peine à parler.

PROMÉTHÉE. — Il est vrai que c'est une douleur pour

moi, ne fût-ce que d'en parler, mais c'est une douleur aussi de me taire; de tous côtés je ne vois que chagrins. Du jour où les dieux s'abandonnèrent à la colère et où la discorde s'éleva parmi eux, les uns voulant chasser Cronos de son trône, afin de le donner à Zeus; les autres, au contraire, luttant pour empêcher que Zeus régnât jamais sur les dieux, je donnai aux Titans, fils d'Ouranos et de la Terre, les plus sages conseils, mais je ne réussis pas à les persuader. Dédaignant les moyens de ruse, ils s'imaginaient dans l'orgueil de leur force qu'ils n'auraient pas de peine à se rendre les maîtres par la violence. Mais moi, ma mère, Thémis ou Gaia [4], forme unique sous des noms divers, m'avait plusieurs fois prédit comment se réaliserait l'avenir, et que, sans recourir à la force ni à la violence, c'est à la ruse que les vainqueurs devraient l'empire. Voilà ce que je leur expliquai : ils ne daignèrent même pas m'accorder un regard. Dans ces conjonctures, il me parut que je n'avais rien de mieux à faire que de prendre ma mère avec moi et de nous placer aux côtés de Zeus, qui accueillerait volontiers notre bonne volonté. C'est grâce à mes conseils que le noir et profond cachot du Tartare cache l'antique Cronos avec ses défenseurs. Tels sont les services que j'ai rendus au roi des dieux : vous voyez les peines cruelles dont il m'a payé de retour. C'est sans doute un mal inhérent à la tyrannie, de n'avoir pas confiance en ses amis. Quant à ce que vous demandez, pour quel motif il me maltraite, je vais vous l'éclaircir. Aussitôt qu'il fut assis sur le trône paternel, il répartit les privilèges entre les différents dieux et fixa les rangs dans son empire. Mais il ne fit aucun compte des malheureux mortels; il voulait même en faire disparaître la race tout entière pour en faire naître une nouvelle. Et personne ne s'y opposait que moi. Seul, j'eus cette audace et j'empêchai que les mortels mis en pièces ne descendissent dans l'Hadès. Voilà pourquoi je suis courbé sous le poids de ces douleurs pénibles à supporter, pitoyables à voir. Pour avoir eu pitié des mortels, j'ai été jugé indigne de pitié, et voilà l'impitoyable traitement qu'on m'inflige, spectacle déshonorant pour Zeus.

LE CHŒUR. — Il faudrait, Prométhée, avoir un cœur de fer ou de pierre pour ne pas compatir à tes peines. Pour ma part, je n'aurais pas souhaité d'en être témoin et, à les voir, mon cœur en a souffert.

PROMÉTHÉE. — Oui, je suis pour mes amis un spectacle pitoyable.

LE CORYPHÉE. — Mais peut-être as-tu poussé la bonté plus loin encore ?

PROMÉTHÉE. — Oui, j'ai mis fin aux terreurs que la vue de la mort cause aux mortels.

LE CORYPHÉE. — Quel remède as-tu trouvé à ce mal ?

PROMÉTHÉE. — J'ai logé en eux d'aveugles espérances.

LE CORYPHÉE. — C'est un don bien précieux que tu as fait là aux mortels.

PROMÉTHÉE. — J'ai fait plus encore : je leur ai donné le feu.

LE CORYPHÉE. — Et maintenant le feu flamboyant est aux mains d'êtres éphémères ?

PROMÉTHÉE. — Oui, et ils apprendront de lui beaucoup d'arts.

LE CORYPHÉE. — Et c'est pour ces griefs que Zeus...

PROMÉTHÉE. — Me maltraite, sans laisser aucun relâche à mes maux.

LE CORYPHÉE. — N'y a-t-il aucun terme en vue à tes épreuves ?

PROMÉTHÉE. — Aucun autre que celui que fixera son caprice.

LE CORYPHÉE. — D'où viendra ce caprice ? Qu'espères-tu ? ne vois-tu pas que tu as fait erreur ? Comment ? C'est ce que j'aurais peine à te dire et toi peine à entendre. Mais laissons cela et cherche quelque moyen de te délivrer de cette épreuve.

PROMÉTHÉE. — Il est aisé à qui a le pied en dehors du mal de conseiller et de reprendre le malheureux ; mais moi, je savais tout cela. C'est volontairement, oui, volontairement que j'ai été imprudent, je ne le nie point. C'est pour secourir les mortels que je me suis préparé ces souffrances. Je ne pensais pas pourtant à un pareil supplice et que je maigrirais sur ces cimes rocheuses, fixé sur un pic désert et solitaire. Mais, au lieu de déplorer mes douleurs présentes, descendez à terre pour apprendre ma fortune à venir ; et ainsi vous saurez tout jusqu'au bout. Cédez, cédez à ma prière ; compatissez à mes maux actuels. Le malheur ne cesse pas d'errer et se pose tantôt sur l'un, tantôt sur l'autre.

LE CORYPHÉE. — J'obéis à ton appel, Prométhée ; d'un pied léger j'abandonne ce siège au vol rapide et l'éther, route sacrée des oiseaux, et je descends sur ce sol raboteux ; je veux écouter le récit entier de tes malheurs.

(L'Océan paraît monté sur un griffon.)

OCÉAN. — Pour venir à toi, Prométhée, j'ai fait une longue course sur cet oiseau aux ailes agiles, que je gouverne sans bride par ma seule volonté. Je compatis, sache-le, à tes infortunes. Le sang, je crois, m'y oblige [5]; mais, le sang mis à part, il n'y a personne dont je fasse plus de cas que de toi. Tu reconnaîtras que je dis la vérité et qu'il n'est pas dans mon caractère d'user de vaines flatteries. Allons, indique-moi en quoi je puis t'aider. Tu ne pourras jamais dire que tu as un ami plus sûr qu'Océan.

PROMÉTHÉE. — Eh quoi! tu es venu, toi aussi, pour voir mon supplice! Comment as-tu osé quitter le courant qui porte ton nom et tes grottes taillées dans le roc par la nature pour le pays qui enfante le fer? Es-tu venu pour contempler mes malheurs et compatir à mes souffrances? Regarde ce spectacle : moi, l'ami de Zeus, qui l'ai aidé à établir sa domination, vois sous quel supplice il me courbe.

OCÉAN. — Je vois, Prométhée, et je veux te donner, tout avisé que tu es, le plus salutaire conseil. Connais-toi toi-même et adopte des façons nouvelles, puisqu'un nouveau maître règne chez les dieux. Si tu lances ainsi des mots durs et acérés, Zeus a beau trôner bien loin au-dessus de toi, il pourrait bien t'entendre, et alors l'ennui de tes maux actuels ne te paraîtrait plus qu'un jeu. Allons, infortuné, bannis la colère qui te possède et cherche le moyen de t'affranchir de ces tourments. Peut-être ne vois-tu dans mes paroles qu'un vieux radotage; il est néanmoins certain que c'est ton langage trop hautain qui te vaut ce châtiment; car tu n'es pas devenu humble; tu ne cèdes pas à la souffrance et à tes maux présents tu veux en ajouter d'autres. Si donc tu veux me prendre pour maître, tu ne regimberas plus contre l'aiguillon; songe que tu as affaire à un monarque dur et qui gouverne sans rendre de comptes à personne. Et maintenant je vais aller essayer si je puis te délivrer de ces maux; pendant ce temps, tiens-toi tranquille et mets un frein à tes récriminations. Ne sais-tu pas, toi qui es si fin, qu'une langue inconsidérée s'attire toujours un châtiment?

PROMÉTHÉE. — J'envie la chance que tu as d'être hors de cause, après avoir pris part à tout et t'être associé à mon audace [6]. Aussi restes-en là maintenant et ne t'occupe pas de moi. Jamais tu ne le fléchiras; car il est fermé à la persuasion. Prends plutôt garde de te nuire à toi-même par ta démarche.

OCÉAN. — Tu t'entends beaucoup mieux à endoctriner les autres que toi-même : j'en juge par les faits, non sur des paroles. Je pars, ne me retiens pas. Je me fais fort, oui, je me fais fort d'obtenir cette grâce de Zeus et qu'il te délivrera de tes peines.

PROMÉTHÉE. — Je te sais gré de ton bon vouloir et je ne l'oublierai jamais. Ton dévouement est parfait; mais ne te tracasse pas pour moi; tu y perdrais ta peine, sans pouvoir me servir malgré ta bonne volonté. Reste tranquille et tiens-toi hors d'affaire. Si je suis malheureux, je ne voudrais pas pour cela voir la plupart des dieux en butte aux souffrances. Non, certes, je suis déjà assez navré du sort de mon frère Atlas, qui debout, aux rives du couchant, soutient sur ses épaules la colonne qui sépare le ciel et la terre, fardeau pénible à porter. Je n'ai pu voir non plus sans pitié le fils de la Terre, l'habitant des grottes ciliciennes, le terrible géant à cent têtes, l'impétueux Typhon [7], dompté par la force. Il s'était dressé contre tous les dieux, sifflant l'effroi de ses terribles mâchoires; de ses yeux jaillissaient des éclairs aux lueurs terrifiantes, annonçant qu'il allait renverser par la force l'empire de Zeus. Mais Zeus lança sur lui son trait vigilant, la foudre qui descend en soufflant la flamme, et le fit choir de ses hautaines fanfaronnades. Atteint en plein cœur, et le corps en flammes, il vit sa force anéantie par la foudre. Et maintenant, son corps inerte est étendu près d'un bras de mer, comprimé par les racines de l'Etna, tandis qu'Hèphaistos forge son fer brûlant sur les cimes où il est établi. C'est de là que jailliront un jour des fleuves de feu, qui de leurs dents sauvages dévoreront les vastes plaines de la féconde Sicile [8]. C'est ainsi que Typhon exhalera sa colère, en lançant ses traits brûlants au milieu d'une insatiable tempête de feu, tout calciné qu'il est par la foudre de Zeus. Mais tu n'es pas sans expérience et tu n'as pas besoin de mes leçons. Garde-toi comme tu sais le faire. Quant à moi, j'endurerai ma destinée actuelle jusqu'à ce que l'orgueilleux Zeus ait relâché sa colère.

OCÉAN. — Ne comprends-tu donc pas, Prométhée, qu'il y a des discours qui guérissent la maladie de la colère?

PROMÉTHÉE. — Oui, si l'on sait adoucir le cœur à propos, au lieu de vouloir dessécher par force un cœur gonflé des humeurs de la colère.

OCÉAN. — Mais si l'on prend ton intérêt et qu'on ose intervenir, quel risque y vois-tu? Instruis-moi.

PROMÉTHÉE. — Une peine inutile et une sotte légèreté.

OCÉAN. — Laisse-moi affronter cette maladie : on a tout à gagner, quand on est sage, à ne point le paraître.

PROMÉTHÉE. — Cette faute semblera plutôt être la mienne.

OCÉAN. — Cette parole est mon congé, je le vois bien.

PROMÉTHÉE. — Je crains que ta pitié pour moi ne te fasse un ennemi,

OCÉAN. — De celui qui vient de s'asseoir sur le trône tout-puissant ?

PROMÉTHÉE. — De lui : garde-toi d'irriter son cœur.

OCÉAN. — Ton malheur est une leçon pour moi, Prométhée.

PROMÉTHÉE. — Va, pars ; garde ces dispositions.

OCÉAN. — Je partais, avant que tu m'y engages comme tu le fais ; car mon oiseau à quatre pattes bat de ses ailes la route lisse de l'éther, et il sera content de plier les genoux dans son étable.

LE CHŒUR. — *Je plains ton triste sort, Prométhée ; un ruisseau de larmes court de mes yeux attendris et inonde mes joues d'une humide rosée. En édictant ces arrêts odieux, sans suivre d'autres lois que son caprice, Zeus fait sentir son orgueilleux empire aux dieux qui régnaient avant lui.*

Déjà tout le pays a poussé des cris plaintifs ; il pleure les nobles et antiques honneurs ravis à toi et à tes frères, et tous ceux qui habitent le sol voisin de la sainte Asie s'affligent avec toi de tes angoisses gémissantes, tout mortels qu'ils sont.

Et avec eux, les vierges de Colchide intrépides au combat [9], *et les hordes de Scythie qui occupent les confins du monde autour du marais Méotis,*

Et cette fleur de guerriers d'Arabie qui habitent une ville escarpée, aux abords du Caucase, bataillons belliqueux et frémissants sous leurs lances acérées [10].

[*Le seul autre Titan que j'aie vu jusqu'ici dompté par la douleur dans d'ignominieuses chaînes d'acier, c'est Atlas, ce dieu aux forces prodigieuses, qui soutient sur son dos la terre et le pôle céleste.*]

La vague des mers crie, se heurtant à la vague ; l'abîme gémit ; le noir Hadès lui répond, des profondeurs de la terre, par un grondement, et les sources des fleuves au courant sacré exhalent en gémissant leur douloureuse pitié.

PROMÉTHÉE. — Ne croyez pas que, si je me tais, c'est par orgueil ou opiniâtreté; c'est la réflexion qui me ronge le cœur, en me voyant ainsi outragé. Et pourtant qui a réparti exactement leurs privilèges à ces nouveaux dieux, sinon moi? Mais sur ce point je me tais; car je ne vous dirais rien que vous ne connaissiez.

Écoutez plutôt les misères des mortels et comment d'enfants qu'ils étaient auparavant j'ai fait des êtres doués de raison et de réflexion. Je veux vous le dire, non pour dénigrer les hommes, mais pour vous montrer de quelles faveurs ma bonté les a comblés. Autrefois ils voyaient sans voir, écoutaient sans entendre, et semblables aux formes des songes, ils brouillaient tout au hasard tout le long de leur vie; ils ne connaissaient pas les maisons de briques ensoleillées; ils ne savaient point travailler le bois; ils vivaient enfouis comme les fourmis agiles au fond d'antres sans soleil. Ils n'avaient point de signe sûr ni de l'hiver, ni du printemps fleuri, ni de l'été riche en fruits; ils faisaient tout sans user de leur intelligence, jusqu'au jour où je leur montrai l'art difficile de discerner les levers et les couchers des astres. J'inventai aussi pour eux la plus belle de toutes les sciences, celle du nombre, et l'assemblage des lettres, qui conserve le souvenir de toutes choses et favorise la culture des arts. Le premier aussi j'accouplai les animaux et les asservis au joug et au bât pour prendre la place des mortels dans les travaux les plus pénibles, et j'attelai au char les chevaux, dociles aux rênes, luxe dont se pare l'opulence. Nul autre que moi non plus n'inventa ces véhicules aux ailes de lin où les marins courent les mers. Voilà les inventions que j'ai imaginées en faveur des mortels [11] et moi-même, infortuné, je ne vois aucun moyen de me délivrer de ma misère présente.

LE CORYPHÉE. — Tu es soumis à un supplice indigne; et, trompé dans ta clairvoyance, tu ne sais plus te diriger. Comme un mauvais médecin qui est tombé malade, tu perds courage et tu ne trouves pas de remèdes propres à te guérir.

PROMÉTHÉE. — Écoute le reste, et tu t'étonneras encore davantage en apprenant les arts et les ressources que j'ai imaginés. Je commence par le plus important : lorsqu'un homme tombait malade, il n'avait aucun secours à espérer, ni aliment, ni topique, ni breuvage, et il dépérissait faute de remèdes, jusqu'au jour où je montrai aux hommes à mélanger de doux médicaments qui écartent toutes les maladies. Je classai aussi les divers procédés de la divination; le premier, je distinguai parmi les songes ceux qui doivent s'accomplir, et j'appris aux hommes à interpréter les bruits difficiles à juger et les rencontres de la route. J'ai défini exactement dans le vol des oiseaux de proie les pronostics favorables ou défavorables, les mœurs de chaque race, leurs haines mutuelles, leurs amitiés, leurs réunions, et aussi le poli des viscères et la couleur qu'ils doivent avoir pour plaire aux dieux, les nuances favorables de la bile et du lobe du foie. Je fis brûler les membres enveloppés de graisse et les larges reins pour guider les mortels sur la route d'un art ténébreux, et je leur rendis clairs les signes de la flamme jusque-là obscurs. Voilà ce que j'ai fait. De même les trésors que la terre cachait aux hommes dans ses profondeurs, l'airain, le fer, l'argent et l'or, qui pourrait se vanter de les avoir découverts avant moi? Personne, j'en suis sûr, à moins de bavarder en l'air. Un mot t'apprendra tout à la fois : tous les arts des mortels viennent de Prométhée.

LE CORYPHÉE. — N'oblige donc pas les mortels plus qu'il ne convient, songe plutôt à ton propre malheur. J'ai bon espoir, moi, qu'enfin délivré de tes liens tu seras aussi fort que Zeus.

PROMÉTHÉE. — Non, la Parque qui conduit tout à son terme ne veut pas encore que mon supplice s'achève ainsi : ce n'est qu'après avoir été courbé sous des douleurs et des malheurs sans nombre que j'échapperai à mes fers. L'adresse est beaucoup plus faible que la nécessité.

LE CORYPHÉE. — Qui donc gouverne la nécessité?

PROMÉTHÉE. — Les trois Parques et les Érinyes à l'infaillible mémoire.

LE CORYPHÉE. — Alors elles sont plus fortes que Zeus?

PROMÉTHÉE. — Il ne peut échapper à sa destinée.

LE CORYPHÉE. — Et quelle est donc la destinée de Zeus, sinon de régner à jamais?

PROMÉTHÉE. — Je ne peux pas encore te le dire : n'insiste pas.

LE CORYPHÉE. — C'est sans doute un bien redoutable secret que tu tiens ainsi enveloppé.

PROMÉTHÉE. — Parlez d'autres choses; ce n'est pas du tout le moment de le révéler. Il faut au contraire le cacher avec tout le soin possible. C'est en le gardant que j'échapperai à ces liens et à ces malheurs infâmes.

LE CHŒUR. — *Que jamais l'arbitre souverain du monde, que jamais Zeus n'oppose sa puissance à mes désirs! Que jamais je ne me mette en retard pour inviter les dieux au banquet des saintes hécatombes*[12] *près de l'intarissable cours de l'Océan, mon père! Que jamais je ne pèche en paroles et que ce principe reste en moi sans s'effacer jamais!*

Il est doux de passer une longue vie au sein d'espoirs confiants et de nourrir en son cœur des joies radieuses. Mais je frissonne en te voyant déchiré de mille maux. Sans crainte de Zeus et suivant ton propre penchant, tu témoignes trop d'égards aux mortels, Prométhée.

Allons, ami, dis-nous quel bienfait t'a valu ton bienfait. Quel secours, quel appui attends-tu des êtres d'un jour? Ne vois-tu pas la débile impuissance qui enchaîne comme dans un rêve l'aveugle race humaine? Jamais la volonté des mortels n'enfreindra l'ordre établi par Zeus.

Je m'en suis convaincue, en considérant ta déplorable destinée, Prométhée. Mais voilà qu'un chant bien différent vient de voler vers moi : c'est le chant d'hyménée que j'entonnai autour du bain et de ton lit de noces, le jour où ma sœur Hèsionè[13]*, sensible à tes présents, consentit à devenir ton épouse et à partager ta couche.*

Io. — Quel est ce pays? quelle est cette race? Qui dois-je dire que je vois battu par la tempête, et entravé dans le roc? Quelle faute expies-tu dans cette agonie? Apprends-moi en quel pays du monde mes erreurs m'ont amenée malheureuse?

Oh! oh! ah! ah! un taon me pique de nouveau, infortunée. C'est le spectre d'Argos, fils de la Terre. Ah! éloigne-le, ô Terre. Je tremble en voyant le bouvier aux cent yeux. Le voilà qui s'avance avec son regard perfide. Même mort, la terre ne le cache pas; il est sorti des enfers, il me pourchasse, infortunée, et me fait errer, affamée sur le sable du bord de la mer.

Derrière moi, le roseau sonore enduit de cire fait entendre l'assoupissante mélodie[14]*. Ah! ah! hélas! en quelles terres lointaines m'entraînent ces courses vagabondes? En quelle faute, fils de Cronos, en quelle faute m'as-tu donc surprise pour m'avoir attelée à de tels maux, hélas! et pour exténuer ainsi une infortunée affolée par la crainte du taon qui la poursuit? Brûle-moi de ta flamme, ou cache-moi sous terre, ou donne-moi en pâture aux monstres de la mer. Ne repousse pas mes prières, Seigneur. Mes courses infinies m'ont assez* *épuisée et je ne vois pas comment échapper à mes maux. Entends-tu la voix de la vierge aux cornes de vache ?*

PROMÉTHÉE. — Comment n'entendrais-je pas la jeune fille harcelée par le taon, la fille d'Inachos, qui embrase d'amour le cœur de Zeus et qui, maintenant, exécrée d'Hèra, s'exerce malgré elle à des courses sans fin ?

IO. — *D'où me connais-tu, toi qui prononces le nom de mon père ? Réponds-moi : qui es-tu ? qui es-tu, malheureux, toi qui connais si bien la misérable à qui tu t'adresses et qui as nommé le mal que les dieux m'ont envoyé, ce taon dont la piqûre me fait courir par le monde ? Hélas ! c'est en bondissant impétueusement et torturée par la faim que je suis arrivée jusqu'ici, domptée par la volonté rancunière d'Hèra. Quels malheureux endurèrent jamais, hélas ! des maux pareils aux miens ? Allons, indique-moi clairement quelles souffrances m'attendent encore. Quel expédient, quel remède guérira mon mal ? Apprends-le-moi, si tu le sais. Parle, révèle-le à la pauvre vierge errante.*

PROMÉTHÉE. — Oui, je te dirai clairement tout ce que tu veux savoir, sans l'envelopper d'énigmes, en termes simples, comme il est juste de s'en ouvrir avec des amis. Tu vois celui qui a donné le feu aux mortels, Prométhée.

IO. — O toi qui t'es montré si secourable à la communauté des mortels, malheureux Prométhée, pour quelle faute subis-tu un pareil châtiment ?

PROMÉTHÉE. — Je viens justement de me plaindre de mes maux pour la dernière fois.

IO. — Alors accorde-moi une faveur.

PROMÉTHÉE. — Quelle faveur me demandes-tu ? dis-le : je ne te cacherai rien.

IO. — Apprends-moi qui t'a enchaîné à ce roc escarpé.

PROMÉTHÉE. — C'est l'arrêt de Zeus et la main d'Hèphaistos.

IO. — Mais de quelles fautes payes-tu la peine ?

PROMÉTHÉE. — Ce que j'ai dit suffit pour t'éclairer.

IO. — Fais-moi connaître aussi le terme de ma course. Quand viendra-t-il pour l'infortunée que je suis ?

PROMÉTHÉE. — L'ignorer vaut mieux pour toi que de le savoir.

IO. — Ne me cache pas ce que je dois souffrir encore.

PROMÉTHÉE. — Je ne t'envierai pas cette faveur.

IO. — Pourquoi donc balancer ? Dis-moi tout.

PROMÉTHÉE. — Je ne refuse pas ; mais j'hésite à troubler ton esprit.

Io. — Ne t'inquiète pas davantage pour moi : cela me sera doux.

Prométhée. — Si tu le désires si fort, il faut parler. Écoute donc.

Le Coryphée. — Non, pas encore. A mon tour, accorde-moi une part de satisfaction. Sachons d'abord quel est son mal ; qu'elle nous dise elle-même les malheurs qui l'ont perdue ; tu lui apprendras ensuite les épreuves qui l'attendent encore.

Prométhée. — C'est à toi, Io, de céder à leur demande, d'autant plus qu'elles sont les sœurs de ton père. Pleurer et gémir sur ses malheurs, quand on doit tirer des larmes de ceux qui vous écoutent, mérite qu'on s'y arrête.

Io. — Je ne vois pas comment je pourrais vous refuser, et je vais vous apprendre en termes clairs tout ce que vous désirez savoir, malgré la honte que j'éprouve à dire comment cette tempête soulevée par un dieu et cause de ma métamorphose s'est abattue sur moi, malheureuse. Sans cesse j'étais hantée par des visions nocturnes qui venaient dans ma chambre virginale, qui me flattaient en mots caressants : « O fortunée jeune fille, pourquoi restes-tu si longtemps vierge, quand tu peux aspirer au plus glorieux hymen ? Car Zeus a été brûlé par toi des traits du désir et veut partager avec toi les plaisirs de Cypris. De ton côté, enfant, ne repousse pas l'amour de Zeus, mais échappe-toi vers la grasse prairie de Lerne, vers les troupeaux et les étables de ton père, afin de soulager l'œil de Zeus de son désir. » Tels étaient les songes dont chaque nuit j'étais assaillie pour mon malheur, tant qu'enfin je pris sur moi de révéler à mon père les visions qui me hantaient la nuit. Alors il envoya à diverses reprises consulter l'oracle de Pythô et celui de Dodone pour savoir ce qu'il devait faire ou dire pour être agréable aux dieux. Mais ses messagers n'en rapportaient que des oracles équivoques, obscurs, difficiles à interpréter. A la fin, Inachos reçut une réponse claire qui lui recommandait expressément et lui enjoignait de me chasser hors de la maison et du pays pour errer en liberté jusqu'aux derniers confins du monde. S'il refusait, Zeus lancerait sur lui sa foudre enflammée et anéantirait toute sa race. Vaincu par les oracles de Loxias il me chassa et me jeta hors de la maison malgré lui et malgré moi, mais le frein de Zeus le contraignit à le faire en dépit qu'il en eût. Aussitôt ma forme et mon esprit s'altérèrent ; des cornes me poussèrent, comme vous voyez, et, déchirée par un taon à l'aiguillon acéré, je m'élançai d'un bon affolé vers le courant limpide de Kerkhnè et vers la source de Lerne. Un bouvier, fils de la Terre, me suivait avec un acharnement sans trêve, observant mes pas de ses multiples yeux. Mais un coup imprévu le priva soudain de la vie, tandis que moi, déchirée par le taon, fouettée par une main divine, je cours de pays en pays. Tu as entendu mes aventures. Si tu peux m'apprendre les maux que l'avenir me réserve encore, révèle-les-moi; mais n'essaye point par pitié de me réconforter par des mensonges; car il n'est pas, selon moi, de mal plus honteux que des discours artificieux.

LE CHŒUR. — Ah! ah! arrête, hélas! Jamais, non, jamais je ne me serais imaginé que de pareils discours pussent venir à mon oreille, ni que ces malheurs si pénibles à voir et si pénibles à subir, ces misères, ces horreurs, ces épouvantes, viendraient me percer d'un aiguillon à double pointe et me glacer le cœur. Hélas! Destinée, Destinée, je frissonne en voyant le sort d'Io.

PROMÉTHÉE. — Tu gémis, tu t'épouvantes trop vite; attends d'avoir appris aussi le reste.

LE CORYPHÉE. — Parle, achève de l'instruire : il est doux aux malades de savoir clairement d'avance ce qu'ils auront encore à souffrir.

PROMÉTHÉE. — Ce que vous demandiez d'abord, vous l'avez obtenu de moi sans peine : vous vouliez avant tout entendre cette jeune fille raconter ses épreuves. Écoutez maintenant le reste et les souffrances qu'Hèra doit infliger à cette jeune infortunée. Et toi, sang d'Inachos, grave bien mes paroles en ta mémoire et tu sauras où doit s'arrêter ta course. En partant d'ici, tourne-toi d'abord vers le soleil levant et traverse des déserts qui n'ont jamais connu la charrue. Tu arriveras alors chez les Scythes nomades qui habitent des huttes d'osier tressé élevées sur des chariots aux roues solides, et portent en bandoulière des arcs à longue portée. N'en approche pas, mais tourne tes pas vers les rochers où gémit la mer pour traverser le pays. A main gauche habitent les Chalybes qui travaillent le fer [15]. Il faut te garder d'eux, car ils sont féroces et inhospitaliers. Tu arriveras alors au fleuve Hybristès [16], qui mérite bien son nom. Ne le franchis pas, car la traversée en est difficile. Dirige-toi plutôt vers le Caucase, le plus haut des monts, vers l'endroit où jaillit de ses tempes ce fleuve impétueux. Tu devras alors en franchir les cimes qui voisinent avec les astres et prendre ta route vers le midi. Là tu arriveras chez les Amazones, guerrières ennemies de l'homme, qui fonderont un jour Thémiskyre, sur le Thermodon, aux lieux où s'ouvre sur la mer la rude mâchoire de Salmidesse [17], hôtesse fatale aux nautoniers, marâtre des vaisseaux. Celles-là t'indiqueront ta route et de grand cœur. Tu atteindras alors l'isthme cimmérien [18], juste aux portes étroites du marais. Tu le quitteras et, d'un cœur intrépide, tu franchiras le détroit méotique. Ton passage aura chez les mortels une glorieuse et immortelle renommée et le détroit sera nommé de ton nom Bosphore [19]. Après avoir quitté le sol de l'Europe, tu aborderas le continent de l'Asie. Et maintenant ne vous paraît-il pas que le roi des dieux montre partout la même violence? Il a lui, dieu, désiré s'unir à cette mortelle, et il en a fait la vagabonde que vous voyez. Tu as rencontré là, jeune fille, un prétendant bien cruel; car ce que tu viens d'entendre, songe que ce n'est même pas encore le prélude de tes malheurs.

IO. — Ah! misère, misère, hélas!

PROMÉTHÉE. — Te voilà de nouveau à crier, à soupirer. Que feras-tu quand tu connaîtras le reste de tes maux?

LE CORYPHÉE. — As-tu donc encore d'autres maux à lui annoncer?

PROMÉTHÉE. — Oui, une orageuse mer de fatales calamités.

IO. — Quel profit ai-je donc à vivre? Que tardé-je à me précipiter de cet âpre rocher et à m'aplatir sur le sol pour être délivrée de tous mes maux? Mieux vaut mourir une fois que de souffrir misérablement tous les jours de sa vie.

PROMÉTHÉE. — Tu aurais donc grand-peine à supporter mes épreuves à moi dont le destin est de ne point mourir, car la mort m'affranchirait de mes maux. Mais je ne vois devant moi aucun terme à mes épreuves, tant que Zeus ne sera pas tombé du trône.

IO. — Est-il donc possible que Zeus tombe un jour du pouvoir?

PROMÉTHÉE. — Tu aurais plaisir, je pense, à être témoin d'un tel événement.

IO. — N'en doute pas, après les souffrances que Zeus me fait endurer.

PROMÉTHÉE. — Il en sera ainsi, tu peux en être sûre.

IO. — Par qui sera-t-il dépouillé du sceptre royal?

PROMÉTHÉE. — Par lui-même, égaré par ses caprices.

IO. — Et comment? Explique-le, si tu le peux sans te faire tort.

PROMÉTHÉE. — Il contractera un hymen dont il se repentira un jour.

IO. — Avec une déesse ou avec une mortelle ? Dis-le, si cela peut se dire.

PROMÉTHÉE. — Qu'importe avec qui ? Il n'est pas permis de le dire.

IO. — Est-ce par cette épouse qu'il sera renversé du trône ?

PROMÉTHÉE. — Elle donnera le jour à un fils plus fort que son père [20].

IO. — Et il n'a aucun moyen de détourner ce malheur ?

PROMÉTHÉE. — Aucun absolument, à moins que moi, délié de mes chaînes...

IO. — Qui donc t'en déliera en dépit de Zeus ?

PROMÉTHÉE. — Un de tes descendants : ainsi le veut la Destinée.

IO. — Que dis-tu ? Un fils issu de moi te délivrera de tes maux ?

PROMÉTHÉE. — Oui, à la troisième génération après les dix premières.

IO. — Cet oracle-là n'est plus facile à comprendre.

PROMÉTHÉE. — Ne cherche pas non plus à connaître tes misères à fond.

IO. — Ne me promets pas une faveur pour m'en priver ensuite.

PROMÉTHÉE. — De deux explications, je te donnerai l'une ou l'autre.

IO. — De quelles explications ? explique-toi et donne-moi à choisir.

PROMÉTHÉE. — Soit ; choisis si tu veux savoir nettement ce qui te reste à souffrir ou quel sera mon libérateur.

LE CORYPHÉE. — De ces grâces, veuille accorder l'une à cette jeune fille et l'autre à moi ; ne repousse pas mes vœux. Révèle-lui le reste de ses courses vagabondes, et à moi quel sera ton libérateur : voilà ce que je désire.

PROMÉTHÉE. — Puisque vous en avez une telle envie, je ne me refuserai pas à vous dire tout ce que vous désirez savoir. A toi d'abord, Io, je révélerai tes courses agitées ; inscris-les dans les fidèles tablettes de ta mémoire. Quand tu auras traversé le courant qui sert de limite aux continents, marche vers le lever flamboyant du soleil jusqu'au moment où, après avoir traversé la mer mugissante, tu arriveras aux plaines gorgonéennes de Kisthènè [21], où habitent les Phorkides, trois vierges antiques, au corps de cygne, qui n'ont pour leur triple usage qu'un seul œil, qu'une seule dent, qui ne voient jamais les rayons du soleil ni l'astre de la nuit. Près d'elles sont trois sœurs ailées, à la toison de serpents, les Gorgones, abhorrées des mortels, qu'aucun homme ne peut voir sans expirer. Voilà des monstres dont je te recommande de te garder. Mais écoute encore une chose dangereuse à voir. Garde-toi des chiens muets de Zeus, des griffons [22] au bec pointu, et aussi de l'armée des Arimaspes à l'œil unique, cavaliers qui habitent au bord du fleuve Plouton, qui charrie de l'or. N'approche pas d'eux. Tu arriveras alors au pays lointain d'un peuple noir qui habite près des sources du soleil, à l'endroit où coule le fleuve Aithiops. Suis-en les rives jusqu'à ce que tu parviennes à la Descente [23], là où, du haut des monts de Biblos [24], le Nil déverse ses eaux saintes et salutaires. Celui-ci te conduira à la terre triangulaire du Nil. C'est là enfin, Io, qu'une grande colonie sera, suivant l'arrêt du destin, fondée pour toi et pour tes enfants. Si tu trouves dans mes paroles quelque chose d'obscur et d'embarrassant, interroge-moi encore et fais-toi tout expliquer nettement. J'ai plus de loisir à ma disposition que je n'en désire.

LE CORYPHÉE. — Si tu as quelque détail à ajouter ou quelque oubli à combler sur ses courses errantes, fais-le. Mais, si tu as tout dit, accorde-nous à notre tour la grâce que nous te demandons : tu t'en souviens, je pense.

PROMÉTHÉE. — Io connaît bien à présent le terme de son voyage. Mais pour qu'elle sache que mes paroles ne sont pas vaines, je vais lui rappeler les tourments qu'elle a endurés avant d'arriver ici et lui donner par là même la preuve de ma véracité. Je laisserai de côté la grosse masse des faits ; je ne parlerai que de la fin de tes premiers voyages. Quant tu fus arrivée au pays des Molosses, et au haut plateau de Dodone, où sont l'oracle et le siège de Zeus Thesprote [25] et l'incroyable prodige des chênes parlants, qui, clairement et sans énigme, saluèrent en toi celle qui devait être l'illustre épouse de Zeus — vois-tu là quelque chose de flatteur ? — tu t'élanças de là, piquée par le taon, sur la route côtière vers le grand golfe de Rhéa [26], d'où la tourmente ramène ici tes pas vagabonds. Mais dans la suite des temps, tu peux en être sûre, ce golfe marin sera appelé Ionien, pour rappeler à tous les mortels le souvenir de ton voyage. Vois en cela la preuve que mon esprit voit plus loin que les yeux. Pour le reste, je vous le révélerai à la fois à vous et à elle, en en revenant sur la trace de mon premier récit. Il est une ville, Canope, à l'extrémité de l'Égypte, près de la bouche et sur un atterrissement du Nil. Là, Zeus te rendra la raison, en posant sur ton front sa main caressante et par un simple attouchement, et tu enfanteras un fils dont le nom rappellera comment Zeus l'a fait naître, le noir Épaphos, qui moissonnera tous les champs qu'arrose le large cours du Nil. A la cinquième génération à partir d'Épaphos, une troupe de cinquante filles reviendront malgré elles à Argos, pour éviter le mariage avec des proches, leurs cousins. Ceux-ci, dans le transport de leur passion, milans pressant des colombes, viendront aussi en chasse d'un hymen interdit; mais un dieu leur enviera la possession de ces filles, et la terre pélasge les ensevelira, domptés sous les coups d'un Arès féminin, dont l'audace veille dans la nuit. Chaque épouse ravira le jour à son époux et plongera dans son sang l'épée à double tranchant. Que Cypris visite ainsi mes ennemis! Une seule, charmée par le désir d'avoir des enfants, au lieu de tuer son compagnon de lit, laissera émousser sa résolution, et entre deux maux elle choisira de passer pour lâche plutôt que meurtrière. C'est elle qui dans Argos enfantera une lignée royale. Il faudrait de longs discours pour en développer clairement l'histoire. En tout cas, c'est de cette souche que sortira l'audacieux héros, célèbre par ses flèches, qui me délivrera de ces tourments. Tel est l'oracle que m'a dévoilé ma mère, l'antique sœur des Titans, Thémis. Mais comment et par quelle voie s'accomplira-t-il, il faudrait beaucoup de temps pour l'expliquer, et tu ne gagnerais rien à le savoir.

Io. — Ah! ah! me voilà de nouveau saisie de convulsions et brûlée par le délire qui transporte mon âme. Le taon me pique d'un dard qui n'a pas été forgé au feu; l'épouvante fait palpiter mon cœur contre ma poitrine; mes yeux roulent dans leurs orbites. Je me sens emportée hors de la carrière par un furieux souffle de rage; je ne commande plus à ma langue et mes pensées confuses luttent au hasard contre les flots d'un mal exécré.

(Elle s'enfuit.)

LE CHŒUR. — *Sage, oui sage* [27]*, était celui qui le premier conçut dans son esprit et formula de sa langue cette maxime que le parti de beaucoup le meilleur est de s'allier selon son rang et de ne point ambitionner, quand on n'est qu'un artisan, une alliance avec des gens infatués de leur richesse ou glorieux de leur noblesse.*

Puissiez-vous, ô Parques immortelles, puissiez-vous ne jamais me voir entrer dans le lit de Zeus! Puissé-je ne jamais m'approcher comme épouse d'aucun habitant du ciel! Je frémis, quand je vois Io, la vierge rebelle à l'amour, épuisée par les fatigues de ces courses si pénibles que lui impose Hèra.

Pour moi, un hymen avec mon égal ne m'inspire pas de crainte. Mais que l'amour d'un grand dieu ne jette point sur moi un regard inévitable. C'est là une guerre insoutenable, avec le désespoir pour toute ressource. Je ne saurais alors que devenir; car je ne vois pas comment je pourrais échapper à la volonté de Zeus.

PROMÉTHÉE. — J'affirme que Zeus, si orgueilleux qu'il soit, sera humble un jour, vu le mariage auquel il s'apprête, mariage qui le jettera à bas du pouvoir et du trône et le fera disparaître du monde. Il verra alors s'accomplir de tout point la malédiction que lança contre lui son père Cronos, le jour où il tomba de son trône antique. Et le moyen de détourner ces maux, aucun des dieux ne saurait le lui montrer clairement, aucun, excepté moi. Moi, je le connais et sais comment le mettre en usage. Après cela, qu'il trône donc sans crainte, confiant dans le fracas dont il remplit les airs en brandissant dans ses mains le trait enflammé. Tout cela ne suffira pas pour l'empêcher de tomber honteusement d'une chute insupportable, si fort sera le lutteur qu'il se prépare à présent à lui-même, géant indomptable, qui trouvera un feu plus puissant que la foudre, et un fracas formidable, qui surpassera le tonnerre et qui fera voler en éclats le fléau marin qui ébranle la terre, le trident, arme de Poséidon. Il apprendra en se heurtant à ce malheur quelle différence il y a entre commander et servir.

LE CORYPHÉE. — Ce sont, je pense, tes propres désirs dont tu te prévaux contre Zeus.

PROMÉTHÉE. — Je dis ce qui s'accomplira et aussi ce que je désire.

LE CORYPHÉE. — Il faut donc s'attendre à voir Zeus obéir à un maître?

PROMÉTHÉE. — Oui, et à supporter des peines plus lourdes encore que celle-là.

LE CORYPHÉE. — Comment es-tu assez hardi pour lancer de tels propos?

PROMÉTHÉE. — Que puis-je craindre, moi dont le destin est de ne jamais mourir?

LE CORYPHÉE. — Il peut te soumettre à une épreuve encore plus douloureuse.

PROMÉTHÉE. — Eh bien, qu'il le fasse : je m'attends à tout.

LE CORYPHÉE. — Ceux-là sont sages qui révèrent Adrastée [28].

PROMÉTHÉE. — Révère, prie, flatte le puissant du jour. Pour moi, Zeus me soucie moins que rien. Qu'il agisse, qu'il commande à son gré pendant ce court laps de temps : il ne commandera pas longtemps aux dieux. Mais je vois venir ici le courrier de Zeus, le serviteur du jeune tyran. Il vient certainement nous annoncer du nouveau.

HERMÈS. — Hé toi, l'astucieux sophiste au cœur gonflé d'amertume, toi qui as trahi les dieux en communiquant leurs privilèges à des êtres éphémères, je veux dire le feu que tu as volé, mon père te somme de déclarer quel est cet hymen dont tu fais tant de bruit et par qui il doit être renversé du pouvoir. Et cette fois, explique-toi sans énigmes et appelle chaque chose par son nom, et ne m'inflige pas un second voyage, Prométhée. Tu le vois, ce n'est pas par des procédés comme les tiens qu'on adoucit Zeus.

PROMÉTHÉE. — Voilà un langage bien fier et plein d'arrogance, tel qu'il convient à un valet des dieux. Vous êtes jeunes et régnez depuis peu, et vous croyez habiter une forteresse inaccessible à la douleur. N'en ai-je donc pas vu, moi, chasser deux rois [29], et le troisième, celui qui commande aujourd'hui, je ne tarderai guère à le voir ignominieusement chassé aussi. Eh bien, te semble-t-il que je tremble et me blottis de peur devant les jeunes dieux ? Il s'en faut de beaucoup, il s'en faut même de tout. Pour toi, reprends en toute hâte la route qui t'a conduit ici : tu ne sauras rien de ce que tu veux savoir de moi.

HERMÈS. — C'est pourtant pour avoir étalé une telle obstination que tu es déjà tombé dans cet abîme de douleurs.

PROMÉTHÉE. — Je n'échangerais pas, moi, sache-le bien, mon malheur contre ton esclavage. Je me trouve mieux d'être asservi à ce rocher que d'être le fidèle messager de Zeus. C'est ainsi qu'aux outrages il faut riposter par des outrages.

HERMÈS. — Tu parais bien fier de ton état présent.

PROMÉTHÉE. — Fier ! Puissé-je voir cette fierté-là à mes ennemis ! et je te compte parmi eux.

HERMÈS. — Est-ce que tu m'imputes, à moi aussi, quelque part dans tes malheurs ?

PROMÉTHÉE. — A parler franc, je hais tous les dieux, qui, obligés par moi, m'en payent par un traitement inique.

HERMÈS. — J'entends : tu délires et tu es gravement malade.

PROMÉTHÉE. — Malade! oui, si c'est être malade que de haïr ses ennemis.

HERMÈS. — Tu serais intolérable si tu avais la fortune pour toi.

PROMÉTHÉE. — Hélas!

HERMÈS. — Voilà un mot que Zeus ne connaît pas.

PROMÉTHÉE. — Il n'est rien que le temps n'enseigne en vieillissant.

HERMÈS. — Pourtant tu n'as pas encore appris à être sage.

PROMÉTHÉE. — En effet; sans cela, je n'aurais pas adressé la parole à un valet tel que toi.

HERMÈS. — Il paraît bien que tu ne veux rien dire de ce que désire mon père.

PROMÉTHÉE. — Et pourtant, vu ma dette envers lui, je devrais, n'est-ce pas, le payer de ma reconnaissance!

HERMÈS. — Tu me railles certes comme si j'étais un enfant.

PROMÉTHÉE. — N'es-tu donc pas un enfant, plus simple même qu'un enfant, si tu t'attends à apprendre de moi quelque chose? Il n'est pas d'outrage ni de machination qui puisse me décider à faire cette révélation, avant que mes funestes liens aient été relâchés. Conséquemment, qu'il lance la flamme dévorante, qu'en déchaînant la neige à l'aile blanche et les tonnerres souterrains il confonde et bouleverse le monde entier, rien de tout cela ne me fera fléchir et je ne lui révélerai point par qui il doit être renversé du pouvoir.

HERMÈS. — Vois donc si tu peux attendre de cette obstination quelque secours.

PROMÉTHÉE. — C'est vu et résolu depuis longtemps.

HERMÈS. — Daigne donc, pauvre insensé, daigne enfin, devant tes malheurs actuels, faire preuve de bon sens.

PROMÉTHÉE. — Tu m'ennuies et tes exhortations sont aussi vaines que si tu t'adressais aux flots de la mer. Ne va pas te mettre en tête qu'effrayé de l'arrêt de Zeus, je me ferai un cœur de femme et que, levant vers lui, comme font les femmes, mes mains renversées, je supplierai celui que j'abhorre de m'affranchir de ces liens. Il s'en faut du tout au tout.

HERMÈS. — Si je m'en tiens à parler, je vois que je perdrai ma peine à tenir de longs discours; car tu ne te laisses point du tout fléchir ni adoucir par mes prières. Tu mords le frein comme un poulain novice au joug, tu te rebelles et luttes contre les rênes. Mais ta violence est fondée sur un faible raisonnement; car l'entêtement, quand on raisonne mal, n'a pas par lui-même plus de force que rien. Considère, si tu ne te rends pas à mes conseils, quel orage, quelles vagues monstrueuses vont fondre sur toi, sans que tu puisses y échapper. Et tout d'abord cette âpre cime, mon père, avec son tonnerre et le feu de sa foudre la brisera en éclats, et il enfouira ton corps qui restera enserré dans les bras du rocher, et une longue durée de jours s'écoulera avant que tu reparaisses à la lumière. Mais alors le chien ailé de Zeus, l'aigle sanglant, déchirera voracement de vastes lambeaux de ton corps, convive qui, sans être invité, viendra se repaître tout le long du jour du noir régal de ton foie. Ne compte pas voir finir ce supplice avant qu'un dieu paraisse pour succéder à tes souffrances et consente à descendre au ténébreux Hadès, dans les noires profondeurs du Tartare [30]. Là-dessus consulte-toi; car ce n'est ni vanterie ni feinte, mais une parole trop bien prononcée. La bouche de Zeus ne sait pas mentir : toute parole qui en sort s'accomplit. Regarde donc autour de toi, réfléchis, et ne crois pas que l'entêtement vaille jamais mieux qu'une sage délibération.

LE CORYPHÉE. — Ce conseil d'Hermès ne nous paraît pas, à nous, manquer d'à-propos. Il t'engage à renoncer à ton entêtement pour écouter la voix de la sagesse. Écoute-le; car il est honteux pour un sage de persévérer dans l'erreur.

PROMÉTHÉE. — Eh! je connaissais le message dont il m'a rebattu les oreilles; mais d'ennemi à ennemi, il n'y a point de honte à subir de mauvais traitements. Dès lors, que la tresse de feu à double pointe [31] soit lancée sur moi, que l'éther soit ébranlé par la foudre et la rage des vents sauvages; que leur souffle, secouant la terre, l'arrache de ses fondements, avec ses racines; que la houle bruyante et rude des mers confonde dans le firmament les orbites des astres et qu'il précipite mon corps au fond du ténébreux Tartare dans les tourbillons d'une impitoyable contrainte; en tout cas, il n'arrivera pas à faire mourir le dieu que je suis.

HERMÈS. — Voilà bien les pensées et les discours qu'on peut entendre d'êtres en démence. Un pareil vœu ne dénote-t-il pas une folie complète ? Ses fureurs se relâchent-elles ? Vous donc qui compatissez à ses douleurs, éloignez-vous en hâte de ces lieux, pour éviter que l'affreux mugissement de la foudre ne remplisse vos âmes de stupeur.

LE CORYPHÉE. — Tiens un autre langage et donne-moi des conseils que je puisse écouter. Tu viens de lâcher un mot qui est à coup sûr intolérable. Comment peux-tu m'ordonner de commettre une lâcheté ? Ce qu'il doit souffrir, je veux le souffrir avec lui. J'ai appris à haïr les traîtres : il n'est point de vice que j'aie plus en horreur que celui-là.

HERMÈS. — Eh bien donc, rappelez-vous mes prédictions et, quand vous serez en proie au malheur, ne vous plaignez pas de votre sort, et gardez-vous de dire que Zeus vous a frappées d'un coup imprévu. Non, n'accusez que vous-mêmes. Vous savez ce qui vous attend, et si vous êtes prises au filet inextricable du malheur, ce ne sera point par un coup brusque et secret, mais par votre sottise.

(Hermès se retire.)

PROMÉTHÉE. — Ah! les actes succèdent aux paroles : la terre vacille, tandis que dans ses profondeurs mugit la voix du tonnerre ; les éclairs jaillissent en zigzags enflammés ; un cyclone fait tourbillonner la poussière ; tous les vents bondissent les uns contre les autres et la discorde les lance les uns sur les autres, et l'éther se confond avec la mer. Voilà donc la rafale que Zeus, pour m'épouvanter, déchaîne ouvertement sur moi. O ma vénérable mère et toi, Éther, qui fais rouler autour du monde la lumière commune à tous, voyez-vous quel traitement inique on m'inflige ?

AGAMEMNON

NOTICE
SUR L'
AGAMEMNON

L'*Agamemnon* est la première pièce de *l'Orestie*, trilogie composée de l'*Agamemnon*, des *Choéphores* et des *Euménides* et suivie du drame satirique *Protée. L'Orestie* fut jouée en ~ 458, sous l'archontat de Philoclès. Eschyle obtint alors le premier prix.

Les trois pièces se font suite. La première a pour sujet le meurtre d'Agamemnon par sa femme Clytemnestre, secondée par son amant Égisthe; la seconde, la vengeance qu'Oreste tire des deux meurtriers; et la troisième le jugement d'Oreste, poursuivi par les Euménides et acquitté par l'Aréopage. Quant au drame satirique *Protée*, dont il ne reste rien, il avait sans doute rapport au séjour de Ménélas en Égypte et aux prédictions qu'il arracha par la force à ce dieu marin, sujet traité par Homère, au IVe chant de l'*Odyssée*.

Rien de plus pittoresque et de plus original que le début de l'*Agamemnon*. Il fait nuit. Juché au haut du palais, un veilleur guette le signal de feu qui doit apprendre à la reine Clytemnestre la prise de Troie et le prochain retour de son mari, Agamemnon. Tout à coup il voit briller la flamme et il pousse un cri pour avertir la reine, heureux du retour de son maître, mais inquiet de ce qui se passe dans le palais.

On voit alors s'avancer le chœur, composé de vieillards d'Argos. Ils viennent demander à la reine la raison des sacrifices dont ils ont vu les feux s'élever dans la ville. En l'attendant, ils se rappellent le départ des Grecs pour Ilion, départ voulu par les dieux, vengeurs de l'hospitalité violée par Pâris, et le présage envoyé par Artémis et expliqué par Calchas, présage heureux et fâcheux à la fois; car si la déesse accorde aux Grecs un vent favorable, elle exige en échange le sacrifice d'Iphigénie, qui aura pour suite le meurtre d'un époux. Tandis que les vieillards retracent en termes émouvants comment la vierge fut immolée par la volonté d'un père, Clytemnestre sort du palais. Elle annonce aux vieillards que Troie a été prise pendant la nuit : des signaux de feu transmis de montagne en montagne en ont apporté la nouvelle. Les vainqueurs ont saccagé la ville. Pourvu qu'ils aient respecté les temples des dieux! Autrement, ils auront compromis leur retour. Et même s'ils n'ont pas offensé les dieux, le mal fait aux morts peut se réveiller et causer de nouveaux malheurs.

Là-dessus, le chœur fait ses réflexions : Pâris est justement puni pour avoir enlevé à son mari cette Hélène, qui a été pour Ilion la cause de sa ruine, et pour la Grèce une malédiction; car des milliers d'hommes ont péri à cause d'elle et les citoyens sont pleins de rancune contre les Atrides, qui ont rempli de deuil leurs familles.

Mais les vieillards doutent encore de la vérité des messages de feu, lorsqu'ils voient venir un héraut, qui annonce le retour du roi. Ce héraut, tout heureux de revoir sa patrie, leur raconte les souffrances que les Grecs ont endurées devant Troie. Clytemnestre, qui n'a rien à apprendre de lui, le renvoie vers Agamemnon, pour le presser de revoir une épouse qui, dit-elle, lui est tendrement attachée. Mais le chœur met en garde le messager contre ses spécieux discours. Il craint, lui, quelque piège; aussi s'informe-t-il du sort de Ménélas. Il apprend que Ménélas a disparu dans la tempête qui a séparé l'armée à son retour. Et de nouveau il songe à Hélène, qui a perdu Ilion, mais il est convaincu que c'est le crime ancien qui en amena un autre et qui cause tous les malheurs qu'il voit ou qu'il pressent.

Agamemnon paraît alors. Le chœur l'accueille avec joie, mais sans flatterie et le met en garde contre ceux qui affectent la joie et contraignent leur visage à sourire. Il répond en vantant la victoire des Argiens, puis il écoute les protestations d'amour de sa femme, qui lui vante sa fidélité et ordonne qu'on étale des tapis de pourpre sous les pas du héros, qui ne doit point toucher la terre en rentrant dans son palais. Agamemnon proteste contre une telle prodigalité, et, après avoir recommandé à sa femme de bien traiter sa captive Cassandre, il rentre chez lui sans se douter de rien. Les discours de Clytemnestre, dont ils ont percé l'hypocrisie, éveillent chez les vieillards de noirs pressentiments : le sang du meurtre exige une expiation.

Cassandre est restée sur son char. Clytemnestre essaye

en vain de l'en faire descendre. Cassandre ne répond à ses ordres que par un silence farouche, et Clytemnestre impatientée rentre dans le palais. Alors Cassandre éclate en lamentations et, prise du délire prophétique, elle prédit l'assassinat du roi, puis sa propre mort. Elle voit la bande des Érinyes acharnée contre la race des Plisthénides; elles font payer à Agamemnon les horreurs commises par Atrée, son père; elles feront payer le meurtre d'Agamemnon par Oreste, son vengeur. Enfin, comme si elle y était poussée par un dieu, elle se précipite dans le palais, où elle sait qu'elle va trouver la mort. Presque aussitôt on entend gémir Agamemnon, que sa femme frappe dans la baignoire où elle l'a enveloppé d'un filet. Les vieillards épouvantés se concertent pour aller au secours de leur roi, mais leurs avis sont si partagés qu'ils restent là sans rien tenter : leur délibération est une véritable scène de comédie. Clytemnestre reparaît alors, et se vante d'avoir abusé et tué son mari, qui a osé livrer au couteau sa fille bien-aimée, Iphigénie. Elle n'a pas honte d'avouer son amour pour Égisthe, qui saura, dit-elle, la protéger. Au chœur qui la réprouve elle répond que le coupable, c'est le génie de la race, qui y nourrit cette soif de sang. A son tour, Égisthe paraît et se vante d'avoir vengé Thyeste son père, dont Atrée a tué les enfants. Le chœur le menace de la vengeance du peuple et lui reproche sa lâcheté. Égisthe répond par des menaces, et le chœur va en venir aux mains avec les gardes d'Égisthe, lorsque Clytemnestre s'interpose et prie les vieillards et Égisthe de rentrer chacun chez soi. Avant de le faire, les vieillards le menacent de la vengeance d'Oreste; mais Clytemnestre prie Égisthe de ne pas s'inquiéter de leurs vains aboiements, et la pièce finit sur cette menace, qui annonce *les Choéphores*.

Comme les tragédies précédentes, l'*Agamemnon* est encore une pièce simple et sans intrigue, mais non sans mouvement. La curiosité qu'excitent dans les pièces modernes la lutte des personnages et les péripéties qui en sont la suite est remplacée ici par l'attente et la crainte toujours croissantes d'une catastrophe inévitable. Dès la première scène, c'est le veilleur qui déclare son inquiétude pour la maison de ses maîtres, où ne règne plus le bel ordre d'autrefois. C'est ensuite le chœur qui précise les paroles énigmatiques du veilleur. Il rappelle le présage tiré de l'apparition des deux aigles et l'explication de Calchas qui prédit qu'Artémis ferait naître dans la famille royale « une discorde qui ne respecterait même pas un époux; car il reste à la garde de la maison une intendante terrible, qui se lèvera un jour, la colère insidieuse, qui n'oublie pas qu'elle a une fille à venger. » Enfin, c'est Clytemnestre qui menace les vainqueurs d'un retour malheureux, s'ils pillent les temples des dieux, et qui ajoute : « Même si l'armée s'en retourne sans avoir offensé les dieux, le mal fait aux morts peut s'éveiller à son tour. » Cette menace déguisée n'a pas échappé au chœur, qui revient à ses noirs pressentiments. Agamemnon a fait périr pour une femme des milliers d'hommes et le peuple est irrité contre lui. « L'on paye toujours sa dette à la malédiction populaire, dit-il, et je reste angoissé par la peur d'apprendre quelque trame ténébreuse; car ceux qui prodiguent le sang n'échappent point aux regards des dieux. Un jour vient où les noires Érinyes détruisent l'homme qui a méconnu la justice. » L'absence de Ménélas, qui pourrait défendre son frère, est pour le chœur un nouveau sujet de crainte. Convaincu qu'un acte impie en engendre plusieurs autres, il ne doute point que la noire Atè ne s'abatte sur la maison des Atrides.

Là-dessus, le roi de retour est accueilli par sa femme avec des protestations d'amour dont l'hypocrisie n'échappe pas au chœur : « Je vois de mes yeux le retour du roi, dit-il, et pourtant mon cœur chante le thrène de l'Érinys, parce qu'il a complètement perdu la douce confiance de l'espoir. » Tant de pressentiments douloureux, renouvelés à l'apparition de chaque personnage, ont entretenu et accru l'angoisse des spectateurs, sans qu'ils puissent encore percer le mystère. Il est enfin éclairé dans une scène terriblement émouvante, où la prophétesse Cassandre annonce clairement la mort imminente d'Agamemnon et la sienne. C'est ici le centre de l'action : l'angoisse du chœur et des spectateurs fait place à l'affreuse certitude. C'est à l'assassinat d'Agamemnon et de Cassandre que devaient aboutir les obscures menaces qui ont étreint jusqu'ici le cœur des vieillards et celui des spectateurs. La terreur est à son comble à la vue des deux cadavres et de Clytemnestre, debout près d'eux, la hache à la main, et la curiosité tenue si longtemps en haleine est ici satisfaite, pas tout à fait cependant; car les vieillards du chœur, révoltés par le crime de la reine, ne lui épargnent pas les reproches, non plus qu'à Égisthe, son complice. Mais enfin Clytemnestre recouvre son sang-froid et apaise sagement la querelle qui s'était élevée entre Égisthe et les vieillards.

C'est cette préoccupation constante de l'avenir qui menace la race d'Atrée dans la personne d'Agamemnon qui fait l'unité de la composition. Eschyle ne s'est pas mis en peine, comme ses imitateurs modernes, de rendre la légende vraisemblable en nous faisant pénétrer dans l'âme des acteurs par une analyse exacte des sentiments qui les conduisent au crime. Il garde à la légende son aspect sauvage et l'explique par une sorte de fatalité qui punit les crimes des parents sur les enfants et qui impose infailliblement aux coupables le châtiment de leurs forfaits. C'est cette fatalité, associée à l'idée d'une justice qui rémunère exactement les hommes, qui est le principal acteur de la pièce, acteur invisible, mais toujours présent, qui parle par la bouche de la prophétesse Cassandre et surtout par celle du chœur. « Ce n'est pas de la prospérité, comme on le croit, que germe le malheur. Pour moi, dit le coryphée, c'est l'acte impie qui en engendre d'autres, semblables à leur père. La maison du juste est sûre d'avoir de beaux enfants. » « Une loi, dit-il ailleurs, doit régner tant que Zeus régnera : Au coupable le châtiment. C'est dans l'ordre divin. » Ces maximes qui reviennent sans cesse donnent à la pièce une moralité que la légende primitive ne comportait pas, mais qui, ainsi corrigée, devait être pour les Athéniens l'enseignement le plus noble et le plus utile. De là vient la haute estime qu'ils eurent toujours pour le grand poète qui s'était fait l'auxiliaire le plus persuasif du législateur, en inspirant le respect de la justice.

Tout en donnant la place prépondérante à la Fatalité, qui dispense les récompenses et les châtiments, Eschyle n'a pas cependant manqué de donner à ses personnages des traits individuels qui les rendent vivants et intéressants par eux-mêmes. Le caractère le plus vigoureusement dessiné est celui de Clytemnestre. La haine qu'elle nourrit contre Agamemnon, qui a osé immoler sa fille à son ambition, l'a poussée d'abord à le trahir, en se donnant à Égisthe, et à comploter avec lui la mort de son premier époux. Elle dissimule son dessein sous des protestations mielleuses et mensongères, trop exagérées pour paraître vraies, mais sans pouvoir retenir des menaces énigmatiques qui donnent à penser au chœur et aux spectateurs. Audacieuse autant que résolue, elle accomplit son crime avec férocité, accable sa victime de sarcasmes et, la hache en main, revendique fièrement la responsabilité de son acte. Cependant l'indignation des vieillards la fait réfléchir. Elle rejette la faute sur le génie de la race. On dirait qu'elle a comme un vague regret de ce qu'elle a fait, et qu'un cœur humain bat encore sous sa mamelle. Son exaltation étant calmée, elle cherche à son tour à calmer les vieillards et Égisthe qui se sont pris de querelle.

Cet Égisthe, lui, n'est qu'un lâche, qu'enhardit le succès d'une entreprise où il n'a pas paru. Il compte sur les biens du défunt pour s'assurer le commandement. Il est insolent avec les vieillards qui lui font honte de sa lâcheté, et il irait jusqu'à les livrer à ses satellites, si Clytemnestre n'intervenait pas pour apaiser la querelle. Eschyle a voulu qu'il fût entièrement antipathique, sans doute pour renforcer le contraste entre Agamemnon et lui.

Car, pour augmenter notre pitié, il a fait d'Agamemnon un roi sympathique. Sans doute il se glorifie de la vengeance qu'il a tirée de Pâris; mais il reconnaît qu'il doit son succès à la faveur des dieux. Il se promet de consulter pour le bien public. Il refuse d'être traité comme un dieu par sa femme qui veut joncher le sol sous ses pas de tapis précieux. Son caractère débonnaire fait contraste avec la virilité féroce de sa femme.

Les caractères secondaires se distinguent aussi par quelques traits qui les peignent au vif. C'est le veilleur qui conte naïvement ses fatigues, qui plaint la maison de ses maîtres, mais n'ose s'en expliquer franchement. Il a, dit-il, un bœuf sur la langue. C'est aussi le héraut qui songe d'abord à lui-même, en rentrant sur le sol de ses pères, et annonce sa joie personnelle, avant la nouvelle dont il est chargé.

Quant aux vieillards qui composent le chœur, ils représentent ici l'élite du peuple. Témoins impartiaux des actes du souverain, ils ne craignent pas de les blâmer, quand ils sont blâmables. Ils désapprouvent Agamemnon, quand il immole sa fille et qu'il lève tant de milliers d'hommes pour une femme impudique. Cependant ils sont respectueux du pouvoir et sont dévoués à leur roi. Le danger qui le menace les angoisse, et, lorsque Clytemnestre a consommé son crime, ils ne craignent pas de l'invectiver ni de mettre l'épée au poing contre Égisthe. C'est l'indignation qui les soulève alors. D'habitude ils sont calmes et moins décidés. Quand ils entendent le roi crier sous les coups de hache de Clytemnestre, ils essaient de se concerter pour lui porter secours; mais il y a autant d'avis que de consultants, et leur délibération est une scène de comédie qui fait sourire le spectateur. Les gestes héroïques ne sont plus de leur âge. Ce qu'ils souhaitent avant tout, c'est une honnête médiocrité. « Ce que je veux, c'est un bonheur qui n'excite pas l'envie. Puissé-je n'être ni un destructeur de villes, ni un captif qui voie sa vie asservie aux caprices d'un vainqueur! » Ils ont la timidité de leur âge; ils en ont aussi la défiance. Ils ont peine à croire la nouvelle de la prise de Troie, d'autant plus que c'est une femme qui l'annonce. « C'est bien le fait d'une femme qui commande de se féliciter d'un bonheur avant qu'il apparaisse. La femme trop crédule en ses désirs se repaît vite de chimères; mais les nouvelles qu'elle proclame périssent aussi vite. » Il y a dans cette critique intempestive un trait de vérité qui dépeint l'orgueil masculin de tous les temps, comme du temps d'Eschyle.

Mais ce qui fait aux yeux du lecteur moderne la plus grande beauté de l'*Agamemnon*, c'est la puissante imagination du poète qui présente ses idées sous les formes les plus augustes, les plus frappantes et les plus variées. La pièce a beau être longue et dépasser beaucoup les proportions des autres, elle nous tient et nous captive jusqu'au bout sans lasser notre attention. Les sombres tableaux en sont d'ailleurs égayés par des images tantôt naïves et familières, comme les plaintes du veilleur ou la joie du héraut à son arrivée, tantôt touchantes, comme le sacrifice d'Iphigénie, tantôt aimables et gracieuses, comme l'arrivée à Troie d'Hélène, « âme sereine comme la mer que ne trouble aucun vent, doux joyau d'un opulent trésor, tendre trait qui blesse les yeux, fleur d'amour qui consume le cœur. » Ici c'est une comparaison presque triviale, par exemple Ulysse, ami fidèle, qu'Agamemnon assimile à un cheval de volée qui tire bravement sa longe près de lui, ou Cassandre représentée comme une cavale qui ne sait pas porter le mors, sans exhaler sa fougue en écume sanglante, ou Égisthe, coq qui fait le beau près de sa poule.

Victor Hugo seul a chez nous égalé cette imagination créatrice et l'on comprend pourquoi il a toujours parlé d'Eschyle avec admiration.

AGAMEMNON

PERSONNAGES

UN GUETTEUR, CHŒUR DE VIEILLARDS D'ARGOS, CLYTEMNESTRE [1], LE HÉRAUT TALTHYBIOS, AGAMEMNON, CASSANDRE, ÉGISTHE.

La scène est à Argos devant le palais d'Agamemnon.

LE GUETTEUR. — Je prie les dieux de mettre un terme à mes fatigues, à cette longue garde que je fais depuis un an. Couché ici sur le toit des Atrides, à l'écart, comme un chien, j'ai appris à connaître à fond l'assemblée des étoiles nocturnes et ces astres qui apportent aux mortels les frimas et la chaleur, princes lumineux dont l'éclat se distingue dans l'éther, dont je connais le lever et le coucher. Me voici encore aujourd'hui guettant le signal du flambeau, la lueur du feu qui doit apporter de Troie la nouvelle annonçant la prise de la ville. Tel est en effet l'ordre donné par une femme aux mâles desseins qui vit dans l'attente. Cependant, lorsque, vagabond nocturne, je m'étends sur une couche mouillée de rosée, où les songes ne me rendent point visite — car la crainte, au lieu du sommeil, siège à mes côtés et m'empêche de fermer solidement mes paupières — et que je veux chanter ou fredonner, entonnant un chant pour combattre l'assoupissement, alors mes larmes coulent et je gémis sur les malheurs de cette maison, qui n'est plus excellemment gérée, comme elle l'était jadis. Mais puissé-je voir aujourd'hui l'heureuse fin de mes peines et le feu de la bonne nouvelle briller dans les ténèbres!

Ah! salut, flambeau qui fais briller le jour au milieu

de la nuit et qui vas susciter dans Argos une foule de chœurs pour remercier les dieux de cet événement.

Iou! iou! Je pousse ce cri perçant pour avertir la femme d'Agamemnon qu'elle se lève en toute hâte de sa couche et qu'elle salue ce flambeau dans le palais par des clameurs d'allégresse, puisque la ville d'Ilion est prise, comme l'éclat de cette torche l'annonce. C'est moi-même qui vais ouvrir la danse; car je porte à mon compte la bonne chance de mes maîtres, puisque avec ce signal de nuit j'ai amené le triple six [2]. En tout cas, puissé-je, quand le maître de la maison sera de retour, prendre sa main chérie dans la mienne! Sur le reste, je me tais; un bœuf énorme pèse sur ma langue. La maison elle-même, si elle pouvait prendre une voix, parlerait très clairement. Pour moi, je consens à parler pour ceux qui savent, mais pour ceux qui ne savent pas, j'oublie tout.

Le Coryphée. — Voici la dixième année que les grands adversaires de Priam, le roi Ménélas et Agamemnon, ce couple puissant des Atrides, honorés par Zeus d'un double trône et d'un double sceptre, ont emmené de ce pays une flotte argienne de mille vaisseaux armés pour leur querelle.

Dans leur colère, ils appelaient Arès à grands cris, pareils à des vautours qui, angoissés pour leurs petits, battent l'air de leurs ailes en tournoyant au-dessus de l'aire où ils ont perdu leur peine à veiller sur leur couvée.

Mais, au haut des airs, un dieu, Apollon, Pan ou Zeus, entendant les cris aigus poussés par ces hôtes du ciel, envoie l'Érinys frapper les coupables du châtiment qui suit le crime.

C'est ainsi qu'un dieu supérieur en puissance, Zeus hospitalier, envoie les fils d'Atrée contre Alexandre. Il veut que, pour une femme volage, Danaëns et Troyens également affrontent des luttes sans nombre, où les membres s'alourdissent, où les genoux fléchissent dans la poussière, où la lance vole en éclats dès le début du combat.

Quel que soit aujourd'hui le cours des événements, l'issue en sera fixée par le destin. Ni feu en dessous, ni libations en dessus, ni larmes n'adouciront les inflexibles colères des offrandes qui refusent de flamber [3].

Pour nous, dont le corps vieilli ne peut payer sa dette, on nous a laissés alors en arrière de l'expédition et nous restons ici, appuyant sur un bâton notre force pareille à celle de l'enfance. Car la moelle qui croît à l'intérieur des jeunes poitrines est semblable à celle des vieillards et

Arès n'y a point de place. De même, qu'est-ce qu'un vieillard dont le grand âge flétrit déjà le feuillage? Il marche sur trois pieds, et, sans avoir plus de force qu'un enfant, il erre comme un songe apparu en plein jour.

Mais toi, fille de Tyndare, reine Clytemnestre, qu'y a-t-il? quelle nouvelle? Qu'as-tu appris? sur la foi de quel message ordonnes-tu partout des sacrifices?

Tous les dieux protecteurs de la ville, dieux du ciel et des enfers, dieux des portes[4] et de la place publique, ont leurs autels embrasés d'offrandes.

De tous côtés la flamme des offrandes tirées du fond du palais s'élève jusqu'au ciel, avivée par les encouragements d'une huile sainte dont la douceur ne trompe pas.

De tout cela dis-moi ce qu'il est possible et permis de dire et guéris-moi de l'inquiétude, qui tantôt me trouble l'esprit et tantôt, devant les sacrifices dont tu fais jaillir la flamme, cède à l'espoir d'écarter l'insatiable souci qui me ronge le cœur de chagrin.

LE CHŒUR. — *Je suis du moins en pouvoir de redire le présage de victoire qui signala le départ des hommes faits, car les dieux laissent encore à mon âge assez de force pour inspirer la persuasion par mes chants, et de rappeler comment les deux puissants rois des Achéens, qui commandaient d'un commun accord la jeunesse grecque, partirent, la lance au poing et le bras prêt à la vengeance, pour la terre de Teucros, guidés par un oiseau impétueux.*

Aux rois des vaisseaux deux rois des oiseaux, l'un noir et l'autre à la queue blanche, apparurent près du palais, du côté de la main qui brandit la lance, en un point visible à tous les regards; ils dévoraient une hase pleine avec sa portée, arrêtée à la fin de sa course.

Chante l'hymne lugubre, lugubre; mais que l'issue soit heureuse!

En les voyant, le sage devin de l'armée reconnut dans ces belliqueux mangeurs de lièvres les deux Atrides unis de volonté, les chefs de l'expédition. Et il expliqua ainsi le prodige :

« *Avec le temps ceux qui partent aujourd'hui prendront la ville de Priam, et tous les trésors entassés dans ses murs par un peuple opulent, le Destin les saccagera brutalement. Prenez garde seulement que la jalousie des dieux ne frappe auparavant et n'obscurcisse le terrible frein forgé pour Troie qu'est cette armée.*

Car, émue de pitié, la chaste Artémis est indignée contre les chiens ailés de son père, qui ont immolé, avant sa délivrance, la hase infortunée avec les petits qu'elle portait : elle a horreur du festin des aigles.

Chante l'hymne lugubre, lugubre; mais que l'issue soit heureuse!

La belle déesse, si favorable aux tendres petits des lions terribles et si bienveillante aux nourrissons de toutes les bêtes sauvages, m'invite à expliquer les signes donnés par ces oiseaux, signes heureux et fâcheux à la fois.

A moi, Péan guérisseur : « Je t'implore pour qu'Artémis n'envoie pas aux Grecs des vents contraires qui retiennent longtemps leurs vaisseaux dans le port et qu'elle n'exige pas un sacrifice extraordinaire, abominable et sans festin, qui suscitera entre parents des querelles qui ne respecteront pas un époux; car il reste à la garde de la maison une intendante terrible qui se lèvera un jour, la Colère insidieuse, qui n'oublie pas qu'elle a une fille à venger. » Telles furent les prédictions fatales, liées à de grands biens, que Calchas fit entendre à la maison royale, d'après les présages du départ. En accord avec eux, chante l'hymne lugubre, lugubre, mais que l'issue soit heureuse.

Zeus, quel qu'il soit, si ce nom lui agrée, c'est sous ce nom que je l'invoque. Tout bien pesé, je ne vois que Zeus qui puisse me soulager vraiment du fardeau de mes vaines inquiétudes.

Celui qui fut grand jadis, débordant d'audace et prêt à tous les combats, ne passera même plus pour avoir existé[5]. *Celui qui s'éleva ensuite a trouvé son vainqueur et a disparu*[6]. *Mais l'homme qui proclamera du fond de son âme le triomphe de Zeus sera véritablement sage.*

C'est lui qui a ouvert la voie de la sagesse aux mortels, en établissant la loi que la science serait le prix de la douleur. Lorsque le souvenir du mal tombe goutte à goutte sur leur cœur pendant le sommeil, la sagesse y pénètre même malgré eux, sous la contrainte bienfaisante des dieux assis sur leur banc auguste.

C'est alors que l'aîné des chefs de la flotte achéenne, toujours déférent à l'égard des devins, se soumit aux coups de la fortune. Le peuple achéen s'impatientait de cette immobilité où s'épuisaient les vivres des navires arrêtés en face de Chalcis au rivage houleux d'Aulis.

Les vents soufflaient du Strymon, apportant les retards funestes, la famine, les mouillages périlleux, la dispersion des hommes, n'épargnant ni les coques ni les cordages, et, en prolongeant l'attente, épuisaient et déchiraient la fleur des Argiens.

Mais lorsque le devin, mettant Artémis en avant, indiqua aux chefs un remède plus pénible encore que la tempête amère, alors les Atrides, frappant le sol de leur sceptre, ne purent retenir leurs larmes.

Et l'aîné des rois s'écria : « Cruel est mon sort, si je désobéis ; cruel aussi, s'il me faut déchirer mon enfant, l'ornement de ma maison, et souiller, près de l'autel, mes mains paternelles aux flots de sang de la vierge immolée. Des deux côtés, il n'y a que malheur. Comment déserter la flotte et trahir mes alliés ? Si le sacrifice de ma fille et son sang virginal doivent apaiser les vents, on peut sans crime le désirer ardemment, très ardemment. Puisse-t-il tourner à bien! »

Et, lorsqu'il eut passé sous le joug de la nécessité, les dispositions de son âme changèrent ; animé d'une pensée impie, criminelle, sacrilège, il prit dès lors une décision d'une audace inouïe. Car le funeste égarement de l'esprit, qui est à l'origine de nos maux, enhardit les mortels par ses honteux conseils. Il osa donc sacrifier sa fille pour soutenir la guerre entreprise pour une femme et ouvrir la route à la flotte.

Les chefs, dans leur ardeur belliqueuse, n'eurent aucun égard à ses prières, à ses appels à son père, à son âge virginal, et son père, après la prière aux dieux, fit signe aux ministres du sacrifice de la saisir, comme une chèvre, de la soulever au-dessus de l'autel, enveloppée de ses voiles et s'attachant à la terre désespérément, et de bâillonner sa belle bouche pour arrêter ses imprécations contre sa famille,

par la force et la violence muette d'un frein. Mais tandis que sa robe teinte de safran glisse sur le sol, elle éveille la pitié en frappant chacun des sacrificateurs d'un trait de ses yeux. Elle a l'air d'une image qui veut parler, elle qui souvent, dans les banquets somptueux de son père, chantait et entonnait de sa voix de vierge sans tache l'heureux péan de la troisième libation pour lui témoigner son amour [7].

Ce qui suivit, je ne l'ai pas vu, et je n'en parle pas. Mais l'art de Calchas n'est pas vain, et la Justice accorde de comprendre à ceux qui ont souffert. On apprendra l'avenir quand il sera venu ; laissons-le courir en attendant ; ce serait vouloir gémir d'avance. Il deviendra clair à la lumière du jour où il paraîtra. Puissions-nous seulement voir ces oracles bien tourner, comme le désire celle qui s'approche [8] *et qui est le seul rempart de la terre d'Apis* [9] *!*

(Clytemnestre paraît.)

LE CORYPHÉE. — Je suis venu rendre hommage à ton pouvoir, Clytemnestre ; car il est juste d'honorer l'épouse du roi, quand l'époux a laissé le trône désert. Mais as-tu, toi, quelque heureuse nouvelle ? sinon, est-ce l'espoir d'une bonne nouvelle qui te fait faire ces sacrifices ? Je l'apprendrais volontiers, mais je ne t'en voudrai pas si tu gardes le silence.

CLYTEMNESTRE. — Puisse l'aurore, avec sa bonne nouvelle, ressembler, comme le dit le proverbe, à la nuit dont elle est fille. A la nouvelle que tu vas entendre, ta joie va passer ton espérance : les Argiens ont pris la ville de Priam.

LE CHŒUR. — Comment dis-tu ? Ta nouvelle m'échappe, tant j'ai peine à y croire.

CLYTEMNESTRE. — Troie est au pouvoir des Argiens : ces mots sont-ils clairs ?

LE CHŒUR. — La joie me pénètre et m'arrache des larmes.

CLYTEMNESTRE. — Tes yeux font voir tes bons sentiments.

LE CHŒUR. — Mais quoi ? Qu'est-ce qui te prouve que ces nouvelles sont sûres ?

CLYTEMNESTRE. — J'en ai la preuve certaine, à moins qu'un dieu ne m'abuse.

LE CHŒUR. — Ne t'en laisses-tu pas imposer par ton respect pour les songes ?

CLYTEMNESTRE. — Non, je ne me fie pas aux visions d'un esprit endormi.

LE CHŒUR. — Mais ne te repais-tu point d'une rumeur incertaine ?

CLYTEMNESTRE. — C'est vraiment me prendre pour une enfant que de me railler ainsi.

LE CHŒUR. — Mais quand est-ce que la ville a été saccagée ?

CLYTEMNESTRE. — La nuit même qui a donné naissance à ce jour-ci.

LE CHŒUR. — Et qui aurait apporté si vite la nouvelle ?

CLYTEMNESTRE. — Hèphaistos, en lançant de l'Ida une brillante lumière. Puis, de fanal en fanal, le messager de feu est parvenu jusqu'ici. L'Ida l'a envoyé au roc d'Hermès, à Lemnos; puis, de l'île, la grande flamme a été reçue en troisième étape au mont Athos, consacré à Zeus. Alors, courant sur la croupe de la mer, le puissant flambeau voyageur, la torche aux rayons d'or, semblable à un soleil, a transmis joyeusement sa lumière à l'observatoire du Makistos [10]. Sans tarder et sans se laisser négligemment vaincre au sommeil, celui-ci remplit aussitôt son rôle de messager et la lumière de son fanal s'en va au loin, vers les courants de l'Euripe, porter le signal aux guetteurs du Messapios [11]. Ceux-ci ont allumé à leur tour et transmis le message au loin, en mettant le feu à un monceau de bruyères sèches. La forte clarté bondit sans faiblir pardessus la plaine de l'Asôpos [12], pareille à la lune brillante, et va éveiller, à la croupe du Cithéron, un autre relais du feu voyageur. La garde n'a pas manqué d'envoyer une lumière qui porte loin, en allumant un feu plus grand qu'elle n'en avait ordre. Cette lumière s'élance par-dessus le lac Gorgôpis [13] et, parvenue à l'Égiplancte [14], elle presse les veilleurs apostés là de ne point retarder le feu. Ils allument un brasier d'une grande violence et envoient une traînée de flamme assez longue pour franchir, en l'illuminant, le lointain promontoire qui a vue sur le détroit Saronique; puis elle s'avance, puis elle arrive au mont Arachnè, au poste voisin d'Argos, et enfin on voit s'abattre sur le toit des Atrides cette lumière issue de l'Ida. Telles étaient les lois que j'avais prescrites à mes lampadéphores, qui se sont relayés les uns les autres pour les mettre à exécution, et la victoire appartient au premier comme au dernier coureur. Voilà, puisqu'il faut te le dire, l'indice et le signal que mon époux m'a transmis de Troie.

LE CHŒUR. — Tout à l'heure, femme, je rendrai grâce aux dieux; mais je voudrais t'entendre encore et m'émerveiller sans cesse de tes discours.

CLYTEMNESTRE. — Troie est aujourd'hui au pouvoir des Achéens. Je m'imagine que des bruits bien distincts retentissent dans la ville. Verse du vinaigre et de l'huile dans le même vase, tu pourras dire qu'ils se séparent comme deux ennemis. On peut distinguer de même les voix des vaincus et des vainqueurs, séparés par leur fortune diverse. Les uns se jetant sur les cadavres de leurs maris ou de leurs frères, les enfants sur ceux dc leurs vieux pères, déplorent d'une gorge qui n'est plus libre le destin de ce qu'ils ont de plus cher. Les autres, fatigués de courir la nuit en combattant et pressés par la faim, se disposent à déjeuner de ce qu'ils trouvent dans la ville. Ils ne se rangent point suivant un signe de ralliement; mais, suivant le lieu où le hasard les a placés, ils s'installent déjà dans les maisons de la ville prise, enfin délivrés des gelées et des rosées du bivouac. Avec quelle satisfaction ils vont dormir toute la nuit sans avoir à se garder! Qu'ils respectent pieusement les dieux de la ville et les sanctuaires du pays conquis, ils n'auront pas à craindre après leur victoire un retour de fortune. Mais que l'armée, vaincue par l'amour du gain, ne cède pas maintenant au désir de piller ce qu'elle doit respecter; car ils ont encore, pour revenir sains et saufs dans leurs foyers, à fournir la seconde moitié de la carrière. Et même si l'armée s'en retourne sans avoir offensé les dieux, le mal fait aux morts peut encore s'éveiller, si elle échappe à des maux immédiats. Voilà ce que je puis te dire, moi, qui ne suis qu'une femme. Puissent mes vœux se réaliser immuablement! Je serais ainsi assurée de jouir de beaucoup de biens.

Le chœur. — Tu parles sensément, femme, comme un homme sage. Et maintenant que j'ai entendu tes sûrs indices, me voilà prêt à glorifier les dieux; car c'est une faveur digne de nos peines qui nous a été accordée.

O Zeus roi, ô nuit amie qui nous a procuré tant de gloire, tu as lancé sur les tours de Troie un filet inextricable : nul, ni homme fait, ni enfant, n'a pu s'en échapper; ils sont restés dans le grand réseau de l'esclavage et du malheur qui les a tous perdus.

Oui, je vénère Zeus, le puissant dieu de l'hospitalité : c'est lui qui a fait cela. S'il a gardé si longtemps son arc tendu contre Alexandre, c'était pour ne pas lancer inutilement son trait avant le moment propice, ni par-delà les astres.

On peut dire que c'est un coup de Zeus et il est aisé de remonter à son origine : ils ont le sort que Zeus leur a fait. On a prétendu que les dieux ne daignent pas se préoccuper des mortels qui foulent aux pieds le respect des choses sacrées. C'est une impiété. On voit en effet la ruine, fille des audaces interdites, frapper ceux qui respirent un orgueil démesuré, quand leur maison regorge d'une opulence excessive. Il n'y a rien de meilleur que la mesure. Ayons des biens qui ne puissent nous nuire, et juste assez pour suffire à un homme qui a obtenu la sagesse en partage. Il n'est point de rempart pour l'homme qui, dans l'enivrement de sa richesse, a foulé aux pieds l'auguste autel de la Justice : il périra.

Il cède à la violence de la funeste Persuasion, odieuse fille de l'Égarement, qui lui souffle ses conseils. Dès lors, tout remède est vain, et le dommage, impossible à cacher, apparaît avec une clarté effrayante. Il apparaît comme une mauvaise pièce de monnaie noircie par l'usure et les frottements, et il est puni pour avoir, comme un enfant, poursuivi l'oiseau qui vole et infligé à sa ville une intolérable disgrâce. Aucun dieu n'écoute ses prières et l'homme qui se livre à ces crimes est anéanti. C'est ainsi que Pâris, reçu dans la maison des Atrides, souilla la table de son hôte en enlevant sa femme.

Laissant à son pays les levées tumultueuses de boucliers et de lances et les armements des vaisseaux, portant pour dot à Ilion la mort, légère, elle s'est échappée par les portes, osant ce qu'on n'osa jamais. Les devins du palais s'écriaient avec force gémissements : « Hélas! hélas! palais, palais et princes! Hélas! épouse qui a suivi les pas d'un amant! On peut voir le mari méprisé, mais gardant un silence digne, assis plongé dans sa douleur. Dévoré du regret de celle qui est au-delà des mers, on dirait un fantôme qui règne dans le palais.

La grâce des belles statues est odieuse à l'époux : Aphrodite s'est enfuie loin de leurs yeux vides.

Il voit en rêve des apparitions douloureuses qui lui apportent une joie vaine; car ce n'est que joie vaine, quand on croit voir le bonheur et que la vision, glissant aussitôt entre vos mains, s'envole sur les ailes du sommeil. Tels sont les chagrins du foyer domestique, tels et plus cruels encore. Mais, dans toute la Grèce aussi, ceux qui en sont partis avec les Atrides ont laissé chacun dans sa maison un deuil qui oppresse l'âme et mille soucis assaillent les cœurs. On sait quels sont ceux qui sont partis; mais, au lieu d'hommes, ce sont des urnes et de la cendre qui reviennent dans chaque maison.

Arès, changeur qui rend des morts pour des vivants et qui tient sa balance dans les batailles, renvoie d'Ilion aux parents la poussière des bûchers, qui leur arrache des larmes amères, et il rend, au lieu d'hommes, des cendres dont il a rempli des urnes faciles à manier.

On gémit en faisant l'éloge des guerriers : celui-ci était habile au combat, celui-là est tombé glorieusement dans la mêlée sanglante pour une femme qui ne lui était rien. Ceci, on le murmure tout bas; mais, avec les regrets, la haine chemine sourdement contre les trop vindicatifs Atrides. D'autres, gardant leur corps intact, ont leur tombe là-bas autour des remparts d'Ilion; c'est une terre ennemie qui les retient cachés.

C'est une chose redoutable que les propos du peuple animé par le ressentiment, et l'on paye toujours sa dette à la malédiction populaire. Je reste angoissé par la peur d'apprendre quelque trame ténébreuse; car ceux qui prodiguent le sang n'échappent point aux regards des dieux. Un jour vient, au cours des vicissitudes qui consument notre vie, où les noires Érinyes détruisent l'homme heureux qui a méconnu la justice, et il n'y a point de recours pour celui qu'elles ont fait disparaître. Une renommée trop haute expose à bien des périls; car c'est sur les têtes que tombe la foudre de Zeus.

Ce que je veux, c'est un bonheur qui n'excite pas l'envie. Puissé-je n'être ni un destructeur de villes ni un captif qui voie sa vie asservie aux caprices d'un vainqueur!

Le bruit de l'heureuse nouvelle apportée par le feu se répand rapidement à travers la ville; mais qui sait si elle est vraie ou n'est qu'un mensonge des dieux ?

Est-il un homme assez enfant ou assez extravagant pour s'enflammer à des nouvelles transmises par le feu et tomber ensuite dans le découragement quand les nouvelles auront changé ? C'est bien le fait d'une femme qui commande de se féliciter d'un bonheur avant qu'il apparaisse. La femme trop crédule en ses désirs se repaît vite de chimères; mais les nouvelles qu'elle proclame périssent aussi vite.

LE CORYPHÉE. — Nous allons savoir tout à l'heure si les signaux lumineux lancés par ces fanaux et cette succession de feux ont dit la vérité, ou si cette lumière charmante est venue comme un songe abuser nos esprits. Je vois venir ici du rivage un héraut ombragé de rameaux d'olivier. J'en ai pour garant la sœur jumelle de la boue, la poussière altérée : ce n'est plus par un langage muet ni par la fumée d'un feu allumé avec le bois des montagnes que je vais apprendre la nouvelle; mais nous allons savoir de sa bouche si nous devons nous réjouir encore davantage, ou si au contraire... Ah! repoussons cette idée. Que les succès déjà connus soient couronnés d'autres succès. Si quelqu'un fait d'autres vœux pour cette ville, qu'il recueille lui-même le fruit de ses criminelles pensées.

Le Héraut. — O sol du pays d'Argos [15], ô ma patrie, je te revois en ce jour après dix ans d'absence. Après tant d'espoirs brisés, j'en réalise un que je n'avais jamais osé espérer, celui d'être enseveli en mourant dans cette terre argienne tant désirée. Salut donc, ô mon pays, salut, lumière du soleil, et toi, Zeus, souverain de cette contrée, et toi, roi de Pythô, qui ne lances plus contre nous les flèches de ton arc. Tu as été pour nous assez malveillant au bord du Scamandre : aujourd'hui sois, en revanche, notre sauveur et notre médecin, sire Apollon. Et vous, dieux de nos places publiques, je vous invoque tous, et toi aussi, Hermès, mon patron, héraut chéri et vénéré des hérauts, et vous, demi-dieux [16] qui avez favorisé notre départ, accueillez encore avec bienveillance ce que la lance a épargné de notre armée. O palais de mes rois, chères demeures, et vous, sièges augustes [17], dieux éclairés des rayons de l'Orient, si jamais vous fûtes favorables à notre roi, montrez-lui ces yeux radieux et recevez-le, comme il convient, après sa longue absence. Il vient vous apporter la lumière dans la nuit, à vous et à tous ceux-ci, le roi Agamemnon. Réservez-lui donc un bon accueil, comme il le mérite, pour avoir, avec le hoyau de Zeus, sapé la ville de Troie, dévasté son sol, détruit les autels et les temples de ses dieux et anéanti la race entière du pays. Tel est le joug imposé à Troie par l'aîné des Atrides, le roi qui revient heureusement parmi vous et qui mérite qu'on l'honore entre tous les mortels existants. Pâris, non plus que la ville punie avec lui, ne peut se vanter que la peine soit au-dessous du crime. Convaincu de rapt et de vol, il n'a pu garder son butin, et la maison de ses pères et le pays tout entier ont été moissonnés par la faux du vainqueur. Les Priamides ont payé jusqu'au double le prix de leurs fautes.

Le Coryphée. — Sois béni, héraut de l'armée des Achéens.

Le Héraut. — Béni, je le suis. Aussi les dieux peuvent me faire mourir ; je n'y contredirai pas.

Le Coryphée. — Le regret de notre pays tourmentait ton cœur.

Le Héraut. — Oui, au point que la joie remplit mes yeux de larmes.

Le Coryphée. — Vous éprouviez donc le doux mal dont nous sommes atteints.

Le Héraut. — Comment dis-tu ? Explique-toi, pour que je comprenne tes paroles.

Le Coryphée. — Vous étiez attristés du regret de qui vous regrettait.

Le Héraut. — Tu veux dire que ce pays regrettait l'armée qui de son côté le regrettait.

Le Coryphée. — Oui, au point que mon cœur assombri ne cessait de gémir.

Le Héraut. — D'où venait cet amer chagrin qui pesait sur vos cœurs ?

Le Coryphée. — Depuis longtemps le silence est le seul remède de mon mal.

Le Héraut. — Comment ? Tu craignais quelqu'un, en l'absence de tes rois ?

Le Coryphée. — Oui, à tel point que, comme toi, je tiendrais la mort pour une grande faveur.

Le Héraut. — C'est que pour moi tout est bien terminé. Mais quand les choses durent longtemps, on peut dire qu'elles tournent tantôt bien, tantôt mal. Qui, en effet, hormis les dieux, est à l'abri du mal pendant toute son existence ? Vous dirai-je nos fatigues, nos pénibles nuits en plein air, les passavants étroits où nous couchions sur la dure ? Quelle heure du jour ne nous a pas entendus gémir et nous plaindre ? Et sur terre, c'étaient des souffrances pires encore ; nous couchions sous les murs de l'ennemi, et, du ciel et de la terre, la rosée des prés dégouttait sur nous, endommageant sans cesse nos vêtements et hérissant nos chevelures. Et si l'on vous dépeignait l'hiver, tueur d'oiseaux, que la neige de l'Ida rendait intolérable, ou l'été brûlant, quand, à l'heure de midi, la mer calme et sans vagues tombe et dort dans sa couche ! Mais à quoi bon s'en affliger ! La peine est passée, bien passée : les morts ne songent pas à se relever. A quoi bon compter les morts et faire souffrir les vivants des colères de la Fortune ? Je ne veux plus du tout songer au malheur. Pour nous, les survivants de l'armée argienne, c'est le profit qui l'emporte et la peine ne la balance pas. Aussi nous pouvons nous rendre cet hommage à la face de ce soleil qui survole la terre et la mer : « Après avoir enfin pris Troie, l'armée des Argiens a cloué dans les temples de la Grèce ces dépouilles consacrées aux dieux, antique trophée de gloire. » Il faut qu'en entendant un tel exploit on célèbre la ville et ses capitaines. On honorera du même coup Zeus, dont la faveur a décidé le succès. J'ai tout dit.

Le chœur. — Ton rapport a vaincu mes inquiétudes, je l'avoue ; car les vieillards sont toujours assez jeunes pour s'instruire. Mais c'est surtout le palais et Clytemnestre qu'intéressent ces nouvelles. Je me borne à une part de ce bonheur.

CLYTEMNESTRE. — J'ai poussé des cris de joie, il y a déjà longtemps, lorsque le premier le messager de feu nous annonça dans la nuit la prise et la destruction d'Ilion. Certains me dirent alors d'un air de reproche : « Tu crois donc sur la foi de signaux de feu que Troie est à présent détruite ? C'est bien le fait d'une femme de s'exalter de la sorte. » A les entendre, j'extravaguais évidemment. Je n'en fis pas moins des sacrifices, tandis que, suivant la coutume des femmes, des cris d'allégresse retentissaient de tous les côtés de la ville, dans les temples des dieux, où l'on réglait la flamme odorante qui dévorait les victimes. Et maintenant je n'ai pas besoin que tu m'en dises davantage : j'apprendrai tout du roi lui-même. J'ai hâte de recevoir de mon mieux mon époux vénéré qui revient dans sa maison. Peut-il y avoir pour une femme une lumière plus douce à voir que celle du jour où elle ouvre les portes à son mari qu'un dieu a sauvé de la guerre ? Va dire à mon époux qu'il vienne le plus vite possible combler les vœux de sa cité, qu'il trouvera en arrivant dans sa maison une femme fidèle, telle qu'il l'a laissée, qui a été pour lui une excellente chienne de garde, ennemie des malveillants, irréprochable de même en tout, et qui n'a point rompu, malgré sa longue absence, le sceau de ses trésors. Je connais aussi peu le plaisir de l'adultère et la honte d'une mauvaise réputation que l'art de teindre le bronze. Un tel éloge, en tout conforme à la vérité, ne messied pas dans la bouche d'une noble femme.

LE CORYPHÉE. — Le discours qu'elle t'a fait, si tu la comprends bien, est un discours spécieux pour un interprète clairvoyant. Mais dis-moi, héraut : Et Ménélas ? Je voudrais savoir s'il est sain et sauf et s'il est de retour avec vous, ce roi bien-aimé de notre pays.

LE HÉRAUT. — Il m'est impossible de conter à des amis de beaux mensonges dont ils puissent longtemps cueillir le fruit.

LE CORYPHÉE. — Puisses-tu donc nous donner des nouvelles qui soient à la fois heureuses et véridiques ! Si cet accord manque, leur fausseté est vite décelée.

LE HÉRAUT. — Ce héros a disparu de l'armée argienne, lui et son vaisseau : voilà la vérité.

LE CORYPHÉE. — L'a-t-on vu partir d'Ilion, ou la même tempête qui vous a frappés l'a-t-elle séparé de la flotte ?

LE HÉRAUT. — Tu as, comme un habile archer, touché

le but : tu as exprimé en deux mots un grand malheur.

LE CORYPHÉE. — Est-il vivant ou mort? Qu'en disait-on parmi ses compagnons de la flotte?

LE HÉRAUT. — Personne n'en peut donner de renseignements précis, hormis le Soleil, nourricier de la terre.

LE CORYPHÉE. — Comment la flotte a-t-elle été surprise par cette tempête, soulevée par la colère des dieux, et comment a-t-elle pris fin? dis-le-moi.

LE HÉRAUT. — Il ne convient guère de profaner un jour commencé sous des augures si favorables par un funeste récit : à chaque dieu son hommage. Quand un messager, la tristesse au front, apporte à une ville l'effroyable nouvelle que son armée a succombé, blessure qui frappe tout le peuple, et qu'une foule de guerriers ont été arrachés d'une foule de maisons par le double fouet cher à Arès, fléau à deux lances, couple sanglant [18], c'est à ce moment qu'accablé des douleurs qu'il apporte il doit entonner ce péan des Érinyes. Mais moi, qui viens, heureux messager du salut, dans une ville toute à la joie de son bonheur, comment pourrai-je mêler les disgrâces au succès, en décrivant une tempête que la colère des dieux a déchaînée contre les Achéens?

Sachez en effet que deux ennemis jadis irréconciliables, le feu et la mer, se sont conjurés et ont fait voir qu'ils étaient alliés en détruisant la malheureuse armée des Achéens. Il faisait nuit lorsque les vagues se soulevèrent pour notre malheur. Les vaisseaux ballottés par les vents de Thrace se brisent les uns contre les autres et sous les chocs violents de la tempête tourbillonnante et d'un bruyant orage de grêle, pâtre de malheur, qui les fouettait, ils tournoyaient, puis disparaissaient. Quand la brillante lumière du soleil reparut, nous vîmes la mer Égée émaillée de cadavres de guerriers argiens et de débris de vaisseaux. Quant à nous, nous avions encore notre navire avec sa coque intacte. Sans doute un dieu, non un homme, nous avait dérobés à la tempête ou obtenu notre salut, en prenant en main le gouvernail. La Fortune, qui voulait notre salut, y avait pris place; c'est ainsi que notre carène ne fut point avariée sur ses ancres par la houle et ne s'échoua point contre un écueil rocheux. Puis, échappés à la mort dans les flots, et nous défiant encore de la Fortune, malgré l'éclat du jour, nous repaissions nos esprits d'une douleur nouvelle, la perte de l'armée si misérablement anéantie. Et maintenant, s'il en reste encore des survivants, ils parlent de nous comme de morts, n'est-ce pas? Et nous croyons, nous, qu'ils ont le même destin. Puissent les choses tourner au mieux! Alors tu peux t'attendre que Ménélas surtout revienne le premier. En tout cas, si un rayon de soleil sait qu'il est toujours vert et vivant par les soins de Zeus, qui ne veut pas encore anéantir sa race, on peut espérer encore qu'il revienne à la maison. Persuade-toi bien qu'en entendant mon récit tu as entendu la vérité.

LE CHŒUR. — *Qui donc, si ce n'est quelque être invisible qui, pressentant la destinée, a dirigé justement notre langue, a donné ce nom si vrai à cette Hélène si disputée, que son époux réclame la lance à la main? Elle a, comme le portait son nom* [19]*, perdu les vaisseaux, perdu les hommes, perdu les villes, en s'échappant des molles tentures du lit nuptial pour s'enfuir par mer au souffle puissant du zéphyr. Alors des milliers de chasseurs, armés du bouclier, ont suivi la piste du vaisseau disparu pour aborder aux rives verdoyantes du Simoïs et soutenir une querelle sanglante.*

Une colère inflexible en ses desseins [20] *a doté Ilion d'une alliance dont le juste nom est deuil* [21]*. Elle a dans la suite vengé le mépris de la table hospitalière et de Zeus protecteur de l'hospitalité sur ceux qui chantèrent à pleine voix le chant d'hyménée entonné alors par ses beaux-frères. La vieille ville de Priam l'a désappris pour en apprendre un autre, un hymne de larmes et de profonds gémissements, où elle appelle Pâris l'homme au lit funeste* [22] *et déplore la vie de ses citoyens misérablement baignés dans leur sang.*

C'est ainsi qu'un homme a, dans sa maison, nourri à sec un lionceau [23] *arraché aux mamelles qu'il aimait. Dans les premiers temps de sa vie, l'animal, apprivoisé, caresse les enfants et amuse les vieillards. Porté souvent dans les bras comme un enfant nouveau-né, il répond à la main qui le flatte par un air joyeux et des caresses arrachées par la faim.*

Mais avec le temps il révèle l'instinct qu'il tient de ses parents. En retour des soins qu'ont pris ses nourriciers, il égorge impitoyablement des brebis et s'offre un festin auquel il n'a pas été invité. La maison est inondée de sang, incurable chagrin, carnage désastreux pour ses habitants. C'est un prêtre d'Atè que, par la volonté d'un dieu, on a élevé dans la maison.

Telle, si je puis dire, Hélène entra dans la ville d'Ilion, âme sereine comme la mer que ne trouble aucun vent, doux joyau d'une maison opulente, tendre trait qui blesse les yeux, fleur d'amour qui consume le cœur. Mais elle a bientôt changé et donné à ses noces un amer dénouement : c'est une hôtesse funeste, une funeste compagne qui a fait irruption dans la maison des Priamides ; c'est une Érinys dotée de larmes que Zeus, vengeur de l'hospitalité, y a conduite.

Il est un vieux dicton qui court depuis longtemps parmi les mortels, c'est que le bonheur humain parvenu à son comble devient fécond et ne meurt pas sans enfants : sa bonne fortune est pour sa race le germe d'une misère insatiable. Je ne suis pas ici de l'avis des autres ; pour moi, c'est l'acte impie qui par la suite en engendre plusieurs autres, semblables à leur père : la maison du juste est sûre d'avoir toujours de beaux enfants.

Mais, d'ordinaire, la violence ancienne fait naître chez les méchants une violence nouvelle, tôt ou tard, au jour marqué pour une naissance nouvelle, et en même temps une divinité indomptable, invincible, impie, la noire Atè, audacieuse ennemie des maisons, fille qui a tous les traits de sa mère.

Mais la Justice brille dans les maisons enfumées et honore la vie pure ; elle détourne les yeux des palais constellés d'or où commandent des mains sales, et les reporte sur l'innocence, sans égard pour la puissance de mauvais aloi que l'on vante dans la richesse, et c'est elle qui mène tout à son terme.

(Agamemnon paraît sur un char avec Cassandre sur un autre.)

LE CORYPHÉE. — Voyons, roi, fils d'Atrée, destructeur de Troie, comment te saluerai-je ? Comment te rendre hommage sans dépasser la mesure et sans manquer au respect qui t'est dû ? Bien des gens, plus soucieux de paraître que d'être, manquent ainsi à la justice.

Chacun est prêt à gémir de l'infortune d'autrui, mais la morsure du chagrin ne va pas jusqu'à l'âme. On affecte de partager la joie des autres et l'on contraint son visage à sourire malgré lui.

Mais l'homme clairvoyant qui connaît son troupeau ne se laisse pas prendre à la mine d'un homme qui affecte de bons sentiments et qui le caresse d'une amitié frelatée.

Pour moi, je ne te le cacherai pas : lorsque jadis tu levas une armée pour Hélène, je te classai parmi les hommes dépourvus de tout discernement et incapables de gouverner leur esprit, parce que tu allais faire périr des hommes pour ramener en Grèce une femme effrontée, qui l'avait fuie volontairement.

Mais aujourd'hui ce n'est pas du bout des lèvres ni sans affection, mais avec chaleur, que je félicite ceux qui ont bien accompli leur tâche. Le temps t'apprendra, si tu t'en informes, quels sont, parmi les citoyens restés à la maison, ceux qui ont gardé la justice et ceux qui l'ont violée.

AGAMEMNON. — Il est juste que je salue d'abord Argos et les dieux du pays, qui ont aidé à mon retour et à la vengeance que j'ai tirée de la ville de Priam. Car les dieux, sans écouter plaider la cause, se sont trouvés d'accord pour mettre dans l'urne sanglante un suffrage de mort contre Troie et ses guerriers; quant à l'urne d'acquittement, l'espoir seul s'en approchait, mais la main ne la remplissait point. Maintenant la fumée marque encore la place où fut la ville conquise. La tempête de malheur vit encore et, de la cendre qui meurt avec la ville, montent des vapeurs chargées de ses richesses. Voilà de quoi nous devons rendre aux dieux de fidèles actions de grâces, puisque nous avons puni le rapt si rigoureusement et que, pour une femme, la ville a été réduite en poussière par le monstre d'Argos, ce peuple au bouclier agile, enfanté par un cheval, qui, s'élançant au coucher des Pléiades [24], a bondi par-dessus le rempart et, comme un lion avide de chair crue, a léché jusqu'à satiété le sang royal. Je devais aux dieux ce long hommage par lequel j'ai préludé. Quant à toi, je n'ai pas oublié les sentiments que tu as exprimés; je les partage et suis prêt à les défendre : peu d'hommes sont naturellement portés à admirer sans envie un ami heureux. Quand le venin de la malveillance s'insinue dans un cœur, il double le fardeau de celui qui nourrit ce mauvais sentiment : il sent le poids de ses propres malheurs et la vue du bonheur d'autrui le fait gémir. Je parle en connaissance de cause, car je connais bien le miroir de l'amitié: l'image d'une ombre, telle fut celle des gens qui semblaient m'être très dévoués. Seul Ulysse, qui s'était embarqué à contrecœur, une fois attelé au joug, a toujours été pour moi un bon cheval de volée. Qu'il soit mort ou vivant, je lui dois ce témoignage. Pour tout ce qui regarde l'État et les dieux, nous instituerons des débats publics et nous prendrons des décisions dans l'assemblée générale : ce qui est bien, nous verrons à le maintenir et à le faire durer. Mais là où il faudra des remèdes salutaires, nous essayerons soit en brûlant, soit en coupant, dans un esprit de bienveillance, de détourner le mal. Et maintenant que je suis revenu dans mon palais, à mon foyer, je saluerai d'abord les dieux qui, après m'avoir accompagné au loin, m'ont ramené ici. Et puisse la victoire, qui a suivi nos armes, me rester à jamais fidèle!

CLYTEMNESTRE. — Citoyens, vous qu'on révère entre tous à Argos, je ne rougirai pas d'exprimer devant vous mes sentiments d'amour pour mon époux. Avec le temps on perd le respect humain. Ce que je vais dire n'est point une histoire apprise, mais ma propre vie, qui fut malheureuse tout le temps que cet homme fut sous les murs d'Ilion. Tout d'abord, c'est pour une femme un terrible malheur de rester sans époux, seule dans sa maison, écoutant les rumeurs haineuses qui courent sur elle; ensuite, de voir venir un messager qui apporte une mauvaise nouvelle, puis un autre qui en annonce une plus mauvaise encore, et tous criant du malheur pour la maison. Si cet homme avait reçu autant de blessures que la renommée en colportait ici, il aurait plus de cicatrices qu'un filet n'a de mailles, et, s'il était mort autant de fois que le bruit s'en répandait, il pourrait se vanter, nouveau Géryon aux trois corps, d'avoir revêtu un triple manteau de terre [j'entends triple en ce monde et non aux enfers [25]], un chaque fois qu'il mourait sous une de ses formes.

Ces rumeurs exaspérantes m'ont fait plus d'une fois suspendre mon cou à un lacet, dont on m'a détaché malgré moi. C'est pour cela que ton fils, Oreste, gage de notre foi mutuelle, n'est pas ici, comme il devrait y être. Ne t'en étonne pas : il est élevé chez un hôte dévoué, Strophios de Phocide, qui me faisait craindre une double calamité, les hasards que tu courais sous Ilion et la révolte populaire capable de renverser le conseil, car c'est un penchant inné chez les mortels de piétiner celui qui est tombé. Voilà mon excuse; elle est franche. Pour moi, les sources jaillissantes de mes larmes sont taries; il n'en reste pas une goutte. Mes yeux se sont gâtés à veiller longuement et à pleurer sur toi dans l'attente toujours vaine des signaux enflammés. Et lorsque dans mes songes les fines morsures des cousins bourdonnants m'éveillaient, je voyais plus de maux que je n'en avais vu dans la durée de mon sommeil. Aujourd'hui, après tant de peines, je peux dire d'un cœur joyeux que cet homme est le chien de l'étable, le câble sauveur du vaisseau, la colonne solide de la haute toiture, le fils unique d'un père, et aussi la terre qui apparaît aux matelots désespérés, le jour resplendissant à voir au sortir de la tempête, la source qui coule pour le voyageur altéré. Quel réconfort d'avoir échappé à tous ces périls inévitables! Aussi j'ai bien le droit de l'appeler de ces noms. Et que l'envie se taise; car nous avons jusqu'ici enduré assez de misères. Et maintenant, tête chérie, descends de cette voiture, sans poser à terre, ô roi, ce pied qui a renversé Ilion. Que tardez-vous, servantes? Ne vous ai-je pas enjoint de joncher de tapis le sol qu'il doit fouler? Que la pourpre s'étale tout de suite sous ses pas, afin que la Justice le mène dans une demeure inespérée. Pour le reste, une pensée qui ne se laisse pas vaincre au sommeil le réglera justement avec l'aide des dieux selon les décrets du destin.

AGAMEMNON. — Fille de Léda, gardienne de ma maison, tu as mesuré tes paroles sur la longueur de mon absence : tu t'es longuement étendue. La louange n'est à sa place que si l'hommage en vient des autres. Et puis, ne me reçois pas, comme une femme, avec tant de luxe, ni comme un barbare, en te prosternant et poussant des cris vers moi, et n'excite pas l'envie contre moi en étalant des tapis sous mes pas. Ce sont les dieux qu'il faut honorer par de tels hommages. Mais marcher, moi simple mortel, sur ces merveilles brodées, je ne puis le faire sans crainte. Je veux qu'on m'honore comme un homme, non comme un dieu. Ma renommée n'a pas besoin d'essuie-pieds et de broderies pour être proclamée, et la prudence est le plus grand présent des dieux. On ne doit être estimé heureux que lorsqu'on a fini sa vie dans une douce prospérité. Il faudrait qu'un tel bonheur me fût entièrement assuré pour me donner pleine confiance.

CLYTEMNESTRE. — Réponds donc à ma question sans déguiser ta pensée.

AGAMEMNON. — Je ne la déguiserai pas, sois-en sûre.

CLYTEMNESTRE. — En cas de danger, aurais-tu fait un tel vœu aux dieux?

AGAMEMNON. — Oui, si quelqu'un d'entendu dans cette matière m'y eût engagé.

CLYTEMNESTRE. — Que crois-tu que Priam aurait fait, s'il avait été vainqueur comme toi?

AGAMEMNON. — Je crois qu'il aurait certainement marché sur des tapis brodés.

CLYTEMNESTRE. — Ne crains donc pas le blâme des mortels.

AGAMEMNON. — Pourtant la voix du peuple est bien puissante.

CLYTEMNESTRE. — Qui n'est pas envié n'est pas digne de l'être.

AGAMEMNON. — Il ne sied pas à la femme de désirer le combat.

CLYTEMNESTRE. — Mais il sied aux heureux mêmes de se laisser vaincre.

AGAMEMNON. — Est-ce que, toi aussi, tu tiens à vaincre dans ce débat ?

CLYTEMNESTRE. — Écoute-moi ; laisse-moi de ton plein gré cette victoire.

AGAMEMNON. — Eh bien, puisque tu le désires, qu'on me délie promptement mes brodequins, serviteurs des pieds en marche, et qu'au moment où je mettrai le pied sur ces tapis de pourpre aucun des dieux ne jette de loin sur moi un regard jaloux. Ce serait une grande honte de ruiner ma maison en gâtant sous mes pieds ces riches ornements, ces tissus achetés à prix d'or.

Mais en voilà assez là-dessus. Accueille avec bonté cette étrangère. Les dieux, du haut du ciel, regardent favorablement celui qui commande avec douceur. Personne ne se soumet volontiers au joug de l'esclavage, et celle-ci est une fleur choisie dans l'amas du butin et dont l'armée m'a fait don. Mais puisque je me suis soumis à ta demande, je vais rentrer dans ma demeure en foulant la pourpre sous mes pieds.

(Il entre dans le palais.)

CLYTEMNESTRE. — Il y a la mer, et qui pourrait l'épuiser ? la mer, qui nourrit et renouvelle sans cesse la précieuse liqueur qui teint en pourpre des étoffes sans nombre. Le palais, grâce aux dieux, prince, est à même de s'en procurer, et notre demeure ne connaît pas la pauvreté. Combien d'étoffes j'aurais souhaité voir fouler aux pieds si, dans les temples fatidiques, on m'eût avertie de les sacrifier pour obtenir le retour de cette chère âme ! Tant que la racine existe, le feuillage revient étendre son ombre sur la maison pour la protéger de la canicule. De même ton retour au foyer domestique est à nos yeux la chaleur qui revient au milieu de l'hiver, et, quand Zeus fait du vin de la grappe acide, dès lors la fraîcheur revient dans la maison avec l'homme achevé qui revoit ses foyers. Zeus, Zeus par qui tout s'achève [26], achève mes souhaits et songe à ce que tu dois achever.

(Elle rentre dans le palais.)

LE CHŒUR. — *D'où vient cette appréhension qui se lève*

devant mon cœur plein de pressentiments et voltige obstinément autour de lui ? D'où vient que, sans ordre ni salaire, mon chant présage l'avenir ? Pourquoi, après avoir craché comme on fait pour les songes obscurs, la confiance persuasive n'est-elle pas assise sur le trône de mon esprit ? Il y a déjà longtemps que le jet des amarres sur le rivage en fit résonner le sable, le jour où l'armée navale s'élança vers Ilion.

J'apprends son retour de mes yeux. J'en suis moi-même le témoin, et pourtant mon cœur, sous sa propre inspiration, chante sans lyre le thrène de l'Érinys, parce qu'il a complètement perdu la douce confiance de l'espoir. Le cri des entrailles n'est pas un vain cri et le cœur qui mène des rondes sur des entrailles amies de la justice annonce une réalité. Mais je souhaite que mon souci ne soit que mensonge et qu'il tombe dans le néant.

La ligne qui sépare la santé parfaite de la maladie est extrêmement ténue; car la maladie, sa voisine immédiate, fond sur elle [27]. . . . .
Le destin de l'homme se heurte dans son cours prospère à quelque invisible écueil. Si du moins la crainte lui fait rejeter, d'un jet bien calculé, une partie de sa richesse acquise, sa maison ne sombre pas tout entière sous la charge excessive de son opulence, et sa barque ne coule pas. Les dons multiples et larges de Zeus et les sillons de l'année écartent la famine.

Mais le sang noir du meurtre une fois répandu à terre devant un homme, qui pourrait le rappeler par ses incantations ? Et ce n'est pas impunément que Zeus arrêta pour notre bien celui qui savait ramener les morts des enfers [28]. *Ah! si l'ordre établi par les dieux n'assurait pas au lot d'un homme la supériorité sur celui d'un autre, mon cœur, prévenant ma langue, répandrait ses secrets au-dehors; mais maintenant il frémit dans l'ombre et la douleur et n'espère plus que rien de salutaire se déroule de mon esprit en feu.*

CLYTEMNESTRE. — Toi aussi entre à l'intérieur : c'est à toi, Cassandre, que je parle. Puisque Zeus, dans sa clémence, t'a mise dans notre palais pour prendre part à nos ablutions, debout avec de nombreux esclaves près de notre autel domestique, descends de ton char et dépose ton orgueil. Le fils d'Alcmène lui-même fut, dit-on, vendu jadis et se résigna à manger le pain des esclaves [29]. En tout cas, lorsque l'on est réduit par la nécessité à une telle fortune, c'est une grande faveur de tomber sur des maîtres accoutumés depuis longtemps à l'opulence. Ceux qui, contre tout espoir, ont fait une riche moisson sont toujours durs et chiches pour leurs esclaves. Tu obtiendras chez nous les égards qui sont de règle.

LE CHŒUR. — C'est à toi qu'elle vient de parler, et en termes clairs. Puisque tu es prise dans le rets fatal, obéis, si tu veux obéir; mais peut-être t'y refuseras-tu.

CLYTEMNESTRE. — Si elle n'a pas un langage inconnu et barbare, comme l'hirondelle, je veux bien essayer en lui parlant de faire entrer la persuasion dans son cœur.

LE CHŒUR. — Suis-la : tu ne saurais, dans ta fortune présente, recevoir un meilleur conseil. Obéis, quitte le siège de ta voiture.

CLYTEMNESTRE. — Je n'ai pas le loisir de m'attarder ici à la porte. Déjà, devant le foyer, au centre de la maison, les brebis sont rangées pour être immolées, action de grâces pour un bonheur que nous n'espérions plus. Si tu es disposée à faire ce que je te demande, ne perds pas de temps. Mais si, faute de me comprendre, tu ne reçois pas mon conseil, au lieu de parler, explique-toi par des gestes barbares.

LE CHŒUR. — L'étrangère aurait besoin, ce semble, d'un interprète clair. Ses manières sont celles d'une bête qu'on vient de capturer.

CLYTEMNESTRE. — Elle est folle à coup sûr et obéit à de mauvaises pensées, cette femme qui arrive ici au sortir d'une ville récemment conquise et qui ne sait point porter le joug avant d'avoir jeté la sanglante écume de sa colère. Je ne m'abaisserai pas à lui parler davantage.

LE CORYPHÉE. — Pour moi, j'ai pitié d'elle et ne me mettrai pas en colère. Allons, infortunée, abandonne ton char et, cédant à la nécessité, inaugure le joug.

CASSANDRE. — *Hélas! hélas! ô terre! Apollon! Apollon!*

LE CORYPHÉE. — Pourquoi te lamenter ainsi sur Loxias? Ce n'est pas un dieu à provoquer des lamentations.

CASSANDRE. — *Hélas! hélas! ô terre, Apollon! Apollon!*

LE CORYPHÉE. — La voilà qui recommence ses lugubres appels au dieu qui n'est point fait pour entendre des gémissements.

CASSANDRE. — *Apollon, Apollon, dieu des routes, tu me perds! Tu me perds* [30], *et sans peine, pour la seconde fois.*

LE CORYPHÉE. — On dirait qu'elle va prophétiser sur ses propres malheurs. Elle a gardé l'inspiration dans son âme d'esclave.

CASSANDRE. — *Apollon! Apollon, dieu des routes, tu me perds! Ah! où m'as-tu amenée? dans quelle maison?*

LE CORYPHÉE. — Dans celle des Atrides. Si tu ne le sais pas, je te le dis, et tu ne diras pas que c'est mensonge.

CASSANDRE. — *Ah! dis plutôt une maison abhorrée des dieux, complice de maux innombrables, meurtres de parents, têtes coupées* [31], *un abattoir humain au sol trempé de sang.*

LE CORYPHÉE. — L'étrangère semble avoir le nez fin d'une chienne; elle suit la piste de meurtres qu'elle va découvrir.

CASSANDRE. — *J'en crois ces témoignages, ces enfants qu'on égorge et qui pleurent, ces chairs rôties dévorées par un père.*

LE CORYPHÉE. — Ta réputation de prophétesse est venue jusqu'à nous; mais nous n'avons pas besoin de prophètes.

CASSANDRE. — *Ah! grands dieux! que prépare-t-on là* [32] *? Quelle est encore cette terrible douleur, ce terrible mal qui se prépare en cette maison, mal insupportable aux parents, inguérissable, car le remède est loin.*

LE CORYPHÉE. — Ces prédictions-là sont une énigme pour moi; le reste m'est connu : toute la ville le crie.

CASSANDRE. — *Ah! misérable! tu vas donc faire cela! Après avoir mis au bain l'époux qui partagea ta couche — comment dire la fin? — ce sera bientôt fait. Deux mains impatientes se tendent l'une après l'autre.*

LE CORYPHÉE. — Je ne saisis pas davantage; après les énigmes, voici d'obscurs oracles qui me laissent perplexe.

CASSANDRE. — *Ah! grands dieux! que vois-je? Est-ce un filet d'enfer? Mais ce filet, c'est la compagne de lit, complice du meurtre. Que la troupe insatiable du sang de la race salue d'un cri de triomphe le sacrifice abominable!*

LE CORYPHÉE. — Quelle est cette Érinys dont tu appelles les clameurs sur le palais? Tes propos ne sont pas réjouissants.

LE CHŒUR. — *Un flot jaunâtre reflue vers mon cœur, pareil à celui qui, chez les guerriers tombés sous la lance, accompagne les rayons d'une vie qui s'éteint, tandis que la mort s'approche rapidement.*

CASSANDRE. — *Ah! Garde-toi de la vache, regarde, regarde. Elle a pris dans le piège d'un voile le taureau aux cornes noires, elle le frappe, et il tombe dans la baignoire; c'est ce qui se passe dans le bassin de ruse et de meurtre que je t'annonce ici.*

LE CORYPHÉE. — Je ne me vanterai pas d'être un habile interprète d'oracles; mais celui-là me paraît bien présager un malheur.

LE CHŒUR. — *Mais quelle bonne nouvelle a jamais été apportée aux mortels par les oracles? C'est par des malheurs que l'art verbeux des prophètes inspire la terreur à ceux qui les écoutent.*

CASSANDRE. — *Hélas! hélas! infortunée, quel affreux destin! C'est mon propre malheur que je clame et que je verse aussi dans le cratère. Pourquoi m'as-tu conduite ici, malheureuse, sinon pour y mourir aussi? autrement, pourquoi?*

LE CHŒUR. — *Une fureur divine transporte ton âme pour chanter sur toi-même un chant de malheur. Tel le fauve rossignol, insatiable de lamentations, pousse, hélas! du fond de son cœur désolé sa lamentable plainte : « Itys! Itys! » et déplore sa vie riche en douleurs* [33].

CASSANDRE. — *Hélas! hélas! pourquoi évoquer le destin du mélodieux rossignol? Les dieux l'ont revêtu d'un corps ailé; sa vie est douce et sans larmes; mais ce qui m'attend, moi, c'est le fer à double tranchant qui me fendra la tête.*

LE CHŒUR. — *Mais d'où tiens-tu ces malheurs illusoires que dans ton délire tu vois fondre sur toi? Pourquoi modules-tu ces effrayantes prédictions avec des cris lugubres et sur un ton suraigu? Qui t'a montré les bornes de cette voie prophétique avec leurs prédictions sinistres?*

CASSANDRE. — *Ah! les noces de Pâris, noces fatales aux siens! Hélas! Scamandre, où s'abreuvait ma patrie! Naguère, je grandissais, infortunée, nourrie sur tes bords. Maintenant c'est sur les rives du Cocyte et de l'Achéron que j'irai, je crois, bientôt prophétiser.*

LE CHŒUR. — *Quel est ce trop clair oracle que tu viens de prononcer? un enfant, à l'entendre, le comprendrait. Ton malheureux destin me déchire comme une morsure sanglante, quand j'entends ta voix plaintive clamer tes malheurs qui me fendent le cœur.*

CASSANDRE. — *Ah! misères, misères de ma ville entièrement perdue! Ah! sacrifices que mon père offrait pour nos remparts, où l'on immolait sans compter le bétail qui paissait nos prairies, remède complètement inutile, qui n'a pas sauvé la ville de l'état où elle est réduite. Pour moi, la prêtresse inspirée, je vais bientôt m'abattre sur le sol.*

LE CHŒUR. — *Cette prédiction s'accorde avec les précédentes. Un dieu malveillant s'est abattu sur toi de tout son poids et te force à chanter ces gémissantes et mortelles douleurs. Quelle en sera l'issue, je ne le devine pas.*

CASSANDRE. — Maintenant l'oracle ne se montrera plus à travers un voile comme une jeune épousée; mais il va, je pense, souffler et s'élancer, en pleine lumière, vers le soleil levant, et, comme une vague, baigner dans ses rayons un malheur plus grand encore que celui-là. Je ne vous instruirai plus par énigmes. A présent rendez-moi témoignage que j'ai flairé et fidèlement suivi la piste des crimes anciens. Je sais qu'il y a sous ce toit un chœur qui ne le quitte jamais et qui chante à l'unisson, mais un chant qui ne charme point l'oreille; car les paroles n'en sont pas belles. C'est une bande bruyante qui, pour s'enhardir, a bu du sang humain et qui n'est pas aisée à déloger de ce palais où elle demeure, c'est la bande des Érinyes acharnées contre la race. Attachées à cette maison, elles chantent un hymne qui rappelle le crime initial [34], puis tour à tour elles crachent leur dégoût pour la couche fraternelle irritée contre celui qui la foula. Me suis-je trompée ou ai-je comme un archer touché le but? Suis-je une fausse prophétesse qui colporte son bavardage de porte en porte? Avant de l'attester, jure que tu n'as jamais entendu parler des vieilles fautes de cette maison.

LE CORYPHÉE. — Et comment un serment, si sincère et si solide qu'il soit, pourrait-il guérir le mal? Mais je m'étonne qu'élevée au-delà de la mer dans une langue étrangère tu puisses tout dire exactement comme si tu avais été présente parmi nous.

CASSANDRE. — C'est que le divin Apollon m'a préposée à cette tâche.

LE CORYPHÉE. — A-t-il donc, quoique dieu, été piqué par le désir?

CASSANDRE. — Jusqu'ici j'avais honte de parler de ces choses.

LE CORYPHÉE. — On fait le renchéri quand on est trop heureux.

CASSANDRE. — Il m'attaqua vivement, car il était enflammé d'amour pour moi.

LE CORYPHÉE. — Est-ce que vous en vîntes, comme c'est l'usage, au point de faire un enfant ?

CASSANDRE. — J'en étais tombée d'accord avec Loxias, mais je ne tins pas ma promesse.

LE CORYPHÉE. — Est-ce que tu étais déjà en possession de l'art qui t'inspire ?

CASSANDRE. — Je prédisais déjà tous leurs maux à mes concitoyens.

LE CORYPHÉE. — Comment donc échappas-tu au ressentiment de Loxias ?

CASSANDRE. — Personne n'eut plus aucune foi à mes oracles, dès que je l'eus trompé.

LE CORYPHÉE. — Nous du moins, nous croyons tes oracles dignes de foi.

CASSANDRE. — Hélas ! hélas ! Ah ! Ah ! Malheur ! Voici que de nouveau le travail de la divination véridique me fait tourner sur moi-même et que ses préludes me bouleversent. Voyez-vous ces enfants assis près du palais, pareils aux fantômes des songes ? On dirait des enfants tués par leurs parents : ils ont les mains pleines de chairs, pour repaître leurs proches ; ils ont l'air de tenir leurs intestins et leurs entrailles, lamentable fardeau, qu'un père a goûtés. Mais ce forfait sera puni, je le déclare : un lion, sans courage, qui, vautré dans le lit, garde la maison, médite, hélas ! de le venger sur mon maître de retour ; car je suis réduite à porter le joug de la servitude. Et le chef de la flotte, le destructeur d'Ilion ne sait pas ce que l'exécrable chienne, qui manifestait sa joie en des discours sans fin, comme une furie qui dissimule ses desseins, lui prépare pour son malheur. Voyez où elle pousse l'audace : c'est une femelle qui tue son mâle. Comment appeler cette bête odieuse pour lui donner le nom qui lui convient ? serpent à deux têtes, Scylla gîtée dans les rochers, fléau des marins, mère furieuse échappée de l'enfer et qui respire une guerre implacable contre les siens ? Quel hurlement de joie elle a poussé, la scélérate, comme si elle avait mis l'ennemi en déroute ! Et l'on croit qu'elle se réjouit du salut et du retour de son mari ! A présent encore, si je parle à des incrédules, peu importe : ce qui doit arriver arrivera, et toi aussi tu diras bientôt, témoin apitoyé de l'événement, que mes prophéties ne sont que trop véridiques.

LE CORYPHÉE. — C'est du festin dc Thyeste se régalant

de la chair de ses enfants que tu as parlé; je l'ai reconnu et j'en ai frémi, et je me sens saisi de crainte à voir la vérité sans images. Mais sur ce que tu as dit en outre, j'ai perdu la piste et je cours hors de la carrière.

CASSANDRE. — Je dis que tu verras la mort d'Agamemnon.

LE CORYPHÉE. — Tais-toi, malheureuse, laisse dormir ta langue.

CASSANDRE. — Il n'est pas de médecin qui puisse porter remède à ma prédiction.

LE CORYPHÉE. — Non, si elle doit se réaliser; mais que le ciel nous en préserve!

CASSANDRE. — Tu peux former des vœux : eux songent à tuer.

LE CORYPHÉE. — Quel est l'homme qui prépare cette abomination?

CASSANDRE. — Tu te fourvoies par trop loin du sens de mes oracles.

LE CORYPHÉE. — Ce sont les machinations de ceux qui doivent les exécuter que je n'ai pas comprises.

CASSANDRE. — Je sais pourtant assez bien parler grec.

LE CORYPHÉE. — Les oracles de Pythô aussi : ils n'en sont pas moins difficiles à expliquer.

CASSANDRE. — Dieux! quel est ce feu? il marche sur moi. Hélas! Apollon Lykéios, malheur à moi, à moi! C'est elle, la lionne à deux pieds qui couchait avec le loup, en l'absence du noble lion, qui va me tuer, malheureuse. En brassant son poison elle va mêler mon salaire à sa vengeance. Elle prétend, en aiguisant le coutelas contre son époux, le punir de mort pour m'avoir amenée ici. Pourquoi donc gardé-je encore ces ornements dérisoires, ce sceptre, ces bandelettes fatidiques à mon cou? Toi, je te briserai avant de périr.

(Elle brise le sceptre, puis jette à terre ses bandelettes.)

Allez à la malheure; vous voir à terre, voilà ma revanche. Enrichissez de malheur quelque autre à ma place. Voyez : c'est Apollon lui-même qui me dépouille de cet habit fatidique, après s'être complu à me voir bafouée, sous cette parure, unanimement et follement, par mes amis et mes ennemis. On m'appelait vagabonde, comme une diseuse de bonne aventure, une misérable mendiante famélique, et j'endurais l'affront. Et voici qu'aujourd'hui le prophète qui m'a fait prophétesse m'amène ici pour y recevoir ce coup mortel. Au lieu de l'autel paternel, ce qui m'attend, c'est un billot rougi du sang chaud de mes membres tranchés.

Cependant nous ne mourrons point sans attirer l'attention des dieux. A son tour, un autre viendra nous venger, un fils qui tuera sa mère [35], et lui fera payer le meurtre de son père. Fugitif, errant, banni de cette terre, il reviendra mettre le couronnement aux forfaits de cette famille. Ce qui le ramènera, c'est le souvenir de son père étendu dans son sang. Dès lors pourquoi m'apitoyer et me lamenter ainsi? Puisque j'ai vu d'abord la ville d'Ilion traitée comme elle l'a été, puis ceux qui l'ont prise finir ainsi, condamnés par les dieux, j'irai, j'affronterai, je subirai la mort. Aussi bien les dieux ont prononcé le grand serment. Je salue en ces portes les portes de l'Hadès, et ne souhaite plus qu'un coup bien placé pour fermer mes yeux sans convulsions en répandant doucement mon sang.

LE CORYPHÉE. — O femme trop malheureuse et trop savante aussi, tu viens de faire bien des prédictions. Mais si vraiment tu connais ton propre destin, pourquoi, comme une génisse poussée par les dieux, marches-tu si hardiment vers l'autel?

CASSANDRE. — Impossible d'échapper à mon sort; non, étrangers, le temps n'y fera rien.

LE CORYPHÉE. — Mais ce sont les derniers moments qui ont le plus de prix.

CASSANDRE. — Mon jour est venu. Je gagnerais peu à fuir.

LE CORYPHÉE. — C'est ton courage, sache-le, qui fait ton malheur.

CASSANDRE. — C'est là une chose qu'on ne dit jamais aux gens heureux.

LE CORYPHÉE. — Mais mourir glorieusement est une faveur pour un mortel.

CASSANDRE. — Ah! quel malheur pour toi, père, et pour tes nobles enfants!

(Elle se dirige vers le palais puis recule.)

LE CORYPHÉE. — Qu'y a-t-il! quelle crainte te fait rebrousser chemin?

CASSANDRE. — Hélas! hélas!

LE CORYPHÉE. — Pourquoi ce cri? de quelle horreur ton âme est-elle saisie?

CASSANDRE. — Le palais exhale une odeur de meurtre et de sang.

LE CORYPHÉE. — Eh non! c'est l'odeur des victimes qu'on brûle sur le foyer.

CASSANDRE. — Il semble que c'est une odeur pareille à celle qui s'exhale du tombeau.

LE CORYPHÉE. — La maison, à t'entendre, ne sent pas les parfums de Syrie.

CASSANDRE. — Allons! Je pars et vais pleurer chez les morts sur mon sort et sur celui d'Agamemnon. J'en ai assez de la vie. Ah! étrangers... Je ne suis pas effrayée comme l'oiseau qui tremble devant le buisson : je désire seulement qu'après ma mort vous me rendiez témoignage de tout ceci, le jour où une femme mourra pour expier le sang de la femme que je suis et où un homme tombera pour expier celui d'un homme marié à une mauvaise femme. Voilà le présent d'hospitalité que je vous demande avant de mourir.

LE CORYPHÉE. — O malheureuse, j'ai pitié du sort que les dieux t'ont prédit.

CASSANDRE. — Encore un dernier mot. Je ne veux pas chanter mon propre thrène, mais prier le soleil qui m'éclaire pour la dernière fois que mes ennemis payent ensemble à mes vengeurs le meurtre de l'esclave que je suis devenue, victime tombée sans défense sous leurs coups.

(Elle entre dans le palais.)

LE CORYPHÉE. — O destin des mortels! Sont-ils heureux, leur bonheur apparaît comme une ombre; malheureux, un coup d'éponge humide efface le tableau et ceci m'inspire bien plus de pitié que cela [36]. La prospérité est insatiable chez tous les mortels : aucun n'y renonce, nul ne lève le doigt pour lui interdire sa maison, nul ne lui dit : « N'entre plus. » A cet homme aussi les Bienheureux ont accordé de prendre la ville de Priam et il est rentré dans sa patrie comblé d'honneurs par les dieux; mais maintenant s'il doit payer le sang autrefois répandu; s'il doit, sacrifié aux morts, provoquer le châtiment d'autres morts, qui donc, parmi les mortels, en apprenant cela, oserait se flatter d'être né pour un sort à l'abri de tous maux?

(On entend derrière le théâtre la voix d'Agamemnon.)

AGAMEMNON. — Hélas! je suis percé d'un coup mortel.

LE CORYPHÉE. — Silence! qui crie là, blessé d'un coup mortel?

AGAMEMNON. — Hélas! deux fois hélas! on me frappe de nouveau.

LE CORYPHÉE. — Le crime me paraît accompli, à en juger par les gémissements du roi. Allons, essayons de nous concerter prudemment entre nous.

UN CHOREUTE. — Mon avis à moi, le voici : crions aux citoyens d'accourir ici au palais.

DEUXIÈME CHOREUTE. — Moi je suis d'avis de fondre brusquement à l'intérieur et de saisir les meurtriers sur le fait, l'épée encore dégouttante de sang.

TROISIÈME CHOREUTE. — Pour moi, je partage cet avis : il faut agir; ce n'est pas le moment d'hésiter.

QUATRIÈME CHOREUTE. — Il faut voir; car ce n'est encore qu'un prélude, un signe de la tyrannie qu'ils préparent à la cité.

CINQUIÈME CHOREUTE. — Tandis que nous perdons notre temps, eux n'ont cure qu'on les loue d'avoir hésité et leurs bras ne s'endorment pas.

SIXIÈME CHOREUTE. — Je ne sais pas quel avis exprimer pour tomber juste. Avant d'agir il faut d'abord délibérer.

SEPTIÈME CHOREUTE. — Tel est aussi mon sentiment, parce que je ne vois pas le moyen de ressusciter un mort avec des mots.

HUITIÈME CHOREUTE. — Céderons-nous donc, uniquement pour prolonger nos jours, à des maîtres qui déshonorent ce palais ?

NEUVIÈME CHOREUTE. — Un tel sort est insupportable; mieux vaut mourir : la mort est plus douce que la tyrannie.

DIXIÈME CHOREUTE. — Mais allons-nous, sans autre preuve que des gémissements, prédire la mort du roi ?

ONZIÈME CHOREUTE. — Il faut être bien renseigné, avant de s'indigner de ce qui arrive : conjecturer et savoir exactement sont choses différentes.

LE CORYPHÉE. — J'approuve cet avis, et je m'y range résolument : assurons-nous exactement du sort du fils d'Atrée.

CLYTEMNESTRE. — J'ai tenu tout à l'heure un long discours, conformément à la circonstance; je ne rougirai pas de le démentir. Car c'est le seul moyen, lorsqu'on veut assouvir sa haine sur un ennemi qui passe pour vous être cher, de dresser devant lui un filet de malheur assez haut pour qu'il ne puisse bondir par-dessus. J'ai songé longtemps d'avance à cette rencontre, pour trancher une ancienne querelle; elle est enfin venue, après une longue attente, il est vrai, et je reste là où j'ai frappé, fière de ce que j'ai fait. J'avais pris mes mesures, et cela, je ne le nierai pas, pour qu'il ne pût ni fuir ni écarter la mort. Je l'ai enveloppé, comme un poisson, d'un filet sans issue, riche vêtement de malheur, et je le frappe deux fois, et, en deux gémissements, il laisse aller ses membres, et, quand il est tombé, j'ajoute un troisième coup, offrande votive au Zeus souterrain, sauveur des morts [37]. C'est ainsi qu'il vomit son âme en tombant. Son sang jaillit vivement sous l'épée tranchante et il m'éclabousse des noires gouttes de cette rosée sanglante, aussi douce à mon cœur que la rosée envoyée de Zeus l'est pour le grain qui germe dans le bouton. Voilà comment les choses se sont passées, citoyens révérés dans Argos. Qu'elles vous agréent ou non, moi je m'en applaudis. Si même il était séant de verser des libations sur un cadavre, il serait juste d'en verser sur celui-ci, plus que juste même, tant cet homme avait rempli de maux exécrables la coupe de la maison des Pélopides! mais c'est lui-même qui l'a vidée à son retour.

LE CHŒUR. — Nous admirons ton impudence, quand nous t'entendons te glorifier ainsi aux dépens de ton époux.

CLYTEMNESTRE. — Vous voulez m'éprouver, vous me prenez pour une femme inconsidérée. Or je vous dis, moi, vous devez le savoir, que mon cœur ne tremble pas, et que vos critiques comme vos louanges me laissent indifférente. Voilà Agamemnon, mon époux, et son cadavre est l'œuvre de ma main, ouvrière d'une juste vengeance. Voilà ce que j'ai à vous dire.

LE CHŒUR. — *O femme, quel poison tiré des sucs de la terre, quel breuvage puisé aux flots de la mer as-tu absorbé pour te charger d'un tel sacrifice et pour écarter et rejeter les imprécations du peuple ? Tu seras bannie de la cité, en butte à la puissante haine de ses habitants.*

CLYTEMNESTRE. — Aujourd'hui tu me condamnes à l'exil, à la haine des citoyens et aux imprécations populaires, tandis que jadis tu n'objectais rien à cet homme qui, sans plus d'égards que pour la mort d'une brebis prise dans la foule de ses troupeaux laineux, a immolé sa propre fille, l'enfant chérie de mes entrailles, pour charmer les vents de Thrace. N'est-ce pas lui qu'il fallait chasser de ce pays en expiation de ses souillures? Au contraire, c'est quand tu apprends ce que j'ai fait que tu deviens un juge implacable. Mais voici les menaces que je te permets, parce que je suis préparée à en faire autant : luttons par la force, si tu es vainqueur, c'est toi qui me commanderas; mais si le ciel en décide autrement, cette leçon t'apprendra, quoique tardivement, la sagesse.

LE CHŒUR. — *Ton âme est audacieuse, ton langage arrogant. C'est ainsi qu'à la suite d'un acte sanglant l'esprit délire et pense que la tache de sang va bien à son front. Méprisée, privée d'amis, tu devras payer coup pour coup.*

CLYTEMNESTRE. — A mon tour, veux-tu écouter les justes serments que je prononce? Je jure par la Justice qui a vengé mon enfant, par Atè et l'Érinys auxquelles j'ai sacrifié cet homme, qu'il n'y a pas d'espoir que la crainte mette le pied dans le palais, tant qu'Égisthe allumera le feu à mon foyer et qu'il me gardera son affection. Il est le large bouclier où j'appuie ma confiance. Le voilà gisant, cet homme qui m'a fait tant de mal, les délices des Chryséis sous Ilion [38], et elle aussi, la captive, la devineresse, la prophétesse qui partageait sa couche, sa fidèle concubine qui lui tenait compagnie sur le pont du navire. Ils ont tous deux ce qu'ils ont mérité, lui, comme vous le voyez; elle, après avoir modulé, comme le cygne, son dernier gémissement de mort, est étendue près de lui, en fidèle amante, et mon époux me l'a amenée pour assaisonner mon plaisir.

LE CHŒUR. — *Hélas! quelle mort viendra vite, sans nous retenir longtemps sur un lit de douleur, nous apporter le sommeil durable, sans fin, puisqu'on a tué notre dévoué gardien, celui qui a tant souffert à cause d'une femme et qui a perdu la vie par une femme,*

LE CORYPHÉE. — Ah! folle Hélène, qui seule as perdu sous Troie des milliers et des milliers de vies.

LE CHŒUR. — *et qui viens à présent de mettre à ton œuvre un couronnement inoubliable, en répandant un sang impossible à laver. Sans doute la maison était alors hantée par la Querelle, pour le malheur d'un homme qu'elle devait perdre.*

CLYTEMNESTRE. — Ne souhaite pas la mort, parce que cette mort te chagrine, et ne tourne pas ton ressentiment contre Hélène, sous prétexte qu'elle a causé la ruine d'un héros et que, seule, elle a perdu les âmes d'une foule de Danaëns et provoqué d'inguérissables douleurs.

LE CHŒUR. — *Génie qui t'abats sur la maison et les deux petits-fils de Tantale, et qui, par des femmes animées des mêmes sentiments* [39], *prends un tel empire sur mon cœur déchiré, perché sur le cadavre comme un corbeau ennemi, tu te fais gloire de chanter suivant l'usage un hymne de triomphe.*

Les manuscrits ont omis de répéter ici les vv. 1455-1461.

CLYTEMNESTRE. — Tu viens de redresser ton jugement, en nommant le génie engraissé abondamment du sang de cette race. C'est lui qui nourrit dans nos entrailles cette soif de sang. Avant que cesse le mal ancien, un abcès nouveau se déclare.

LE CHŒUR. — *C'est assurément un grand, grand génie, celui dont la colère pèse, dis-tu, sur cette maison. Hélas! hélas! triste souvenir d'un sort insatiable de malheurs, et cela, hélas! hélas! par la volonté de Zeus, sans qui rien n'arrive et rien ne s'achève; car qu'est-ce qui s'accomplit sans Zeus en ce monde? Y a-t-il un seul des crimes de cette maison qui ne soit pas l'œuvre des dieux?*

LE CORYPHÉE. — Ah! ah! mon roi, mon roi, comment te pleurer? Du fond de mon cœur affectionné que puis-je dire? Te voilà couché dans ce tissu d'araignée, exhalant ta vie sous les coups d'une main sacrilège.

LE CHŒUR. — *Hélas! Tu gis sur cette couche ignominieuse, dompté traîtreusement par la hache à deux tranchants maniée par les mains d'une épouse.*

CLYTEMNESTRE. — Tu prétends que c'est là mon œuvre. Non, ne dis même pas que je suis la femme d'Agamemnon. Ce que tu vois sous les traits de l'épouse de ce mort, c'est l'antique, l'âpre Génie vengeur d'Atrée, du cruel amphitryon, qui a puni sur cet homme le meurtre des enfants, en sacrifiant un homme fait.

LE CHŒUR. — *Toi, innocente de ce meurtre! qui en témoignera? Comment? Comment? Mais il se peut que le génie qui venge les crimes des pères soit ton complice. Le noir Arès exerce sa violence en faisant couler à flots le sang familial, lorsque, le temps venu, il venge le sang des enfants dévorés.*

LE CORYPHÉE. — Ah! Ah! mon roi, mon roi, comment te pleurer? Du fond de mon cœur affectionné que puis-je dire? Te voilà couché dans ce tissu d'araignée, exhalant ta vie sous les coups d'une main sacrilège.

LE CHŒUR. — *Hélas! tu gis sur cette couche ignominieuse, dompté traîtreusement par la hache à deux tranchants maniée par les mains d'une épouse.*

CLYTEMNESTRE. — Non, il n'a pas subi, selon moi, une mort indigne de lui. N'est-ce pas lui en effet qui a introduit dans cette maison la mort perfide? Ce qu'il a fait à l'enfant que j'avais eue de lui, à mon Iphigénie tant pleurée, méritait le traitement qu'il a subi. Qu'il ne se glorifie donc pas dans l'Hadès : sa mort sous le fer tranchant n'a fait que payer l'exemple qu'il a donné.

LE CHŒUR. — *Dans le trouble qui m'ôte la perspicacité, je ne vois plus où je dois me tourner, quand cette maison croule. Je frissonne au bruissement de l'averse sanglante sous laquelle elle s'effondre; ce n'est plus goutte à goutte que le sang tombe, et le destin aiguise sa justice sur d'autres pierres pour punir un autre forfait.*

LE CORYPHÉE. — Ah! terre! terre! plût au ciel que tu m'eusses reçu dans ton sein, avant d'avoir vu mon roi étendu au fond d'une baignoire aux parois d'argent! Qui l'ensevelira? qui chantera son thrène? Est-ce toi qui auras ce courage? Oseras-tu, toi qui as tué ton époux, gémir sur son trépas, et, en échange de cet acte monstrueux, offrir à ses mânes un hommage dérisoire qui défie la justice?

LE CHŒUR. — *Et qui prendra la peine de prononcer l'éloge funèbre de cet homme divin et de pleurer sur lui d'un cœur sincère?*

CLYTEMNESTRE. — Ce n'est pas à toi à t'inquiéter de cette tâche. C'est par moi qu'il est tombé, qu'il est mort, et qu'il sera enseveli, sans que les gens de sa maison l'accompagnent de leurs lamentations. Mais Iphigénie, sa fille, ira joyeusement, comme il sied, au-devant de son père sur les bords du rapide fleuve des douleurs, et, lui jetant les bras autour du cou, le baisera avec amour.

LE CHŒUR. — *A un reproche répond un reproche, question difficile à trancher. Qui prend est pris, qui tue paye sa dette. La loi restera tant que Zeus restera sur le trône : « Au coupable le châtiment. » C'est dans l'ordre divin. Qui pourrait extirper de ce palais le germe maudit? La race est vouée au malheur.*

Les manuscrits ont omis de répéter ici les vv. 1537-1550.

CLYTEMNESTRE. — Tu es entré dans la vérité en prononçant cet oracle. En tout cas, je consens, moi, à prêter ce serment au génie des Plisthénides [40] : Je me résigne à l'état de choses présent, si pénible à supporter qu'il puisse être, s'il veut désormais sortir de cette maison et aller épuiser une autre race par ces meurtres domestiques. Il me suffit amplement d'une petite part des biens de cette demeure, si je puis la délivrer de la fureur de mutuels homicides.

ÉGISTHE. — O douce clarté du jour de la justice! Je puis enfin dire aujourd'hui qu'il y a des dieux protecteurs des mortels qui veillent d'en haut sur les crimes de la terre, puisque j'ai vu, à ma grande joie, cet homme gisant dans les voiles tissés par les Érinyes, payer les machinations de la main de son père. Car Atrée, roi de ce pays et père de cet homme, disputant le pouvoir à Thyeste, mon père et son frère à lui, pour parler clair, le bannit à la fois de sa ville et de sa maison. Revenu en suppliant au foyer de son frère, il y trouva la sécurité en ce sens qu'il ne fut point tué sur place et qu'il n'ensanglanta pas le sol de ses pères; mais le père impie de cet homme, Atrée, plus empressé qu'affectueux, fit semblant de célébrer un jour de fête par un joyeux sacrifice et servit à mon père, en présent d'hospitalité, un repas composé de la chair de ses enfants. Assis seul au haut de la table, il brisa pêle-mêle les pieds et les bouts des doigts des mains. Thyeste, trompé, prend aussitôt ce mets que rien ne distingue des autres et il avale cette nourriture, funeste, comme tu vois, à toute la race. Puis, ayant reconnu l'acte abominable, il gémit et tombe à la renverse, en vomissant ces chairs de massacre. Il voue les Pélopides au plus affreux destin, en renversant la table d'un coup de pied et proférant en même temps cette imprécation : « Ainsi périsse toute la race de Plisthène!... » Voilà pourquoi tu peux voir cet homme gisant, et pourquoi j'ai fait un acte de justice en ourdissant ce meurtre.

Treizième enfant de mon malheureux père, tout petit, encore au berceau, Atrée m'exile avec lui. Mais j'ai grandi et la Justice m'a ramené et j'ai atteint l'homme sans entrer chez lui; car c'est moi qui ai ourdi toute cette fatale machination. Aussi la mort même me semblerait belle, maintenant que je l'ai vu dans les filets de la Justice.

LE CORYPHÉE. — Égisthe, l'insolence dans le crime ne m'en impose pas. Tu te vantes d'avoir volontairement tué ce héros et d'avoir seul conçu le dessein de ce meurtre lamentable, et moi, je dis que tu ne déroberas point ta tête, sois-en sûr, à la juste vengeance du peuple, qui te chargera de malédictions et de pierres.

ÉGISTHE. — C'est toi, assis au bas rang des rameurs,

qui élèves ainsi la voix, alors que c'est le rang supérieur qui commande. Tu vas voir, tout vieux que tu es, comme il est dur pour les gens de ton âge d'apprendre à être sage, quand l'ordre en a été donné. Mais les fers et les tourments de la faim sont, pour dresser la vieillesse elle-même, des magiciens incomparables pour guérir les esprits. Ne le vois-tu pas par ce que tu as devant les yeux? Ne regimbe donc pas contre l'aiguillon : la bévue pourrait t'en cuire.

Le Coryphée. — C'est toi, femmelette qui, attendant au logis les hommes revenant de la bataille, as souillé le lit d'un héros et qui as tramé la mort d'un général d'armée!

Égisthe. — Ces mots-là aussi feront naître des larmes. Ta langue est le contraire de celle d'Orphée. Lui entraînait tout par le charme de sa voix; toi qui nous provoques par des aboiements insensés, tu seras traîné en prison; maîtrisé, tu te montreras plus doux.

Le Coryphée. — Quoi! Je te verrais roi d'Argos, toi qui as tramé la mort de cet homme et qui n'as pas eu le cœur d'agir et de le tuer de ta main!

Égisthe. — La ruse était, tu le sais bien, l'affaire de la femme. Moi, le vieil ennemi, j'étais suspect. Mais, avec les biens de cet homme, je vais essayer de commander aux citoyens. Quiconque n'obéira pas, je l'attellerai sous un joug pesant, et il ne sera pas un poulain de volée nourri d'orge; mais la faim amère associée aux ténèbres le verra s'amadouer.

Le Coryphée. — Pourquoi donc, lâche que tu es, n'as-tu pas tué toi-même ce héros? Pourquoi est-ce une femme, opprobre du pays et des dieux d'Argos, qui l'a tué? Est-ce qu'Oreste ne vit pas toujours quelque part, pour revenir ici, conduit par un destin favorable, et immoler ces deux assassins par la force de son bras?

Égisthe. — Ah! c'est ainsi que tu prétends agir et parler! Eh bien, tu vas voir... Allons! gardes mes amis, à l'œuvre!

Le Coryphée. — Allons! l'épée au poing! que tout le monde se tienne prêt.

Égisthe. — Moi aussi, j'ai l'épée au poing et je ne recule pas devant la mort.

Le Coryphée. — Tu parles de mourir : nous en acceptons l'augure, et nous prenons la fortune pour arbitre.

Clytemnestre. — Non, ô le plus cher des hommes, ne faisons pas d'autres malheurs. La saison qui nous a vus moissonner tous ces malheurs a été assez déplorable.

C'est assez de misères; ne versons plus de sang. Rentrez tous maintenant, toi et les vieillards, dans la demeure que le destin vous a donnée, avant de rien souffrir et faire de fâcheux. Ce que nous avons fait devait fatalement arriver. Si ces maux pouvaient suffire, nous serions contents, après les coups dont nous avons été si malheureusement frappés par la lourde serre du Génie. Tel est l'avis d'une femme, si l'on veut bien l'écouter.

ÉGISTHE. — Alors ces gens-là déchaîneraient sur moi leur sotte langue! Ils provoqueraient le sort en lançant de tels propos! et ils manqueraient de mesure au point d'insulter leur maître!

LE CORYPHÉE. — Ce n'est pas le fait des Argiens de flatter un méchant homme.

ÉGISTHE. — Va, je saurai te rattraper les jours à venir.

LE CORYPHÉE. — Non pas, si un dieu dirige ici les pas d'Oreste.

ÉGISTHE. — Les proscrits, je le sais bien, se repaissent d'espérances.

LE CORYPHÉE. — Poursuis, engraisse-toi aux dépens de la justice que tu souilles, puisque tu en as le pouvoir.

ÉGISTHE. — Tu me payeras cher, sois-en sûr, la rançon de ta folie.

LE CORYPHÉE. — Vante-toi hardiment, comme un coq près de sa poule.

CLYTEMNESTRE. — Ne t'inquiète pas de ces vains aboiements. Toi et moi, maîtres de cette maison, nous y mettrons bon ordre.

LES CHOÉPHORES

NOTICE
SUR
LES CHOÉPHORES

Dans l'altercation qui termine l'*Agamemnon*, Égisthe répond aux menaces des vieillards d'Argos qu'il saura les retrouver dans les jours qui suivront. « A moins, répondent les vieillards, qu'un dieu ne guide Oreste jusqu'à nous. » Eschyle annonçait ainsi aux spectateurs que l'*Agamemnon* aurait une suite.

Cette suite, c'est la punition d'Égisthe et de Clytemnestre dans *les Choéphores* (ou Porteuses de libations). C'est du chœur composé d'esclaves troyennes, qui viennent avec Électre verser des libations sur la tombe d'Agamemnon, que la pièce tire son nom. La scène représente le devant du palais des Atrides, où se dresse le tertre d'Agamemnon. Oreste, accompagné de son ami Pylade, vient d'y déposer, en hommage au mort, une boucle de sa chevelure, lorsqu'il voit arriver un cortège de femmes, parmi lesquelles il croit reconnaître à son visage affligé sa sœur Électre. Il se retire à l'écart pour les observer.

Effrayée par un songe, Clytemnestre a envoyé sa fille Électre porter des libations au tombeau de celui qu'elle a tué et dont elle redoute la vengeance. Électre hésite à faire une telle offrande au nom de la meurtrière qu'elle déteste. Elle consulte le chœur, qui lui conseille de verser les libations, mais en les accompagnant d'une prière pour les amis du mort, notamment pour Oreste, et d'une imprécation contre ses assassins. Tandis qu'elle verse les libations sur le tombeau, elle aperçoit une boucle de cheveux qui ressemblent aux siens et une empreinte de pas analogue à celle de ses pas. Oreste seul peut avoir envoyé cette boucle. Tandis qu'Électre intriguée hésite entre le doute et l'espérance, il s'avance vers elle et se fait reconnaître en lui montrant la place où la boucle a été coupée sur sa tête et un tissu qu'elle a confectionné pour lui. Électre s'abandonne à des transports de joie. Elle a enfin retrouvé le frère bien-aimé qui va la venger des outrages qu'elle subit dans la maison d'Égisthe. Ce frère vient en effet, sur l'ordre d'Apollon, punir les meurtriers de son père. Mais il a besoin que ce père se réveille parmi les morts et lui prête son secours. Il faut pour cela le réveiller dans son tombeau en chantant le thrène rituel dont il a été privé par Clytemnestre. Aussi tous les trois, Oreste, Électre, le chœur, se livrent à toutes les démonstrations de la douleur en usage sur la tombe des morts. Ils invoquent tour à tour les dieux et l'ombre d'Agamemnon. Sûr désormais de l'appui de son père, Oreste, avant d'agir, veut savoir quel est ce songe qui a décidé sa mère à offrir des libations à l'époux qu'elle a tué. Il apprend qu'elle a cru en songe enfanter un serpent, qui, en suçant son lait, a sucé en même temps un caillot de sang. « Ce serpent, c'est moi, s'écrie-t-il, c'est moi qui la tuerai. » Là-dessus, il assigne son rôle à chacun. Pour lui, il se présentera comme un étranger qui arrive de Phocide. Et en effet il frappe à la porte du palais pour y demander l'hospitalité. C'est Clytemnestre qui, en l'absence d'Égisthe, le reçoit. Il lui apprend qu'il vient de Phocide, et qu'il a rencontré en route Strophios, qui l'a prié d'annoncer à Clytemnestre la mort d'Oreste, qui était élevé chez lui. Celle-ci accueille la nouvelle en simulant la douleur et elle envoie aussitôt la nourrice d'Oreste avertir Égisthe de venir avec sa garde. La nourrice rencontre le chœur, qui lui recommande de presser Égisthe d'accourir, mais sans gardes. Égisthe vient seul en effet, plein de présomption et vantant sa clairvoyance, que le messager ne mettra pas en défaut. A peine est-il entré qu'on l'entend pousser un cri. Il est tombé sous les coups d'Oreste. Clytemnestre accourt à son tour, prête à se défendre. Cependant elle passe, en présence de son fils, de la menace aux supplications, mais en vain : Oreste l'entraîne à l'intérieur du palais, pour la tuer à côté de son amant adultère. On apporte les deux cadavres, et Oreste se justifie d'avoir tué sa mère et appelle les Argiens à témoigner en sa faveur. Mais le délire le saisit : il voit « les chiennes irritées de sa mère », c'est-à-dire les Euménides, lancées à sa poursuite, et il s'enfuit, éperdu.

Comme dans l'*Agamemnon*, c'est encore la vengeance d'un meurtre par un meurtre qui fait le sujet de la pièce. Mais ici le meurtre est le plus horrible de tous, c'est le meurtre d'une mère par la main de son fils. Il semble qu'Eschyle ait eu ici un scrupule qu'il n'a pas eu dans l'*Agamemnon*, où Clytemnestre se détermine au crime sans aucune hésitation, avec une résolution farouche. La haine d'un époux qui a tué sa fille, la jalousie, un amour adultère, sans parler du génie vengeur attaché à la race, expliquent sa férocité. Mais comment faire accepter à la scène le spectacle d'un fils qui tue sa mère ? Eschyle a imaginé qu'il y avait été irrésistiblement contraint par un dieu, le dieu de Delphes, qui le menaçait des plus affreux châtiments s'il n'obéissait pas à son oracle. Ainsi se trouve atténuée la responsabilité d'Oreste. Elle l'est encore par la loi qui veut que les gouttes de sang versées sur le sol réclament un autre sang ; car le meurtre appelle l'Érinys, qui venge les premières victimes, en amenant malheur sur malheur. Cette loi, déjà mise en avant dans l'*Agamemnon*, est ici proclamée de nouveau par le coryphée. Ici, comme là, elle doit être observée. C'est sous l'empire de cette loi que, dans cette scène si curieuse et d'une couleur si antique où ils appellent le mort à leur secours, le frère et la sœur et le chœur s'excitent les uns les autres avec tant de violence à le venger de ses meurtriers. La Fatalité qui poursuit la famille des Atrides joue encore ici un rôle prépondérant. Le frère et la sœur ont en outre des motifs personnels de haïr leur mère : ils ont tous les deux été privés des biens de leur père, et l'un a vécu dans l'exil, et l'autre, traitée « comme une chienne malfaisante, » a vécu dans la situation la plus humiliante chez l'amant de sa mère.

Si Oreste a exécuté le meurtre, Électre, sa complice, et le chœur se montrent encore plus altérés de vengeance que lui. « Mon cœur, dit-elle, est un loup carnassier que ma mère a rendu inflexible. » On comprend que les humiliations qu'elle subit tous les jours dans la maison d'Égisthe l'aient aigrie et fait d'elle une ennemie irréconciliable. On le comprend moins de la part du chœur, composé de captives troyennes. On s'attendrait à les voir contentes du malheur de celui qui les a réduites en esclavage et des discordes qui divisent sa famille. Ce serait une revanche à leurs maux. Mais non seulement elles prennent parti pour Électre, qui sans doute les traite avec bonté, mais encore elles plaignent avec des cris de douleur ce roi qui a détruit leur patrie et causé leurs malheurs. Il y a là une invraisemblance qui tient à la constitution de la tragédie grecque. Le chœur, toujours présent sur la scène, doit nécessairement garder le secret des acteurs du drame et par conséquent épouser leur querelle. Voilà pourquoi les

Troyennes captives sont du parti d'Électre. Il semble toutefois qu'Eschyle aurait pu les rendre moins acharnées à venger Agamemnon et à leur prêter un langage plus modéré.

Les autres personnages, Clytemnestre et Égisthe, sont à peine dessinés. Clytemnestre semble d'abord avoir conservé quelque chose de son audace, lorsqu'elle demande une hache pour se défendre; mais, en présence de son fils, elle faiblit et s'abandonne aux supplications.

Quant à son complice, Égisthe, il accueille sans joie la fausse nouvelle de la mort d'Oreste. « C'est, dit-il, après le meurtre ancien, un terrible surcroît de charge à porter pour cette maison blessée et mordue par le malheur. » Sa modération nous surprend. C'est sans doute qu'il ne craignait pas le retour de l'exilé. « Je sais, moi, dit-il, dans l'*Agamemnon*, que les exilés se repaissent d'espérances. » Il est sûr de lui et pousse même la confiance jusqu'à défier le messager de tromper sa clairvoyance. Il ne tarde pas à payer de sa vie sa présomption.

Les personnages inférieurs, les serviteurs, sont esquissés dans *les Choéphores* avec le même bonheur que dans l'*Agamemnon*. Rien de plus naïf que les plaintes de la nourrice d'Oreste. Elle descend jusqu'aux détails les plus répugnants de son ancien métier de nourrice et de blanchisseuse avec une crudité de termes qui eût jadis effarouché la critique, mais dont le naturel nous plaît aujourd'hui d'autant plus qu'il rompt la solennelle monotonie de la tragédie. Le vieil esclave qui sort du palais pour appeler à l'aide ne prononce que quelques mots, mais sincères et bien appropriés à la situation de ses maîtres, dont l'un est déjà mort et dont l'autre a la gorge, dit-il, sur le tranchant du rasoir.

Le sujet des *Choéphores* fut repris par Sophocle dans son *Électre* et par Euripide dans ses *Phéniciennes*. Tous les deux ont réduit le rôle de la Fatalité et adouci les caractères d'Électre et d'Oreste; mais si la pièce de Sophocle soutient la comparaison avec celle d'Eschyle, celle d'Euripide la supporte mal.

Sa conception romanesque et la complication de l'intrigue imaginée par lui sont loin de la simple grandeur d'Eschyle. Il n'a pourtant pas craint de critiquer son illustre devancier au cours même de son drame. Il se moque des signes auxquels Électre reconnaît son frère, la boucle de cheveux, l'empreinte des pas, le tissu confectionné par Électre pour son frère enfant. Et il y a dans ses malicieuses remarques une justesse qu'il faut reconnaître, bien qu'elles soient mal à leur place dans une tragédie; mais quelques détails, dont l'invraisemblable échappe d'ailleurs au spectateur captivé par le spectacle, ne sont que des taches légères sur un beau visage.

LES CHOÉPHORES

PERSONNAGES DE LA PIÈCE

ORESTE, PYLADE, LE CHŒUR (composé de douze prisonnières de guerre). ÉLECTRE, LA NOURRICE, CLYTEMNESTRE. ÉGISTHE, UN SERVITEUR.

La scène est à Argos devant le palais des Atrides. Dans l'orchestre, il y a un tertre représentant le tombeau d'Agamemnon.

ORESTE. — Hermès souterrain, tourne les yeux vers mon père abattu, et sois pour moi, je t'en prie, un sauveur et un allié. Je reviens de l'exil et je rentre dans ce pays...

Sur le tertre de cette tombe je t'appelle, mon père, entends-moi, écoute-moi...

J'ai offert une boucle de mes cheveux à l'Inachos, qui m'a nourri. En voici une autre que j'apporte en offrande à tes mânes...

Car je n'étais point là pour déplorer ta mort, ô mon père, et je n'ai pas étendu le bras sur ton cadavre, quand on l'emporta de la maison [1]...

Que vois-je? Quel peut être ce rassemblement de femmes qui s'avancent sous ces voiles noirs qui les distinguent? Quel malheur cela présage-t-il? Est-ce qu'une nouvelle catastrophe est tombée sur cette maison? Me trompé-je en conjecturant que c'est à mon père que ces femmes apportent les libations qui apaisent les mânes? Ce n'est pas autre chose; car voici, je crois, Électre, ma sœur, qui s'avance : je la reconnais à sa tristesse profonde. O Zeus, accorde-moi de venger le meurtre de mon père et veuille m'aider dans ma tâche. Pylade, arrêtons-nous à l'écart, pour que je sache au juste ce que veulent ces femmes suppliantes.

LE CHŒUR. — *Envoyée du palais, je suis venue accompagner les libations des coups redoublés de ma main. Vous voyez ma joue rougie par les déchirures dont mes ongles viennent de la sillonner ; car mon cœur se nourrit d'éternelles lamentations. J'ai fait craquer dans ma douleur et mis en lambeaux les tissus de lin qui voilent ma poitrine. Je ne connais plus le rire dans l'infortune qui m'a frappée.*

Car la Terreur, dont les cris perçants font dresser les cheveux et qui annonce l'avenir en songe, soufflant la colère du fond du sommeil, a fait retentir au fort de la nuit, du fond du palais, un cri d'épouvante et s'est abattue lourdement dans les chambres des femmes. Les interprètes de ces songes ont déclaré, sous la garantie des dieux, que, sous terre, les morts se plaignent violemment et sont irrités contre leurs meurtriers.

Et c'est parce qu'elle désire ardemment détourner le malheur que la femme impie (je tremble à lâcher ce mot) m'envoie, ô terre mère, porter cette offrande inacceptable. Car comment peut-on racheter le sang répandu sur le sol ? Ah! déplorable foyer ? Ah! maison renversée! Fermées au soleil, odieuses aux mortels, les ténèbres enveloppent les maisons dont les maîtres sont morts.

Le respect invincible, insurmontable, inattaquable qui jadis pénétrait les oreilles et l'esprit du peuple est aujourd'hui évanoui et a fait place à la peur. Le succès, voilà ce que les mortels regardent comme un dieu, plus qu'un dieu. Mais la Justice, qui surveille activement le monde, atteint rapidement les uns en plein midi ; à d'autres elle réserve des peines tardives à l'heure du crépuscule ; il en est aussi que la nuit dérobe à ses sanctions.

Quand la terre nourricière a bu le sang, il se fige sans s'écouler, et, si le châtiment douloureux est différé, le coupable n'en sera pas moins en butte à une foison de maux largement suffisante.

Pour qui a touché à la chambre d'une vierge il n'est point de remède, et, pour purifier une main souillée de meurtre, tous les fleuves, réunissant leurs cours, essayeraient en vain de laver la souillure.

Pour moi, que les dieux ont contrainte à partager le sort de ma ville, car ils m'ont amenée du toit paternel ici pour être esclave, il m'a fallu, en dépit que j'en aie, me résigner dès le début de ma vie aux ordres justes ou injustes de mes maîtres et étouffer la haine qui me ronge le cœur, et, sous mes voiles, je pleure la triste destinée de mon maître, le cœur glacé par un deuil caché.

ÉLECTRE. — Captives, qui tenez la maison en ordre, puisque vous êtes venues m'accompagner dans cette supplication, conseillez-moi ce que je dois faire. Que dire en versant ces libations funèbres ? Comment trouver les paroles bienvenues ? Comment prier mon père ? Dirai-je que j'apporte ces présents à l'époux aimé de la part de l'épouse aimante, de la part de ma mère ? Je n'ai pas cette audace et je ne sais que dire en versant cette offrande au tombeau de mon père. Ou dois-je, comme c'est l'usage chez les mortels, faire cette prière : « A ceux qui t'envoient ces offrandes accorde, par un juste retour, un présent digne de leurs crimes » ? Ou bien, versant en silence ces libations qui abreuveront la terre, et sans rendre à mon père plus d'honneurs qu'il n'en a reçu à sa mort, m'en retournerai-je, comme on fait dans les lustrations, en lançant cette urne derrière moi, sans détourner les yeux [2] ? Aidez-moi, amies, de vos conseils, puisque dans cette maison nous nourrissons la même haine. Ne me cachez point le fond de vos cœurs, vous n'avez rien à craindre ; car, libre ou assujetti à une main étrangère, l'homme est réservé au même destin. Parlez donc, si vous avez mieux à me dire.

LE CORYPHÉE. — Je vénère le tombeau de ton père comme un autel. Aussi je te dirai, puisque tu me l'ordonnes, ce que j'ai dans le cœur.

ÉLECTRE. — Parle donc suivant le respect que t'inspire le tombeau de mon père.

LE CORYPHÉE. — Fais, en arrosant sa tombe, des vœux qui agréent à ceux qui l'aiment.

ÉLECTRE. — Mais, parmi ses amis, qui puis-je désigner ?

LE CORYPHÉE. — Toi-même d'abord, puis quiconque hait Égisthe.

ÉLECTRE. — C'est donc pour moi et pour toi que je ferai ces prières ?

LE CORYPHÉE. — Puisque tu sais cela, c'est à toi maintenant de réfléchir.

ÉLECTRE. — Quel autre puis-je encore nous associer ?

LE CORYPHÉE. — Tout absent qu'il est, souviens-toi d'Oreste.

ÉLECTRE. — Excellente idée : tu ne pouvais mieux m'inspirer.

LE CORYPHÉE. — Maintenant souviens-toi du meurtre et contre les coupables...

ÉLECTRE. — Que dois-je demander ? Instruis-moi et guide mon ignorance.

LE CORYPHÉE. — Demande qu'il surgisse contre eux quelqu'un, dieu ou mortel...

ÉLECTRE. — Que veux-tu dire ? Un juge ou un vengeur ?

LE CORYPHÉE. — Dis-le franchement : quelqu'un qui les tuera à leur tour.

ÉLECTRE. — Puis-je sans impiété demander cela aux dieux ?

LE CORYPHÉE. — Sans doute : n'est-il pas juste de rendre mal pour mal à un ennemi ?

ÉLECTRE. — Héraut suprême du ciel et des enfers, écoute-moi, Hermès souterrain, et porte mon message aux divinités infernales qui ont l'œil sur les meurtriers de mon père : qu'elles prêtent l'oreille à mes prières, ainsi que la Terre elle-même, qui enfante tous les êtres, et qui, après les avoir nourris, en reprend ensuite le germe fécond.

Pour moi, je m'adresse à mon père en versant cette eau lustrale aux morts : « Prends pitié de moi et de ton Oreste, pour que nous soyons maîtres chez nous. A présent nous errons par le monde, vendus par celle qui nous a enfantés et qui a pris à ta place pour époux Égisthe, le complice de ton assassinat. Moi, on me traite comme une esclave, et Oreste est banni de ses biens, et eux se gorgent insolemment du fruit de tes travaux. Fais qu'Oreste revienne heureusement ici. Telle est ma prière, entends-la, mon père. Et à moi-même accorde un cœur beaucoup plus chaste que celui de ma mère et des mains plus pieuses. Tels sont les vœux que je forme pour nous; pour nos adversaires, je souhaite qu'il paraisse un vengeur de ta mort, ô mon père, et qu'ils périssent à leur tour sous les coups de la justice. Voilà les vœux que je glisse dans ma sinistre imprécation, en formulant contre eux ce souhait de malheur. Mais à nous, envoie ici le bonheur, avec l'aide des dieux, de la Terre et de la Justice victorieuse. » J'accompagne mes prières de ces libations. Vous, couronnez-les, selon l'usage, de vos lamentations, en entonnant le péan du mort.

LE CHŒUR. — *Éclatez en bruyants sanglots, en sanglots de malheur sur le maître malheureux, à présent que des libations ont été versées, abominable profanation ! sur ce tertre qui protège les justes et repousse les criminels. Et toi, maître vénéré, entends-moi, entends la prière de mon cœur en deuil. Hélas! hélas!*

Quel puissant guerrier viendra délivrer cette maison, en brandissant à la fois dans la bataille l'arc scythe tendu par son bras et l'épée tenue par la poignée pour combattre de près.

ÉLECTRE. — Maintenant la terre a bu nos libations et mon père les a reçues. Mais voici du nouveau : écoutez-le.

LE CORYPHÉE. — Parle : mon cœur danse de peur.

ÉLECTRE. — Je vois cette boucle coupée sur le tombeau.

LE CORYPHÉE. — De qui cette boucle? d'un homme ou d'une vierge à la ceinture profonde?

ÉLECTRE. — La chose est facile à deviner.

LE CORYPHÉE. — Alors c'est à la plus jeune d'éclairer ses aînées.

ÉLECTRE. — En dehors de moi, n'est-il pas quelqu'un qui aurait pu se couper cette boucle?

LE CORYPHÉE. — Non, car ceux qui devaient au mort l'hommage de leur chevelure sont des ennemis.

ÉLECTRE. — Mais voyez, cette boucle est tout à fait pareille...

LE CORYPHÉE. — A quels cheveux? C'est cela que je voudrais savoir.

ÉLECTRE. — A mes propres cheveux : la ressemblance est parfaite.

LE CORYPHÉE. — Alors ce serait Oreste qui aurait secrètement apporté cette offrande?

ÉLECTRE. — Ces cheveux ressemblent extrêmement aux siens.

LE CORYPHÉE. — Et comment a-t-il osé venir ici?

ÉLECTRE. — Il a envoyé cette boucle coupée en l'honneur de son père.

LE CORYPHÉE. — Ce que tu me dis là n'est pas moins déplorable, s'il ne doit jamais toucher de son pied le sol de ce pays.

ÉLECTRE. — Moi aussi, un flot de bile a envahi mon cœur, et j'ai été frappée comme d'un trait pénétrant, et des larmes brûlantes tombent de mes yeux, sans que rien puisse arrêter ce débordement d'orage, à la vue de cette boucle; car comment croire que ces cheveux soient ceux de quelque autre Argien? Ce n'est pas non plus la meurtrière qui se les a coupés, ma mère, qui dément ce nom par l'aversion impie qu'elle nourrit à l'égard de ses enfants. D'autre part, comment admettre délibérément que cette offrande vient du mortel qui m'est le plus cher, d'Oreste?... pourtant l'espérance flatte mon cœur. Ah! si elle avait seulement la douce voix d'un messager, pour que je ne fusse plus ballottée entre deux pensées, et que je pusse avec assurance ou rejeter cette boucle, si elle a été coupée sur une tête ennemie, ou, si elle vient d'un frère, l'associer à mon deuil pour orner cette tombe et honorer mon père! Mais nous invoquons les dieux qui savent quels orages nous emportent comme des matelots dans leurs tourbillons; et si nous devons être sauvés, d'un petit germe peut sortir un grand arbre. Mais voici un second indice, des traces de pas semblables à celles de mes pieds. Je vois en effet ici deux sortes d'empreintes, celles d'Oreste lui-même et celles d'un compagnon de voyage. Les talons et les contours des muscles du pied sont de même mesure que les miens [3]. Une angoisse me saisit et confond ma raison.

ORESTE. — Souhaite, quand tu adresseras des prières aux dieux, qu'elles en obtiennent toujours le même succès.

ÉLECTRE. — Quelle est donc la grâce que les dieux viennent de m'accorder?

ORESTE. — Tu vois devant tes yeux ceux que tu désirais voir depuis longtemps.

ÉLECTRE. — Et quel est celui des mortels que tu sais que j'appelais?

ORESTE. — Je sais que tu as soupiré souvent après Oreste.

ÉLECTRE. — Et en quoi donc mes souhaits sont-ils exaucés?

ORESTE. — C'est moi : ne cherche pas un mortel plus chéri.

ÉLECTRE. — Ne trames-tu pas, étranger, quelque ruse contre moi?

ORESTE. — Alors c'est contre moi-même que je la tramerais.

ÉLECTRE. — Sans doute tu veux rire de mes malheurs.

ORESTE. — Je rirais alors des miens aussi, si je riais des tiens.

ÉLECTRE. — C'est donc à Oreste que je parle?

ORESTE. — Ainsi, en me voyant moi-même, tu as peine à me reconnaître, tandis qu'en apercevant cette boucle consacrée en signe de deuil et en examinant la trace de mes pas tu ne t'es plus tenue de joie et tu as cru me voir. Regarde, en la rapprochant de l'endroit où je l'ai coupée, la boucle de ton frère qui rappelle de si près les cheveux de ta tête. Vois aussi ce tissu, ouvrage de tes mains, et considère la scène de chasse tracée par les coups du battant.

Contiens-toi, ne te laisse pas égarer par la joie; car ceux qui devraient le plus nous aimer sont, je le sais, aigris contre nous deux.

ÉLECTRE. — O cher souci de la maison de ton père, espoir tant pleuré d'un germe sauveur, confie-toi en ton courage et tu recouvreras le palais paternel. O douce lumière de ma vie, ô toi qui as les quatre parts de mon cœur; car la nécessité me réduit à saluer en toi un père, et c'est sur toi que se porte l'amour que j'avais pour une mère, qui m'est devenue justement odieuse, et pour ma sœur impitoyablement sacrifiée, et tu es le frère fidèle qui vient me rendre mes honneurs. Que la Force et la Justice, et avec elles Zeus, le souverain des dieux, daignent seulement m'assister!

ORESTE. — Zeus, Zeus, vois l'état de nos affaires. Vois les petits de l'aigle privés de leur père, qui a trouvé la mort dans les replis et les nœuds d'une affreuse vipère; ses orphelins sont pressés par une faim dévorante, et ils ne sont pas encore d'âge à apporter au nid le gibier qu'apportait leur père. Tels sont, tu le vois, mon sort et celui de ma sœur, Électre : nous sommes des enfants sans père, tous deux également bannis de leur maison. Si tu laisses périr les enfants d'un père qui t'offrit tant de victimes et te combla de tant d'honneurs, où trouveras-tu une main qui te prodigue les gras sacrifices avec la même libéralité? Si tu laissais périr la race de l'aigle, tu ne pourrais plus envoyer aux mortels d'augures persuasifs. De même, si tu laisses notre souche royale se dessécher tout entière, nous ne pourvoirons plus tes autels dans les jours d'hécatombes. Prends soin de nous : tu peux relever de son abaissement cette maison, qui paraît aujourd'hui entièrement ruinée.

LE CORYPHÉE. — O enfants, ô sauveurs du foyer paternel, silence! Prenez garde qu'on ne vous entende, mes enfants, et que, pour le plaisir de parler, on ne rapporte tout à ceux qui règnent ici. Ah! ceux-là, puissé-je les voir mourir dans la fumée poisseuse d'un bûcher!

ORESTE. — Non, il ne me trahira pas, le puissant oracle de Loxias, qui m'ordonne d'affronter ce péril, qui élève souvent la voix et qui enflamme mon cœur en m'annonçant d'affreuses calamités, si je ne poursuis pas les assassins de mon père, en les frappant comme ils l'ont frappé et en les tuant à leur tour, dans la fureur que me cause la perte de mes biens. Il a souvent déclaré que je paierais un refus de ma vie, au milieu de multiples et déplaisantes maladies. Révélant aux mortels les rancunes des morts irrités sous la terre, il a annoncé des maladies effroyables qui attaquent les chairs, des lèpres qui d'une dent sauvage dévorent un corps sain jusque-là, puis des poils blancs qui se lèvent à la suite de cette maladie. Il annonçait aussi des attaques des Érinyes, provoquées par le sang d'un père, et l'apparition d'un œil qui étincelle dans les ténèbres. Le trait ténébreux que lancent les enfers à la suite des supplications de ceux qui sont morts dans une famille, et la rage et les vaines terreurs de la nuit agitent, troublent l'homme et le chassent de la ville, le corps meurtri par un fouet d'airain. Pour un tel homme, plus de part au cratère ni aux douces libations; la colère invisible d'un père l'écarte des autels; personne ne le reçoit ni ne l'admet sous son toit; méprisé de tous et sans amis, il meurt enfin, misérablement desséché par un mal qui détruit tout. Ne faut-il pas obéir à de tels oracles? Si je ne leur obéis pas, l'œuvre ne doit pas moins s'achever. Bien des désirs conspirent ici au même but : avec les ordres du dieu, le deuil immense d'un père, en outre le dénuement qui me presse, enfin le désir que les plus illustres des mortels, les destructeurs de Troie au cœur si noble, ne soient plus soumis ainsi à deux femmes; car il a un cœur de femme, et, s'il ne le sait pas, il l'apprendra sous peu.

LE CORYPHÉE. — O grandes Moires [4], que par la volonté de Zeus tout se termine comme le droit l'exige. « Qu'une parole de haine soit payée par une parole de haine. » Voilà ce que proclame à haute voix la Justice, qui réclame ce qui lui est dû. « Qu'un coup meurtrier soit puni d'un coup meurtrier. Mal pour mal, » dit un adage trois fois vieux.

ORESTE. — *O mon père, mon malheureux père, que dois-je dire ou faire pour atteindre de si loin la couche où tu reposes? Ténèbres et lumière s'équivalent, et la plainte qui s'adresse aux Atrides exclus de leur maison est aussi un hommage bienvenu.*

LE CHŒUR. — *Mon enfant, la dent puissante du feu n'anéantit pas le sentiment chez les morts : ils font un jour ou l'autre éclater leurs colères. Il ne faut que pleurer le mort, et le vengeur apparaît. Le thrène dû au père qui vous a donné la vie sait le trouver, lorsqu'on le pousse avec ampleur.*

ÉLECTRE. — *Écoute donc aussi, mon père, mes regrets éplorés. Tes deux enfants élèvent sur ton tombeau leur voix plaintive, et c'est lui qui nous accueille, suppliants et exilés l'un et l'autre. Point de joie ici pour nous; rien que des douleurs. Notre malheur est insurmontable.*

LE CORYPHÉE. — Mais à vos plaintes un dieu peut encore, s'il le veut, faire succéder des accents plus agréables à entendre. Au lieu du thrène sur une tombe, le péan peut ramener au palais royal un joyeux cratère de vin nouveau.

ORESTE. — *Ah! que n'as-tu péri sous Ilion, mon père, percé par la lance de quelque Lycien! Laissant un nom glorieux dans ta demeure et léguant à tes enfants une existence qui eût attiré sur leur passage tous les regards, tu aurais par-delà la mer un tombeau colossal qui adoucirait la douleur des tiens.*

LE CHŒUR. — *Aimé de ses amis tombés là-bas glorieusement, il primerait sous terre, prince vénéré et ministre des puissants rois des enfers; car il fut roi, tant qu'il vécut; il fut un de ceux à qui la destinée a confié la puissance et le sceptre obéi des mortels.*

ÉLECTRE. — *Non, je ne souhaite point, mon père, que, tombé sous les murs de Troie avec tant d'autres guerriers moissonnés par la lance, tu aies été enseveli sur les bords du Scamandre, mais plutôt que tes meurtriers aient été frappés comme tu l'as été, et qu'on ait appris leur trépas de loin, sans éprouver nos misères.*

LE CORYPHÉE. — Faire de tels souhaits, ma fille, c'est vouloir plus que l'or, plus que le bonheur suprême des Hyperboréens [5], mais libre à toi. Cependant j'entends le claquement d'un double fouet : d'un côté nos défenseurs qui sont à présent sous terre, de l'autre des maîtres aux mains souillées de sang, sort affreux pour lui, plus affreux encore pour ses enfants.

ORESTE. — *Ce mot a percé mon oreille comme une flèche. Zeus, ô Zeus, toi qui fais surgir des enfers le malheur qui punit tôt ou tard les actes audacieux et perfides... il s'abattra également sur des parents.*

LE CHŒUR. — *Puissé-je enfin pousser un hurlement éclatant sur l'homme frappé et la femme expirante! Pourquoi cacherais-je ma pensée, alors qu'elle ne s'envole pas moins hors de moi et que devant mon visage soufflent l'âpre colère et la haine qui fermente en moi ?*

ÉLECTRE. — *Quand donc Zeus tout-puissant laissera-t-il tomber ses coups ? Ah! ah! puisse-t-il, en coupant les têtes, rendre confiance à ce pays! Je demande justice contre l'injustice. Écoutez-moi, Terre et vénérables dieux infernaux.*

LE CORYPHÉE. — Mais la loi veut que les gouttes de sang versées sur le sol réclament un autre sang; car le meurtre appelle l'Érinys, qui venge les premières victimes en amenant malheur sur malheur.

ORESTE. — *Hélas! ô Terre! ô souverains des enfers, toutes-puissantes Imprécations des morts, voyez ce qui reste des Atrides, voyez ces malheureux en détresse, honteusement chassés de leur maison. Où se tourner, ô Zeus ?*

LE CHŒUR. — *Mon cœur de nouveau tressaille, en entendant cette plainte. Je suis dès lors presque sans espoir et mon âme s'assombrit, en écoutant ta voix. Par contre, si je te vois plein de courage, la confiance bannit le chagrin et il me semble que tout finira heureusement* [6].

ÉLECTRE. — *Que dire pour bien dire ? Dirai-je les peines que nous avons endurées de celle qui nous a mis au monde ? On peut les flatter, mais non les calmer; car mon cœur est comme un loup carnassier que ma mère a rendu inflexible.*

LE CHŒUR. — *Je frappe ma poitrine avec la violence des Aries* [7] *et vous pouvez voir mes mains, suivant le rite des pleureuses Kissiennes, se tendre pour frapper coup sur coup, s'agiter sans cesse et redoubler leurs battements, d'en haut et de loin, tandis que les coups retentissent sur ma tête meurtrie et douloureuse.*

ÉLECTRE. — *Ah! mère odieuse, mère imprudente, tu as osé, dans d'odieuses funérailles, ensevelir un roi, sans que la cité prenne part à son deuil, un mari sans pleurer sur sa mort.*

ORESTE. — *Tout ce que tu dis là, hélas! sont autant d'affronts faits à mon père. Mais cet indigne traitement, elle le payera grâce aux dieux et grâce à mon bras. Que je la tue, je peux mourir après.*

LE CHŒUR. — *Elle l'a mutilé* [8], *il faut que tu le saches aussi ; et ce qu'elle faisait en l'ensevelissant de la sorte, c'était pour te faire dans ton existence un destin insupportable. Voilà les traitements ignominieux qu'elle a infligés à ton père.*

ÉLECTRE. — *Tu parles du sort de mon père. Mais moi, de mon côté, j'ai été reléguée à l'écart, sans égards, comptée pour rien, exclue du foyer comme un chien malfaisant; les larmes me montaient aux yeux plutôt que le rire à la bouche, et je ne cessais de verser en cachette des pleurs et des gémissements. Apprends tout cela et grave-le dans ta mémoire.*

LE CHŒUR. — *Que ces paroles passent de tes oreilles dans le fond calme de ton esprit. Voilà ce qu'elle a fait; ce qui doit suivre, que la colère te l'apprenne. Il sied, quand on descend dans l'arène, d'y porter un cœur inflexible.*

ORESTE. — *C'est à toi que je m'adresse, mon père : viens au secours de ceux qui t'aiment.*

ÉLECTRE. — *Moi aussi, je t'appelle tout en pleurs.*

LE CHŒUR. — *Notre troupe aussi t'appelle d'une commune voix. Viens à la lumière, entends-nous, et sois avec nous contre nos ennemis.*

ORESTE. — *Arès luttera contre Arès et le Droit contre le Droit.*

ÉLECTRE. — *O dieux, faites prévaloir le droit, comme le demande la justice.*

LE CHŒUR. — *Je me sens frissonner, en entendant ces vœux. Le destin se fait longtemps attendre ; mais il peut venir à nos prières.*

Ah! misère attachée à la race! coup terrible et sanglant du malheur! Ah! lamentables, intolérables angoisses! Ah! douleur impossible à calmer!

Mais la charpie qui peut remédier à ces maux se trouve dans la maison. Ce n'est point du dehors, c'est d'elle-même qu'elle tirera ce remède, à la suite d'une cruelle, d'une sanglante querelle. Et voilà l'hymne que veulent les dieux souterrains.

LE CORYPHÉE. — Allons, dieux infernaux, écoutez cette imprécation; montrez-vous bienveillants pour ces enfants et envoyez-leur un secours qui leur assure la victoire.

ORESTE. — Mon père, toi qui es mort d'une mort indigne d'un roi, je t'implore, accorde-moi de régner dans ta maison.

ÉLECTRE. — Moi aussi, père, j'ai besoin de toi, pour échapper au péril, après avoir infligé à Égisthe un dur châtiment.

ORESTE. — Alors on fondera en ton honneur des festins solennels. Sinon, tu seras oublié dans les gras banquets que le pays offre aux morts et tu ne goûteras point le fumet des victimes.

ÉLECTRE. — Moi aussi, sur ma part entière d'héritage, je t'apporterai de la maison paternelle des libations, le jour de mes noces, et ta tombe sera le premier objet de mon culte.

ORESTE. — O terre, laisse remonter mon père, afin qu'il veille au combat.

ÉLECTRE. — O Perséphone, accorde-nous une victoire éclatante.

ORESTE. — Souviens-toi, père, du bain où tu as péri.

ÉLECTRE. — Souviens-toi du filet dont ils ont fait sur toi un nouvel usage.

ORESTE. — Et des entraves sans airain où ils t'ont pris, mon père.

ÉLECTRE. — Et du voile ignominieux dont ils ont imaginé de te couvrir.

ORESTE. — N'es-tu pas réveillé par ces outrages, père ?

ÉLECTRE. — Ne relèves-tu pas ta tête si chère ?

ORESTE. — Envoie donc la Justice combattre avec les tiens, ou plutôt fais qu'on leur offre la même prise, si, vaincu, tu veux prendre ta revanche.

ÉLECTRE. — Écoute enfin ce dernier cri, mon père : en voyant ta couvée près de ton tombeau, prends pitié de ta descendance aussi bien femelle que mâle, et n'efface point cette race des Pélopides qui est la nôtre : c'est ainsi que tu vivras encore, tout mort que tu es.

ORESTE. — Oui, les enfants sauvent le nom de l'homme qui meurt, comme le liège retient le filet et empêche le réseau de lin de sombrer au fond [9]. Entends-moi, c'est pour toi que nous gémissons ainsi, et c'est toi-même que tu sauves en faisant honneur à ma prière.

LE CHŒUR. — Certes vous avez bien fait d'allonger ainsi votre prière et d'honorer la tombe d'un héros dont le destin n'a pas été pleuré. Mais maintenant, puisque tu t'es enfin décidé à agir, il faut songer à la suite et tenter la fortune.

ORESTE. — Sans doute, mais il n'est pas du tout hors de propos de demander pourquoi, par quel calcul elle a envoyé des libations, tardive réparation d'un crime irréparable, et misérable hommage rendu à un mort privé de sentiment. Je ne devine pas l'intention de ces dons, si inférieurs à la faute. On aura beau verser tous ses biens en libations, pour racheter une goutte de sang, ce sera peine perdue. Voilà mon avis. Mais, puisque tu sais ce qu'il en est, rapporte-le-moi, je t'en prie.

LE CHŒUR. — Je le sais, mon enfant, car j'étais là. C'est parce qu'elle a été poursuivie par des songes et des terreurs nocturnes que cette femme impie a envoyé des libations.

ORESTE. — Vous êtes-vous aussi informés de la nature du songe, pour me l'expliquer nettement ?

LE CHŒUR. — Il lui sembla, à ce qu'elle dit elle-même, qu'elle avait enfanté un serpent.

ORESTE. — Et quel est l'aboutissement et la fin de ce rêve ?

LE CHŒUR. — Elle le coucha dans des langes, comme un enfant.

ORESTE. — Quelle nourriture demandait-il, ce monstre nouveau-né ?

LE CHŒUR. — D'elle-même, dans son rêve, elle lui présenta le sein.

ORESTE. — Comment le sein n'était-il pas blessé par l'horrible bête ?

LE CHŒUR. — Elle tira un caillot de sang en suçant le lait.

ORESTE. — Ce songe pourrait bien n'être pas un vain songe.

LE CHŒUR. — Réveillée par la peur, elle se mit à crier. Alors mille flambeaux, éteints par les ténèbres, s'allument dans la maison pour éclairer la reine. Puis elle envoie ces libations funèbres, espérant y trouver un remède tout prêt à ses maux.

ORESTE. — Eh bien! je prie cette terre et le tombeau de mon père qu'ils me fassent accomplir ce songe. Voici comme je l'explique pour l'ajuster à la réalité. Si le serpent, sorti du même sein que moi, a été emmailloté comme un enfant, s'est jeté bouche béante sur la mamelle qui m'a nourri et a mêlé un caillot de sang au doux lait de ma mère, tandis qu'elle gémissait épouvantée de ce qui lui arrivait, il faut, comme elle a nourri ce monstre effrayant, qu'elle meure de mort violente et que moi, me transformant en serpent, je la tue, comme ce rêve le dit.

LE CHŒUR. — Je donne mon suffrage à ta manière d'interpréter ce songe. Puisse-t-il en arriver ainsi! Et maintenant donne tes instructions à tes amis : dis aux uns ce qu'ils ont à faire, aux autres ce dont ils doivent se garder.

ORESTE. — Mes instructions sont bien simples. Que celle-ci rentre à l'intérieur. Vous autres, je vous prie de cacher les desseins que j'ai concertés, pour que, ayant tué par ruse un héros révéré, ils soient à leur tour victimes de la ruse et périssent dans le même lacet, ainsi que l'a prédit Loxias, le roi Apollon, devin qui jusqu'ici n'a point menti. Semblable à un étranger chargé d'un attirail complet, je me présenterai à la porte de la cour avec l'homme que voici, Pylade, moi comme étranger, lui comme hôte de la maison. Nous parlerons tous deux la langue du Parnasse, en imitant l'accent du parler phocidien. A supposer qu'aucun des portiers ne nous accueille avec un air joyeux, puisque la maison est en proie au malheur, nous attendrons à la porte qu'un passant, devinant ce que nous sommes, dise : « Pourquoi donc Égisthe repousse-t-il le suppliant de sa porte, puisqu'il est à Argos et qu'il a dû être informé ? » Mais que je franchisse seulement le seuil de la porte de la cour et que je le trouve sur le trône de mon père, ou qu'il vienne me parler face à face et baisse les yeux vers moi, sache-le, avant qu'il ait dit : « De quel pays est l'étranger ? » je le coucherai mort en l'enveloppant de l'airain agile, et l'Érinys, se rassasiant de meurtre, boira un sang pur pour la troisième fois [10]. Maintenant, toi, observe bien ce qui se passe dans la maison, afin que tout soit bien concerté. Pour vous, je vous recommande de bien surveiller votre langue, de vous taire quand il le faut et de parler à bon escient. Pour le reste, c'est lui *(Agamemnon)* que j'appelle ici pour y veiller et diriger mon épée dans la lutte.

LE CHŒUR. — *La terre nourrit bien des fléaux terribles, bien des objets de douleur et d'effroi, et le sein des mers bien des monstres ennemis des mortels. Entre ciel et terre jaillissent d'ardents météores, et les êtres qui volent et ceux qui marchent sur le sol peuvent parler des vents déchaînés en tempête.*

Mais qui dira l'audace sans bornes de l'homme et les amours effrénées des femmes au cœur impudent et les malheurs qui en sont inséparables. L'amour en délire qui s'empare des femelles détruit l'union des couples chez les bêtes et chez les hommes.

Que ceux qui n'ont pas laissé s'envoler le souvenir des récits qu'ils ont entendus se rappellent le dessein incendiaire que la misérable fille de Thestios [11] *conçut contre la vie de son fils : elle consuma dans le feu le tison rouge donné pour compagnon à son fils, lorsque, sorti du sein maternel, il poussa son premier vagissement, jusqu'au jour marqué par le destin et qui devait le suivre dans la vie.*

Un autre monstre exécrable, d'après les vieux récits, c'est la sanguinaire Skylla [12], *qui sacrifia son père aux ennemis et, séduite par des colliers d'or de Crète, présents de Minos, retira, l'impudente chienne, son cheveu immortel à Nisos, qui s'abandonnait sans défiance au sommeil, et Hermès se saisit de lui.*

Et puisque j'ai rappelé ces affreux forfaits, n'est-ce pas le moment pour cette maison de maudire la détestable épouse [13] *et les complots ourdis par cette femme contre un homme de guerre, contre un héros dont l'ennemi respectait le courroux, et d'honorer le foyer paisible où la femme règne pacifiquement ?*

Mais de tous les crimes, le plus mémorable dont on parle est celui des Lemniennes [14], *que la voix des peuples réprouve avec horreur. C'est aux calamités de Lemnos qu'on assimile encore les pires horreurs. La race qui commit ce crime haï des dieux a disparu, honnie des hommes ; car nul ne vénère ce que les dieux haïssent. Est-il un de ces exemples que j'aie eu tort de rappeler ?*

La glaive aigu pénètre jusqu'aux poumons et perce, au nom de la justice, ceux qui ont foulé aux pieds ses défenses et outragé, sans scrupules et contre tout droit, la majesté de Zeus [15].

Mais la Justice s'affermit sur sa base et le Destin forge et prépare son poignard, et la fameuse Érinys aux desseins profonds amène dans la maison l'enfant des meurtres anciens pour faire payer la souillure.

ORESTE. — Esclave, esclave, n'entends-tu pas qu'on frappe à la porte de la cour ? Encore un coup, esclave, esclave, n'y a-t-il personne à la maison ? Ne sortira-t-il personne ? C'est la troisième fois que j'appelle. Pourtant Égisthe doit savoir pratiquer l'hospitalité.

L'ESCLAVE. — Voilà, j'entends. De quel pays est l'étranger ? D'où vient-il ?

ORESTE. — Annonce aux maîtres de ce palais que je suis venu chez eux leur apporter des nouvelles; mais hâte-toi, car le char ténébreux de la nuit se hâte aussi, et c'est le moment pour les voyageurs de laisser tomber l'ancre dans les demeures accueillantes aux étrangers. Qu'un des chefs du logis sorte donc, soit la maîtresse de maison, soit, ce qui vaudrait encore mieux, le maître, car en parlant la pudeur fait qu'on voile sa pensée : d'homme à homme on parle hardiment et l'on s'exprime sans détour.

CLYTEMNESTRE. — Étrangers, dites ce qu'il vous faut. Vous trouverez dans ce palais les commodités qu'on est en droit d'en attendre, des bains chauds, un lit pour charmer vos fatigues et la présence de visages loyaux. Si vous avez à traiter quelque chose de grave, c'est affaire aux hommes, je leur en ferai part.

ORESTE. — Je suis un étranger, de Daulis, en Phocide. Je me dirigeais vers Argos, chargé moi-même de mon bagage, comme tu me vois arriver ici, quand je rencontrai un homme que je ne connaissais pas plus qu'il ne me connaissait. C'était Strophios de Phocide, j'appris son nom en causant. Après m'avoir questionné et montré mon chemin, il me dit : « Puisque aussi bien tu vas à Argos, étranger, souviens-toi bien de dire à ses parents qu'Oreste est mort; garde-toi bien de l'oublier. Si donc l'avis prévaut chez les siens qu'on le ramène, ou s'ils préfèrent qu'on l'enterre ici, pour être notre hôte à tout jamais, rapporte-moi leurs ordres. A présent, les flancs d'une urne d'airain renferment les cendres du jeune homme pleuré comme il convient. » Je t'ai rapporté tout ce qu'il m'a dit. Est-ce aux maîtres de la maison et à ses parents que je parle ? Je l'ignore; mais ceux qui l'ont mis au jour doivent le savoir.

CLYTEMNESTRE [16]. — Hélas ! après ce que j'ai entendu, je me vois perdue sans ressource. Ah ! invincible malédiction de cette maison, comme tu as l'œil sur tout et comme tu abats de loin de tes traits inévitables même ce qu'on croit avoir mis à l'abri. Infortunée que je suis, tu me prives ainsi des miens. Aujourd'hui, c'est Oreste, qui, par un coup de chance, avait retiré son pied du bourbier sanglant, c'est l'espoir de guérir cette maison et d'y ramener les beaux jours de joie qu'elle efface à présent.

Oreste. — Pour moi, c'est en apportant de bonnes nouvelles à des hôtes si heureux que j'aurais voulu me faire connaître et être accueilli d'eux; car qui, plus qu'un hôte, veut du bien à ses hôtes ? Mais je me serais considéré comme un impie de ne pas consommer ma commission à des amis, après l'avoir promis et avoir été reçu en hôte.

Clytemnestre. — Tu n'en obtiendras pas moins un traitement digne de toi, et tu n'en seras pas moins bienvenu dans cette maison. Un autre serait venu de même annoncer cette nouvelle. Mais après un long jour de marche, il est temps que ces hôtes reçoivent les soins appropriés à leur fatigue. *(A une esclave.)* Conduis-le dans l'appartement réservé aux hôtes avec les gens de sa suite et ses compagnons de voyage, et qu'ils y trouvent ce qui convient à notre maison. Je t'en charge, et tu m'en répondras. Pour nous, nous allons communiquer cette nouvelle au maître de la maison, et, comme nous ne manquons pas d'amis, nous nous consulterons sur l'événement.

Le chœur. — Allons, chères captives du palais, qu'attendons-nous donc pour montrer la force de nos voix en faveur d'Oreste ? O terre vénérable, ô vénérable tertre du tombeau qui recouvre maintenant le corps du roi commandant de la flotte, c'est le moment de nous écouter, c'est le moment de nous porter secours, car voici l'heure où la Persuasion rusée va descendre avec eux dans la lice, et où Hermès infernal, Hermès ténébreux doit présider à la lutte des épées destructrices.

Sans doute l'étranger est en train de préparer un mauvais coup. Mais je vois venir ici la nourrice d'Oreste, tout en pleurs. Où vas-tu, Kilissa [17], hors de la maison ? Le chagrin te fait compagnie, sans que tu le payes.

La Nourrice. — La maîtresse m'envoie chercher Égisthe, pour qu'il vienne le plus vite possible parler aux étrangers, afin que d'homme à homme il soit plus clairement informé de la nouvelle qui vient d'arriver. Devant les serviteurs, elle a pris son air attristé; mais, au-dedans de ses yeux, elle cache sa joie de voir les choses tourner heureusement pour elle, tandis que pour cette maison c'est la ruine complète que le message des étrangers nous a clairement annoncée. C'est une nouvelle qui va sûrement réjouir le cœur de l'autre, quand il l'apprendra.

Hélas! infortunée! combien les douleurs insupportables qui se sont accumulées dans cette maison d'Atrée ont affligé mon cœur dans ma poitrine! Mais je n'avais pas encore enduré pareille peine; car j'ai épuisé patiemment mes autres maux. Mais, mon cher Oreste, le constant souci de mon âme, que j'ai nourri au sortir du sein maternel, dont les cris perçants me réveillaient la nuit, que de peines j'ai endurées pour lui inutilement! Ce qui n'a pas de raison, il faut l'élever comme un petit animal, n'est-ce pas? par une sorte de divination; car l'enfant qui est encore dans les langes ne sait rien dire quand il a faim ou soif ou besoin d'uriner, et son jeune ventre se soulage tout seul. J'essayais bien de deviner ses besoins, mais ma prévoyance était, ma foi, souvent en défaut; alors il me fallait laver les langes et je cumulais les métiers de blanchisseuse et de nourrice. J'avais pris cette double charge en recevant Oreste pour son père. Et maintenant, infortunée, j'apprends qu'il est mort. Mais je vais trouver l'homme qui a détruit cette maison; il apprendra volontiers cette nouvelle.

LE CORYPHÉE. — Mais en quel équipage lui dit-elle de venir?

LA NOURRICE. — En quel équipage? Répète, que je comprenne mieux.

LE CORYPHÉE. — Doit-il venir avec ses gardes ou tout seul?

LA NOURRICE. — Elle veut qu'il amène ses gardes en armes.

LE CORYPHÉE. — Alors ne rapporte pas cela au maître odieux; qu'il vienne seul et au plus vite; dis-le-lui d'un air joyeux, pour qu'il ne craigne pas d'écouter l'étranger. C'est du messager que dépend le succès d'une ruse cachée.

LA NOURRICE. — Vraiment, est-ce que tu augures bien des nouvelles qui viennent d'arriver?

LE CORYPHÉE. — Mais Zeus peut changer nos malheurs en joies.

LA NOURRICE. — Et comment? Nous avons perdu Oreste, l'espoir de cette maison.

LE CORYPHÉE. — Pas encore : qui le croit pourrait bien être un mauvais devin.

LA NOURRICE. — Que dis-tu? Sais-tu autre chose que ce qui a été dit?

LE CORYPHÉE. — Va porter ton message et acquitte-toi de ta commission. Les dieux veillent sur ce qui demande leurs soins.

LA NOURRICE. — Eh bien j'y vais, et je suivrai tes instructions. Fassent les dieux que tout cela tourne le mieux possible!

LE CHŒUR [18]. — *Maintenant, je t'en conjure, Zeus, père des dieux de l'Olympe, qu'il nous soit donné de voir la fortune de cette maison heureusement rétablie, à nous qui désirons voir prévaloir les sages conseils. Je ne dis rien qui ne vise à la justice. O Zeus, garde-le.*

Ah! donne-lui la victoire, Zeus, sur les ennemis qui sont à l'intérieur du palais; car si tu le soutiens et le rends puissant, il te paiera au double et au triple le tribut de sa reconnaissance.

Vois le poulain, orphelin d'un héros qui te fut cher, attelé à un char de douleurs. Modère sa course et fais qu'on le voie s'élancer dans la plaine en gardant la mesure dans ses efforts pour atteindre le but.

<Ah! donne-lui la victoire, Zeus, sur les ennemis qui sont à l'intérieur du palais; car si tu le soutiens et le rends puissant, il te payera au double et au triple le tribut de sa reconnaissance [19]*.>*

Et vous qui régnez au fond de ce palais dont l'opulence charme vos yeux, dieux bienveillants, écoutez-moi. Allons!

Lavez le sang des anciens forfaits par un nouveau jugement. Que le vieux meurtre n'enfante plus dans la maison.

O toi qui sièges à la grande ouverture de ton beau temple, fais que la maison d'un héros relève la tête et voie de ses yeux fidèles la brillante lumière de la liberté jaillir du voile ténébreux qui la couvre.

Qu'avec toi le fils de Maïa lui prête un juste appui, puisqu'il sait à merveille faire souffler le vent propice, quand il veut conduire une action à bonne fin. Il fera, s'il le veut, paraître au jour bien d'autres choses cachées. En prononçant une parole obscure, il répand sur les yeux l'obscurité de la nuit, et le jour même ne l'éclaircit pas.

<O toi qui sièges à la grande ouverture de ton beau temple, fais que la maison d'un héros relève la tête et voie de ses yeux fidèles la brillante lumière de la liberté jaillir du voile ténébreux qui la couvre.>

Alors, célébrant la double délivrance de la maison, nous cesserons, nous femmes, de pousser des chants plaintifs. Ce sera bien ainsi : c'est tout profit pour moi, oui pour moi, quand le malheur est loin de ceux que j'aime.

Toi, lorsque le moment d'agir sera venu, fais-le résolument, et, si elle te crie : « Mon enfant », crie-lui, de ton côté, ce que dit ton père, et achève ta vengeance sans craindre de reproches.

Portant en ta poitrine le cœur audacieux de Persée, dévoue-toi pour les tiens, ceux qui sont sous terre et ceux qui sont sur terre. Verse le sang de la misérable Gorgone qui règne dans le palais et fais disparaître l'auteur du meurtre.

<Toi, lorsque le moment d'agir sera venu, fais-le résolument, et, si elle te crie : « Mon enfant », crie-lui, de ton côté, ce que dit ton père, et accomplis ta vengeance sans craindre de reproches [20].>

ÉGISTHE. — J'arrive, non de moi-même, mais sur l'appel d'un messager. J'apprends que des étrangers sont venus apporter une nouvelle indésirable, celle de la mort d'Oreste. C'est, après le meurtre ancien, un terrible surcroît de charge à porter pour cette maison blessée et mordue par le malheur. Croirai-je donc que la nouvelle est vraie et réelle, ou bien que c'est des propos de femmes apeurées qu'on lance dans l'air et qui meurent sans se réaliser ? Que peux-tu m'en dire pour éclairer mon esprit ?

LE CORYPHÉE. — Nous avons entendu la nouvelle, c'est vrai ; mais entre à l'intérieur et informe-toi près des étrangers. Un message ne vaut jamais l'information personnelle qu'on va prendre soi-même.

ÉGISTHE. — Je veux à mon tour voir et questionner le messager pour savoir s'il s'est trouvé lui-même près du mourant ou s'il parle sur la foi d'un bruit obscur. Je le défie de se dérober à ma clairvoyance.

LE CORYPHÉE. — Zeus, Zeus, que dois-je dire ? Comment commencer ma prière et mon invocation aux dieux, et comment l'achever pour égaler mes paroles à mon affection ?

Car c'est maintenant que les épées à la pointe meurtrière vont se souiller de sang et ruiner de fond en comble la maison d'Agamemnon.

Ou bien qu'Oreste allumera le feu flamboyant pour la liberté retrouvée et prendra possession du pouvoir sur la ville et les grandes richesses de ses pères. Telle est la lutte que le divin Oreste, tel un athlète de réserve [21], va maintenant engager seul contre deux. Puisse-t-il être vainqueur !

ÉGISTHE. — *Ah! hélas!*

LE CHŒUR. — *Ah! ah! Où en sommes-nous? Comment s'est terminée la lutte dans le palais?*

LE CORYPHÉE. — Éloignons-nous, tandis qu'on en finit, afin qu'on ne nous prenne pas pour des complices du meurtre; car l'issue de la lutte est décidée.

LE SERVITEUR. — Hélas! oui, hélas! mon maître est tué; hélas encore pour la troisième fois! Égisthe n'est plus. Allons! ouvrez vite; tirez les barres de la porte du gynécée. Il faudrait un homme jeune et vigoureux, mais non pour secourir un mort; à quoi bon? Holà! Holà! je crie à des sourds et je parle pour rien à des gens qui dorment sans souci. Où est Clytemnestre? Que fait-elle? J'ai bien peur que son cou ne soit aussi sur le tranchant du rasoir et que sa tête ne tombe sous le coup de la vengeance.

CLYTEMNESTRE. — Eh bien! Qu'y a-t-il? Que signifie ce cri que tu pousses dans la maison?

LE SERVITEUR. — Je dis que les morts tuent le vivant.

CLYTEMNESTRE. — Malheur à moi! Je comprends le mot de l'énigme. Nous périrons par la ruse, comme nous avons tué. Qu'on me donne vite une hache meurtrière. Sachons si nous sommes vainqueurs ou si nous sommes vaincus, puisque c'est à cette extrémité que je suis réduite.

ORESTE. — C'est toi aussi que je cherche. Pour lui, son compte est réglé.

CLYTEMNESTRE. — Malheur à moi! Tu es mort, mon cher Égisthe.

ORESTE. — Tu l'aimes, cet homme. Eh bien, tu seras couchée dans le même tombeau. Lui mort, tu ne risques pas de le trahir jamais.

CLYTEMNESTRE. — Arrête, mon fils. Respecte, mon enfant, ce sein où souvent tu as, tout en dormant, sucé de tes lèvres le lait nourricier.

ORESTE. — Pylade, que ferai-je? ne dois-je pas craindre de tuer une mère?

PYLADE. — Que fais-tu donc du reste des oracles de Loxias, rendus à Pythô, et de la foi des serments? Fais-toi des ennemis de tout le monde plutôt que des dieux.

ORESTE. — C'est toi qui as raison, je le reconnais, et ton conseil est bon. Suis-moi, je veux t'égorger près de cet homme. Vivant, tu l'as préféré à mon père. Meurs donc et dors avec lui, puisque tu aimes cet homme et que tu hais celui que tu devais aimer.

CLYTEMNESTRE. — C'est moi qui t'ai nourri, je veux vieillir avec toi.

ORESTE. — Tu habiterais avec moi, toi qui as tué mon père!

CLYTEMNESTRE. — Le Destin, mon enfant, a sa part en tout cela.

ORESTE. — C'est donc aussi le Destin qui a préparé ta mort.

CLYTEMNESTRE. — Ne crains-tu pas les malédictions de ta mère, mon enfant?

ORESTE. — Non; car c'est toi, ma mère, qui m'as jeté dans le malheur.

CLYTEMNESTRE. — Non, puisque je t'ai envoyé dans une maison hospitalière.

ORESTE. — J'ai été doublement vendu [22], moi le fils d'un père libre.

CLYTEMNESTRE. — Où donc est le prix que j'ai reçu en échange?

ORESTE. — J'aurais honte de te préciser cet opprobre.

CLYTEMNESTRE. — N'aie pas honte; mais précise de même les folies de ton père.

ORESTE. — N'accuse point celui qui peinait, tandis que tu restais assise à l'intérieur.

CLYTEMNESTRE. — C'est une triste chose pour une femme d'être séparée de son époux, mon enfant.

ORESTE. — C'est le travail du mari qui nourrit la femme assise au foyer.

CLYTEMNESTRE. — Tu as l'air, mon enfant, de vouloir tuer ta mère.

ORESTE. — Ce n'est pas moi, c'est toi qui te tueras toi-même.

CLYTEMNESTRE. — Réfléchis; prends garde aux chiennes vengeresses [23] de ta mère.

ORESTE. — Mais celles de mon père, où les fuir, si je renonce à le venger?

CLYTEMNESTRE. — Vraiment, c'est à un tombeau que, vivante, j'adresse mes plaintes vaines.

ORESTE. — C'est le meurtre de mon père qui fixe ton destin.

CLYTEMNESTRE. — Malheur à moi! voilà le serpent que j'ai enfanté et nourri.

ORESTE. — Elle était vraiment prophétique, la terreur que t'inspiraient tes songes. Tu as tué celui que tu n'aurais pas dû tuer, souffre donc ce que tu ne devrais pas souffrir.

(Il entraîne sa mère dans le palais.)

LE CORYPHÉE. — Le sort de ces deux malheureux m'inspire aussi de la pitié. Mais puisque l'audacieux Oreste a mis le comble à ces meurtres répétés, je préfère du moins que l'œil de cette maison ne soit pas éteint à tout jamais.

LE CHŒUR. — *Elle est venue avec le temps, la Justice. Elle a frappé les Priamides d'un lourd châtiment. Et de même, il est venu dans la maison d'Agamemnon, le double lion, le double Arès* [24]. *Il est allé jusqu'au bout, l'exilé amené par Pythô, poussé par les conseils du dieu.*

Hourra! réjouissez-vous : la maison de vos maîtres est délivrée de ses maux; ses trésors ne seront plus épuisés par deux sacrilèges qui lui rendaient la vie insupportable.

Il est venu celui qui prend à cœur de venger le crime par la ruse dans une lutte secrète, et elle a touché le bras d'Oreste dans la lutte, la vraie fille de Zeus, celle que nous mortels appelons de son propre nom la Justice, et dont la colère souffle la ruine sur ses ennemis.

<*Hourra! réjouissez-vous : la maison de vos maîtres est délivrée de ses maux; ses trésors ne seront plus épuisés par deux sacrilèges qui lui rendaient la vie insupportable* [25].>

L'oracle que Loxias Parnassien avait fait retentir du fond de son antre redoutable attaque par une ruse sans perfidie le crime longtemps impuni. La divinité l'emporte : on ne servira plus les criminels et l'on honorera, comme il convient, la puissance du ciel.

On peut enfin voir la lumière; on a ôté à la maison son dur caveçon. Alors, relève-toi, palais; depuis trop longtemps tu gisais à terre.

Le temps qui vient à bout de tout va bientôt franchir le vestibule du palais, lorsque les rites expiatoires qui chassent les fautes auront banni du foyer tout ce qui le souillait [26].

. . . .

Ceux qui se sont installés dans cette demeure en seront chassés à leur tour.

On peut enfin voir la lumière; <*on a ôté à la maison son dur caveçon. Alors, relève-toi, palais; depuis trop longtemps tu gisais à terre.*>

ORESTE. — Regardez les deux tyrans du pays, les assassins de mon père et les dévastateurs de cette maison.

Ils étaient fiers alors qu'ils étaient assis sur leurs trônes, et maintenant ils sont encore amis, comme on en peut juger par leur mort, et ils restent fidèles à leurs serments. Ils s'étaient juré l'un à l'autre de tuer mon malheureux père et de mourir ensemble, et cette promesse aussi est réalisée. Regardez aussi, vous qui avez entendu parler de nos maux, l'engin qui enserra mon malheureux père, entrava ses mains et lia ses deux pieds. Déployez-le vous-mêmes; approchez-vous tout autour et étalez le voile où fut pris le héros, pour faire voir à un père, non pas le mien, mais celui qui voit tout, le Soleil, les œuvres impies de ma mère. Je veux qu'il vienne un jour témoigner en justice que j'étais dans mon droit en poursuivant et en tuant ma mère. Quant au meurtre d'Égisthe, je n'en parle pas : adultère, il a le châtiment que porte la loi. Mais celle qui médita cette abomination contre un homme dont elle avait porté les enfants sous sa ceinture, fardeau doux alors, aujourd'hui détesté, comme vous le voyez, que te semble-t-elle, une murène ou une vipère ? En tout cas, elle empoisonne de son simple contact, sans mordre, par le seul effet de son audace et de sa perfidie. Et ce voile, comment l'appeler pour toucher juste, sans exagérer les termes ? piège à bêtes fauves, ou draperie de cercueil enveloppant le mort jusqu'aux pieds ? Disons plutôt filet, panneau, entraves descendant jusqu'aux pieds. Il pourrait servir à un bandit qui tromperait ses hôtes et vivrait en les dépouillant de leur argent, et qui prendrait beaucoup de plaisir à tuer beaucoup de gens. Ah ! que jamais pareille compagne n'entre dans ma maison ! Que les dieux me fassent mourir auparavant sans postérité !

LE CORYPHÉE. — Hélas ! hélas ! déplorables forfaits ! Tu as succombé à une mort affreuse [27]. Hélas ! hélas ! avec le temps, le crime porte ses fruits de malheur.

ORESTE. — A-t-elle frappé ou n'a-t-elle pas frappé ? J'en ai pour témoin ce voile teint par l'épée d'Égisthe, dont la tache de sang altère, avec l'aide du temps, les multiples couleurs du tissu. Maintenant je m'applaudis moi-même, maintenant je me lamente devant vous, et, en m'adressant à ce voile meurtrier de mon père, je gémis sur le crime et sur le châtiment et sur ma race entière, et de cette victoire je garde une abominable souillure.

LE CORYPHÉE. — Personne parmi les mortels ne passera, sans payer sa part, une existence entièrement exempte de douleurs. Hélas ! hélas ! tel subit sa peine incontinent, tel autre plus tard.

ORESTE. — Mais sachez une chose, car je ne sais pas comment cela finira : je suis comme un cocher dont les chevaux s'échappent hors de la carrière. Mes sens indociles m'emportent vaincu. Devant mon cœur l'épouvante est prête à chanter et lui, à danser bruyamment. Mais tandis que je suis encore dans mon bon sens, je crie à mes amis : « Oui, j'ai tué ma mère, mais avec justice, parce que, meurtrière de mon père, elle souillait la maison et était en horreur aux dieux, et j'affirme hautement que celui qui m'a soufflé cette audace, c'est le prophète de Pythô, Loxias, dont l'oracle m'assura qu'en faisant ce que j'ai fait je ne risquais pas d'être accusé de crime, tandis que si je négligeais son ordre,... je ne dirai pas de quel châtiment j'étais menacé, il n'y a pas d'arc qui puisse atteindre à des peines pareilles. Et maintenant voyez : je suis prêt à me rendre avec ce rameau enveloppé de laine au sanctuaire du nombril de la terre, sol de Loxias, où brille une lumière que l'on dit immortelle, pour fuir le sang de ma mère. Loxias ne m'a pas permis de me tourner vers un autre foyer. Le temps venu, je prie tous les Argiens de garder en leur mémoire comment sont venus ces malheurs et de témoigner en ma faveur, quand Ménélas sera de retour. Pour moi, errant, banni de ce pays, vivant et mort, je laisserai cette renommée.

LE CORYPHÉE. — Tu as bien agi; ne te laisse donc pas aller à d'amers propos et ne te diffame pas, toi qui as délivré toute la ville d'Argos, en tranchant heureusement la tête à deux serpents.

ORESTE. — Ah! ah! quelles sont ces femmes, vêtues de noir et enlacées de serpents sans nombre, comme des gorgones? Je ne peux plus rester.

LE CORYPHÉE. — Quelles idées te font tourner sur toi-même, toi, de tous les mortels le plus cher à ton père? Arrête, ne crains pas, vainqueur comme tu l'es.

ORESTE. — Ce ne sont pas des idées qui me tourmentent. Je vois bien que ce sont les chiennes irritées de ma mère.

LE CORYPHÉE. — Tu as encore du sang frais sur tes mains; c'est de là que vient le trouble qui est tombé dans ton âme.

ORESTE. — O roi Apollon, les voilà qui se multiplient à présent, et de leurs yeux dégoutte un sang répugnant.

LE CORYPHÉE. — Tu as un moyen de te purifier : touche Loxias et il te délivrera de ton angoisse.

ORESTE. — Vous ne les voyez pas, vous; mais moi, je les vois; elles me pourchassent et je ne peux plus rester.

Le Coryphée. — Bonne chance alors! Qu'un dieu te suive d'un regard favorable et te garde pour des jours heureux.

Voilà donc le troisième orage dont le souffle violent est tombé sur le palais de nos rois. Ce furent d'abord les malheurs de l'infortuné Thyeste qui dévora ses enfants. Le deuxième s'abattit sur un héros royal, le chef de l'armée des Achéens, qui périt égorgé dans un bain. Voici maintenant le troisième. Nous apporte-t-il le salut ou la ruine? Je le demande. Où donc s'achèvera, quand s'arrêtera et s'endormira le courroux d'Atè?

LES EUMÉNIDES

NOTICE
SUR
LES EUMÉNIDES

A la fin des *Choéphores*, Oreste annonçait qu'il allait à Delphes, au temple d'Apollon, suivant les conseils mêmes du dieu. C'est là que nous le trouvons dans la première scène des *Euménides*.

La pythie, en entrant dans le temple, recule épouvantée. Elle vient de voir Oreste sanglant, accroupi en suppliant, et en face de lui des femmes à l'aspect repoussant, qui l'ont suivi jusque dans le sanctuaire : ce sont les Érinyes. Apollon les a endormies, et, avant qu'elles s'éveillent, il conseille à Oreste de fuir jusqu'à ce qu'il atteigne la cité de Pallas. Oreste s'évade. Mais l'ombre de Clytemnestre apparaît et gourmande les Érinyes qui ont laissé échapper son meurtrier. Elles se réveillent et s'en prennent au dieu qui le protège. Il les chasse de son temple, en leur déclarant qu'il saura protéger le malheureux Oreste, qui n'a fait, en vengeant son père, qu'obéir à ses oracles.

De Delphes, nous passons subitement à Athènes sur l'acropole, près d'un temple devant lequel se dresse une statue d'Athèna. C'est là qu'Oreste a cherché un refuge. Il est prosterné aux pieds de la statue. Mais les Érinyes se sont lancées à sa poursuite; elles ont éventé sa piste et jurent de lui faire subir le châtiment qu'il doit à la justice. Oreste implore Athèna, déclarant qu'il a été purifié et qu'il peut invoquer la déesse sans commettre un sacrilège. Tandis qu'il fait cette prière, les Érinyes l'entourent et entonnent un hymne menaçant, où elles chantent les fonctions de justicières que le Destin leur a confiées, et font entendre à Oreste qu'il ne saurait leur échapper.

Cependant, des bords du Scamandre où elle était, dans un territoire attribué par les rois de la Grèce aux enfants de Thésée, Athèna a entendu l'appel d'Oreste. Elle arrive et s'informe auprès des Érinyes et d'Oreste du sujet de leur différend. Les deux parties s'en remettent à sa décision. Mais elle ne veut pas les juger elle-même, parce qu'elle ne veut pas dépouiller de leurs droits les vieilles déesses que sont les Érinyes et attirer leur malédiction sur la ville qu'elle protège. Elle institue un tribunal qu'elle composera des meilleurs citoyens d'Athènes et qui désormais jugera les meurtres. Les Érinyes protestent contre cet avènement de lois nouvelles : si on les dépouille de leurs honneurs, et si le crime reste impuni, qui gardera dès lors le respect de la justice? Mais Athèna reparaît avec les juges qu'elle a choisis. Apollon, de son côté, se présente pour défendre l'accusé. Le débat s'ouvre. Interrogé par les Érinyes, Oreste ne se défend pas d'avoir tué sa mère; mais il l'a tuée sur l'ordre d'Apollon, comme en témoigne le dieu lui-même. Celui-ci prend en effet la parole; mais, au lieu de justifier le meurtre, ce qui était impossible, il plaide comme un avocat : il remet sous les yeux des juges la scène où Agamemnon est assassiné par sa femme dans sa baignoire; il prétend que le meurtre d'un père est plus grave que celui d'une mère, parce que la mère n'est que la dépositaire du germe dont l'homme est l'auteur; enfin il promet aux juges qu'Oreste assurera pour toujours à Athènes l'alliance de son pays. On va aux voix. Athèna, qui n'a pas eu de mère et dont le cœur est, dit-elle, acquis à l'homme, ajoute sa voix à celles qui sont favorables à l'accusé. Il se trouve que le nombre des voix est égal des deux parts. Oreste est acquitté et part pour Argos, en attestant qu'il reconnaîtra par une éternelle amitié ce qu'il doit à la cité d'Athèna.

Cependant les Érinyes s'indignent qu'on les ait dépouillées de leurs attributs et déclarent qu'elles se vengeront des Athéniens; mais Athèna les calme par de sages et douces remontrances et leur promet que, si elles veulent se fixer dans sa ville, elles y seront honorées à jamais. Elles finissent par se laisser convaincre, et souhaitent à la cité qui les accueille tous les bonheurs qui font une vie prospère. Un cortège s'organise alors sur l'ordre d'Athèna et les maîtres de la cité les conduisent en grande pompe au souterrain qui sera désormais leur demeure.

Les Euménides nous transportent dans le monde du merveilleux. A la fin des *Choéphores*, Oreste, harcelé par sa conscience, croyait voir des Furies que les spectateurs ne voyaient pas. Dans *les Euménides*, ces Furies ont pris corps et sont devenues des divinités vivantes, terriblement vivantes même. Elles comptaient parmi les anciens dieux qui régnaient avant Zeus. Chargées de punir les parricides, elles ont conscience de la grandeur et de l'utilité de leur besogne. Elles sont les gardiennes de la justice. « Avant tout, disent-elles, nous recommandons de respecter l'autel de la Justice. Qu'on n'aille pas, séduit par l'appât du gain, le renverser d'un pied impie : le châtiment serait inévitable. En conséquence, honore pieusement tes parents et respecte les hôtes qui descendent dans ta maison. » Et ailleurs : « Celui qui de lui-même pratique la justice ne sera pas sans bonheur et il ne périra pas tout entier. Mais le criminel audacieux qui traîne avec lui une cargaison de trésors amassés pêle-mêle en dépit de la justice, celui-là sera forcé un jour, je l'affirme, d'amener sa voile, lorsque l'antenne cassée le jettera dans la détresse. » Oreste a commis le crime le plus terrible : il a tué sa mère. Aussi le poursuivent-elles avec un acharnement sauvage et elles dansent autour de lui des rondes effrénées accompagnées d'effroyables menaces. La vigueur de leurs invectives, renouvelées sans cesse avec une violence croissante, est bien faite pour imprimer à ceux qui les entendent le respect de la justice et la crainte du crime. La pièce devient par là une école de haute moralité, et, si Eschyle fut placé si haut parmi les poètes tragiques athéniens, notamment par les partisans des vieilles traditions, ce fut peut-être moins à cause de son génie de poète qu'en raison de ses nobles enseignements de moraliste.

Les Euménides sont pourtant contredites par les dieux nouveaux, représentés par Apollon et par Athèna. Apollon, qui a ordonné le meurtre, est tenu de le défendre; mais il le défend assez mal, et pour cause. Il n'a d'autre raison à leur opposer que des arguties peu probantes. Il allègue la volonté de Zeus; il prétend que le meurtre d'un père est plus grave que celui d'une mère, parce que c'est le père qui féconde et que la mère n'est que la nourrice du germe semé dans son sein; enfin, il invoque un argument *ad hominem*, l'intérêt des Athéniens qui est de s'assurer l'alliance d'Argos, en acquittant Oreste. Son argumentation prévaut cependant sur une moitié des juges et Athèna, par son suffrage, fait pencher la balance en faveur d'Oreste. Elle ne pouvait condamner Apollon sans condamner Zeus. Mais en réalité ce qu'elle a pensé, avec le poète, c'est que le droit rigoureux, tel que le concevaient les anciennes déesses, devait céder la place à un droit nouveau, plus humain, tenant compte du repentir et des circonstances atténuantes; et voilà pourquoi ellc a créé le tribunal de l'Aréopage. La fondation de cet auguste tribunal fournit à Eschyle l'occasion d'un magnifique éloge de la justice athénienne, et il met en garde ses concitoyens contre la tentation d'y porter atteinte, en faisant dire à la déesse : « Si vous révérez, comme vous le devez, ce pouvoir auguste, vous aurez là, pour protéger votre pays et votre ville, un rempart tel qu'il n'en est point au monde, ni chez les Scythes, ni sur le sol de Pélops. Incorruptible, vénérable, impitoyable, sentinelle éveillée pour garder la cité endormie, tel sera le tribunal que j'institue. » L'avertissement d'Athèna venait un peu tard : car deux ans avant la représentation de la pièce, Éphialte et Périclès avaient réduit les attributions des Aréopagites aux affaires de meurtre, d'incendie et d'impiété. Mais il n'était pas inopportun de prémunir les Athéniens contre de nouvelles atteintes qui pourraient encore être portées par les démocrates à l'auguste tribunal.

Ce n'est pas la seule allusion que l'on rencontre dans *les Euménides* aux événements du temps. Nous avons déjà dit qu'Apollon promet aux juges l'alliance d'Argos, s'ils acquittent son client. C'est une allusion évidente au traité d'alliance que les Athéniens avaient quelque temps auparavant conclu avec les Argiens. Il devait être agréable au peuple de le voir annoncé et en quelque sorte consacré à l'avance par la bouche du dieu qui connaît l'avenir. Les Athéniens durent prendre plaisir aussi à entendre Athèna affirmer leurs droits à la possession du promontoire de Sigée : « J'ai entendu de loin une voix qui m'appelait des bords du Scamandre, où je prenais possession du pays que les chefs et les princes des Achéens m'ont assigné sur leur butin de guerre, lot considérable dont le fonds m'appartient pour toujours : c'est un présent qu'ils ont choisi pour les enfants de Thésée. » On sait par Hérodote (V. 94) que Sigée avait été enlevée de vive force aux Mytiléniens par Pisistrate, que ceux-ci essayèrent de la reprendre et que Périandre, fils de Cypsélos, pris pour arbitre, laissa aux Athéniens la possession de Sigée.

Ce qui devait surtout intéresser les Athéniens dans le drame d'Eschyle, c'est l'établissement des Euménides à Athènes. Toute la partie qui suit l'acquittement et le départ d'Oreste, du vers 778 au vers 1047, est consacrée à ce sujet. Les Euménides, humiliées par le verdict qui les déboute de leur poursuite, menacent de se venger sur les Athéniens. Athèna, avec une sollicitude touchante pour la ville qu'elle protège, parvient, à force de douceur, de patience et de promesses, à les apaiser et à les décider à se fixer à Athènes, où elles seront à jamais honorées. Dès lors aussi dévouées à la ville qu'elles lui étaient hostiles, elles font des vœux pour attirer sur elle tous les bonheurs qu'on peut rêver en ce monde et rivalisent d'amour et de zèle pour la cité qui les accueille. Le patriotisme d'Eschyle lui a inspiré ici les accents les plus touchants pour célébrer le pays qui a mérité la protection et le dévouement d'Athèna et des Euménides désormais d'accord pour accroître sa gloire et sa prospérité. Il avait célébré dans *les Perses* la gloire militaire des Athéniens. Il célébra ensuite dans *les Euménides* leurs institutions judiciaires et religieuses, leur léguant dans ces deux monuments impérissables le magnifique hommage d'un des plus grands et plus nobles esprits qui aient honoré l'humanité.

LES EUMÉNIDES

PERSONNAGES

LA PYTHIE PROPHÉTESSE, APOLLON, ORESTE, L'OMBRE DE CLYTEMNESTRE. LES EUMÉNIDES formant le chœur, ATHÈNA. CORTÈGE DE FEMMES ET DE JEUNES FILLES.

La scène est d'abord à Delphes, puis à Athènes.

La Pythie. — Avant tous les dieux, je veux prier et vénérer la première prophétesse, la Terre; après elle, Thémis, qui, dit-on, s'assit après sa mère [1] sur ce siège prophétique; en troisième lieu, de l'aveu de Thémis, et sans recourir à la violence, une autre Titanide, fille de la Terre, Phoibè, s'y assit à son tour. C'est d'elle que Phoibos le reçut en présent à sa naissance, avec son nom tiré de celui de Phoibè [2]. Phoibos, ayant abandonné le lac et la croupe rocheuse de Dèlos, aborda aux rivages de Pallas [3], fréquentés des nochers, puis vint en ce pays s'établir au Parnasse. Les enfants d'Hèphaistos [4] lui font escorte avec une pieuse déférence et lui frayent la route, en adoucissant la terre sauvage. A son arrivée, il est accueilli avec de grands honneurs par le peuple et par son roi Delphos, pilote de ce pays. Zeus, ayant rempli son cœur d'une science divine, l'assit, lui quatrième, sur le trône prophétique, et Loxias est aujourd'hui le prophète de Zeus, son père. C'est à ces dieux que j'adresse le prélude de ma prière. Mais la tradition célèbre aussi particulièrement Pallas Pronaia [5] et je révère aussi les Nymphes qui habitent l'antre de Korykos [6], aimé des oiseaux et des dieux, qui s'y retirent. Bromios [7] séjourne en ce lieu, je ne l'oublie pas, depuis le temps où ce dieu, à la tête des bacchantes, traqua Penthée comme un lièvre et le mit à mort. J'invoque enfin les sources du Pleistos [8], le puissant Poséidon et Zeus très haut qui conduit tout à sa fin, avant de prendre place sur mon trône de prophétesse. Maintenant puissent ces dieux favoriser plus que jamais mon entrée dans le sanctuaire. S'il y a là des gens venus de la Grèce, qu'ils s'approchent dans l'ordre marqué par le sort, ainsi qu'il est d'usage; car je prophétise dans l'ordre où le dieu me conduit.

Ah! un spectacle horrible à dire, horrible à voir de ses yeux me fait sortir du sanctuaire de Loxias, si horrible que je n'ai plus de force, que je ne tiens plus debout et que je cours en m'aidant de mes mains, ne pouvant plus compter sur l'agilité de mes jambes. Une vieille qui a peur n'est plus rien, ou plutôt c'est une enfant. J'allais vers le fond du sanctuaire garni d'offrandes, quand j'aperçois près de l'ombilic [9] un homme souillé d'un sacrilège, dans l'attitude d'un suppliant, avec des mains dégouttantes de sang, et une épée fraîchement tirée. Il tenait une haute branche d'olivier soigneusement entourée d'un gros peloton de laine, ou, pour dire le vrai mot, d'une vraie toison blanche. Devant cet homme, une troupe étrange de femmes dort assise sur des sièges. Que dis-je? des femmes, des Gorgones plutôt, et encore n'est-ce pas au type des Gorgones que je les comparerai. Je les ai vues naguère sur un tableau, enlevant le repas de Phinée [10]. Mais celles-ci n'ont pas d'ailes; elles sont noires et absolument dégoûtantes; elles ronflent en soufflant si fort qu'on n'ose les approcher; elles versent de leurs yeux un affreux liquide, et leur vêtement n'est pas de ceux qu'on peut porter devant les statues des dieux ni dans les maisons des hommes. Je n'ai jamais vu la race à laquelle appartient cette bande et je ne sais pas quel pays peut se vanter de la nourrir sans en être puni et sans regretter sa peine. Quant à ce qui va s'ensuivre, c'est à voir au maître de cette demeure, au puissant Loxias. Il sait guérir par ses oracles, expliquer les prodiges et même purifier les maisons d'autrui.

(Elle sort et le temple s'ouvre.)

APOLLON. — Non, je ne te trahirai pas. Jusqu'au bout je serai ton gardien, près de toi, loin de toi, et je ne serai pas tendre à tes ennemis. Tu vois déjà ces furieuses domptées. Elles sont tombées de sommeil, ces vierges abhorrées, vieilles filles d'un antique passé, que n'approchent jamais ni dieu, ni homme, ni bête. Elles ne sont nées que pour le mal, car elles habitent le séjour du mal, les ténèbres et le Tartare souterrain, détestées des hommes et des dieux de l'Olympe. Fuis pourtant et ne te relâche pas; car elles vont te relancer à travers un vaste continent, partout où tu porteras sur la terre tes pas errants, puis par-delà la mer et les villes enserrées par les flots, et ne te lasse pas de paître ainsi ta peine, avant d'avoir atteint la ville de Pallas. Là, agenouille-toi et prends dans tes bras la vieille statue. Nous trouverons alors, avec des juges et des paroles apaisantes, le moyen de te délivrer à jamais de tes souffrances. Car c'est moi qui t'ai décidé à tuer ta mère.

ORESTE. — Roi Apollon, tu sais ce que c'est d'être juste. Dès lors, apprends aussi à être vigilant. Ta force est une garantie de ta bienfaisance.

APOLLON. — Souviens-toi de mes paroles : que la crainte n'abatte pas ton âme. Et toi, mon frère, issu comme moi du sang de Zeus, Hermès, veille sur lui. Justifie ton nom de conducteur en guidant mon suppliant [11]. Zeus même pratique le respect des proscrits, qui vient guider heureusement les mortels.

L'OMBRE DE CLYTEMNESTRE. — Vous dormez, holà! hé! J'ai bien besoin de dormeuses! Moi que vous dédaignez ainsi entre les autres morts, je m'entends sans cesse reprocher, parmi les ombres, d'être une meurtrière, et j'erre là, honteuse. Je vous le répète, elles me font un grand crime de ce que j'ai fait, et, après l'indigne traitement que j'ai subi de la part des êtres les plus chers, aucun des dieux ne manifeste de colère en faveur d'une mère égorgée par des mains parricides. Regarde ces plaies avec les yeux de l'âme; car l'âme endormie a des yeux qui l'éclairent, tandis que, pendant le jour la vue des mortels reste courte. Pourtant vous avez souvent léché mes dons, mes libations sans vin, sobres breuvages calmants, et les augustes repas que je vous offrais la nuit à mon foyer allumé, à une heure que ne connaissent pas les autres dieux. Et tout cela, je le vois foulé aux pieds. Et lui est parti; il s'est échappé comme un faon, en bondissant légèrement hors de vos filets, et il vous a joliment bernées. Écoutez-moi : c'est de ma vie qu'il s'agit, reprenez vos sens, déesses souterraines; c'est moi, Clytemnestre, qui vous appelle en songe en ce moment.

(Grondement du chœur.)

CLYTEMNESTRE. — Vous pouvez gronder; en attendant, l'homme s'est sauvé et fuit au loin. C'est pour leurs amis, non pour moi qu'elles interviennent.

(Grondement du chœur.)

CLYTEMNESTRE. — Vraiment tu dors trop et tu n'as point pitié de ce que j'endure, et l'assassin de sa mère, Oreste, a disparu.

(Cri du chœur.)

Tu cries, tu dors, lève-toi vite. As-tu donc d'autre besogne que de faire souffrir ?

(Cri du chœur.)

CLYTEMNESTRE. — Le sommeil et la fatigue, conjurés invincibles, ont engourdi la colère du terrible dragon femelle.

(Double grognement aigu.)

LE CHŒUR. — Attrape, attrape, attrape, attrape! Attention!

CLYTEMNESTRE. — Tu poursuis la bête en songe et tu aboies comme un chien toujours tenace à sa tâche. Que fais-tu ? Lève-toi et ne te laisse pas vaincre par la fatigue. Ne méconnais pas ce qu'il t'en coûte pour t'être laissé amollir par le sommeil. Que ton cœur soit touché de mes justes reproches; les reproches sont l'aiguillon du sage. Pousse sur cet homme ton souffle sanglant, dessèche-le au feu de cette vapeur qui s'exhale de ton ventre, suis-le, épuise-le par une nouvelle poursuite.

(L'ombre disparaît.)

LE CORYPHÉE. — Éveille, éveille ta voisine, comme je t'éveille, moi. Tu dors ? debout, rejette le sommeil et voyons s'il y a quelque chose de vain dans ce prélude.

LE CHŒUR. — *Ah! grands dieux, ah! nous avons souffert, amies.*

— *Ah! oui, j'ai beaucoup souffert et pour rien, moi.*

— *Nous avons souffert une peine douloureuse, hélas! un mal insupportable.*

— *Elle s'est échappée des filets; elle est loin, la bête.*

— *Vaincue par le sommeil, j'ai perdu ma proie.*

— *Ah! fils de Zeus, tu es un larron.*

— *Dieu jeune, tu as foulé aux pieds d'antiques divinités.*

— *Tu honores ton suppliant, homme impie, cruel à ses parents.*

— *Tu es dieu, et tu nous as dérobé un parricide.*

— *Peut-on dire qu'il y a là quelque justice ?*

Il m'est venu en songe un reproche qui m'a frappé au cœur, au foie, comme l'aiguillon que le cocher saisit par le milieu. Je sens sous le fouet d'un bourreau féroce un douloureux, un très douloureux frisson me glacer le cœur.

C'est ainsi qu'agissent ces nouveaux dieux qui règnent sur le monde sans se soucier de la justice. On peut voir ce trône ruisselant de sang des pieds à la tête, le nombril de la terre, chargé de la terrifiante souillure du meurtre.

Le dieu prophète a admis au sein de son foyer cet objet impur qui le souille de son propre mouvement, sans en être prié. Il enfreint la loi des dieux pour honorer un mortel et il a déchiré l'antique partage.

Il a beau me mortifier, il ne délivrera pas cet homme. Fuirait-il sous la terre, il ne sera jamais délivré. Où qu'il aille porter ses supplications, il trouvera sur sa tête un autre vengeur.

APOLLON. — Hors d'ici, je l'ordonne; sortez vite de cette demeure; débarrassez le sanctuaire prophétique. Craignez d'être atteintes par le serpent aux ailes blanches lancé par l'arc d'or, qui, sous le coup de la douleur, vous ferait cracher de vos entrailles une noire écume et vomir les caillots de sang que vous avez tirés du meurtre. Ce n'est pas à vous à vous approcher de cette demeure. Votre place est là où la justice abat des têtes, où l'on arrache les yeux, où l'on égorge, où l'on détruit la liqueur séminale chez les enfants en fleur, où l'on tranche l'extrémité des membres, ou on lapide, où l'on hurle affreusement sous le pal enfoncé dans l'échine. Entendez-vous, monstres maudits des dieux, les fêtes qui font vos délices, et tout votre aspect s'accorde avec ces horreurs. La demeure qui convient à des monstres tels que vous, c'est l'antre du lion buveur de sang, et vous n'avez pas à vous frotter à ce temple fatidique pour lui imprimer votre souillure. Allez-vous-en paître sans berger; aucun des dieux ne saurait s'intéresser à un pareil troupeau.

LE CORYPHÉE. — Roi Apollon, à ton tour, entends-moi. Tu es toi-même, je ne dirai pas le complice, mais l'unique auteur, entièrement responsable du crime commis.

APOLLON. — Comment cela? Réponds et borne là ton discours.

LE CORYPHÉE. — C'est ton oracle qui a commandé à ton hôte de tuer sa mère.

APOLLON. — Je lui ai commandé d'aller venger son père. Et après ?

LE CORYPHÉE. — Puis tu lui as promis de l'accueillir aussitôt après le sang versé.

APOLLON. — Oui, je lui ai recommandé de chercher un refuge en cette demeure.

LE CORYPHÉE. — Pourquoi donc nous injuries-tu, nous qui l'accompagnons ?

APOLLON. — C'est que vous n'êtes pas faites pour entrer dans ma demeure.

LE CORYPHÉE. — Je ne fais que remplir la tâche qui m'a été assignée.

APOLLON. — Quelle est cette honorable fonction? Vante-nous ce beau privilège.

LE CORYPHÉE. — Nous chassons les parricides de leur maison.

APOLLON. — Que faites-vous donc à la femme qui a tué son mari ?

LE CORYPHÉE. — Ce n'est pas un être de son sang qu'elle a tué.

APOLLON. — Tu méprises donc bien fort, tu comptes pour rien les serments garantis par Zeus et par Hèra qui conclut les mariages. Ton argument rejette dédaigneusement Cypris, qui dispense aux mortels leurs joies les plus douces. Car la couche où le destin unit l'homme et la femme et sur laquelle veille la Justice est plus vénérable qu'un serment. Si ton zèle contre les époux qui se tuent l'un l'autre se relâche au point que tu n'en prends aucun souci et que tu ne les poursuis pas de ta colère, je déclare que tu es injuste en bannissant Oreste. Je vois qu'il y a des crimes qui te préoccupent violemment et d'autres pour lesquels ton zèle se ralentit manifestement. Mais la déesse Pallas se chargera de trancher la cause.

LE CORYPHÉE. — Pour cet homme-là, ne crois pas que je le laisse jamais tranquille.

APOLLON. — Poursuis-le donc et ajoute encore à tes fatigues.

LE CORYPHÉE. — Ne cherche point, toi, par tes discours, à réduire mes honneurs.

APOLLON. — Tu me les donnerais, tes honneurs, que je n'en voudrais pas.

LE CORYPHÉE. — C'est que tu es, dit-on, assez puissant, assis près du trône de Zeus. Mais moi, le sang d'une mère me pousse. Je poursuivrai ma vengeance sur cet homme et je le pourchasserai.

APOLLON. — Et moi, je lui porterai secours et je sauverai mon suppliant. Car c'est une chose terrible chez les hommes et chez les dieux que le courroux d'un suppliant qu'on a trahi volontairement.

(La scène change. On voit Oreste embrassant la statue d'Athèna, à l'acropole d'Athènes.)

ORESTE. — Reine Athèna, c'est sur l'ordre de Loxias que je suis venu. Reçois avec bienveillance le maudit que tu vois. Je ne suis plus un suppliant aux mains impures : ma souillure est maintenant émoussée; elle s'est usée au contact des hommes qui m'ont reçu dans leurs maisons ou rencontré sur les routes, tandis que je traversais soit la terre, soit la mer, pour observer les ordres de l'oracle de Loxias, et je viens en ta demeure, et j'embrasse ta statue, déesse, et je reste ici, en attendant l'arrêt de la justice.

LE CORYPHÉE. — Bien : voici un indice manifeste de notre homme. Suis les avertissements de ce dénonciateur muet. Nous suivons la piste des gouttes de sang, comme un chien suit le faon blessé. Mais la fatigue m'excède et fait haleter ma poitrine; car j'ai parcouru toute la terre et j'ai volé sans ailes par-dessus la mer à sa poursuite et je suis arrivée aussi vite que son navire. Cette fois, il est ici, tapi quelque part. L'odeur du sang humain me rit.

LE CHŒUR. — *Prends garde, prends bien garde, regarde partout; qu'il ne fuie pas inaperçu, impuni, le meurtrier de sa mère.*

— *Il a encore trouvé une défense : enlacé à la statue d'une déesse immortelle, il demande que l'acte de son bras soit jugé.*

— *Demande irrecevable! le sang maternel une fois à terre n'est pas, hélas! facile à ramener; le liquide répandu sur le sol disparaît à jamais.*

— *Il faut qu'en échange je puise en ton corps vivant la rouge offrande de ton sang et que je me rassasie sur toi d'une boisson amère.*

— *Et quand je t'aurai séché tout vivant, je t'entraînerai sous la terre, pour que tu subisses les supplices dus à ton parricide.*

— *Tu verras là tous les mortels impies qui ont offensé ou un dieu, ou un hôte, ou leurs père et mère, chacun soumis à la peine qu'il a méritée.*

— *Hadès est un grand juge auquel les mortels doivent rendre leurs comptes sous la terre : il voit tout et inscrit tout dans sa mémoire.*

ORESTE. — Instruit dans le malheur, je sais plus d'un moyen pour se purifier et je sais parler et me taire aussi là où il le faut. A présent, j'ai reçu d'un maître sage l'ordre d'élever la voix. Le sang sur ma main somnole et s'efface, et la souillure du meurtre de ma mère est lavée. Lorsqu'elle était fraîche encore, je l'ai chassée, en immolant au foyer de Phoibos un pourceau purificateur. Il serait trop long de rapporter dès le début tous ceux que j'ai approchés sans que mon contact leur ait été dommageable. Le temps, en vieillissant, anéantit avec lui toutes choses. Aujourd'hui ma bouche est pure et je puis heureusement invoquer la reine de ce pays, Athèna, pour qu'elle vienne à mon secours. Elle gagnera sans combat et moi-même et mon pays et le peuple d'Argos [12], qui lui sera, comme il est juste, un allié fidèle à tout jamais. Mais, soit qu'aux champs de la Libye, sur les bords du fleuve Triton [13], qui l'a vue naître, elle se porte, debout dans la longue robe qui lui voile les pieds, au secours de ceux qu'elle aime; soit qu'elle inspecte, comme un hardi chef de guerre, la plaine de Phlégra [14], qu'elle vienne, car elle entend même de loin, puisqu'elle est déesse, et qu'elle me délivre de celles-ci.

LE CORYPHÉE. — Non, ni Apollon ni la force d'Athèna ne pourront te sauver, ni t'empêcher d'aller à la malheure, abandonné de tous, étranger à la joie, ombre vide de sang, pâture des déesses. Tu ne daignes pas répondre, tu recraches mes paroles, toi, victime nourrie et consacrée à moi! Et c'est tout vivant, sans être égorgé sur un autel, que tu serviras à mon festin. Tu vas entendre l'hymne qui t'enchaîne.

Allons, formons aussi une ronde, puisque nous avons décidé de faire entendre un chant d'horreur et de dire comment notre troupe répartit leurs lots aux mortels.

Nous sommes sûres d'être de parfaites justicières. Quand un homme porte des mains pures, il n'a pas à craindre que notre courroux marche contre lui, et il traverse la vie sans dommage.

Mais quand un criminel tel que celui-ci cache ses mains ensanglantées, témoins véridiques, nous allons au secours des morts et nous paraissons pour exiger impitoyablement de lui le prix du sang.

O ma mère, ô Nuit ma mère, qui m'as enfantée pour châtier ceux qui ne voient plus comme ceux qui voient, entends-moi. Le fils de Lètô veut abolir mes honneurs, en m'arrachant ce lièvre, victime seule capable d'expier le meurtre d'une mère.

Chantons sur notre victime le chant qui affole, qui égare, qui fait perdre l'esprit, l'hymne des Érinyes, qui enchaîne les âmes, hymne sans lyre, qui dessèche les mortels.

Le lot que la Parque inflexible m'a filé d'une trame solide, c'est de poursuivre ceux des mortels que leur folie a précipités dans le crime, jusqu'à ce qu'ils descendent sous terre ; et, même après leur mort, ils ne sont guère libres.

Chantons sur notre victime le chant qui affole, qui égare, qui fait perdre l'esprit, l'hymne des Érinyes, qui enchaîne les âmes, hymne sans lyre, qui dessèche les mortels.

Le lot qui nous a été assigné à notre naissance nous interdit d'approcher des immortels, et nul d'entre eux non plus ne prend part à nos banquets. Mais les voiles blancs ont été exclus de mon partage et me sont interdits.

Je me suis chargée de la destruction des maisons au foyer desquelles Arès a tué un parent. Oh! alors nous le poursuivons, et, si fort qu'il soit, nous l'anéantissons dès qu'il a versé le sang.

Nous nous empressons, nous, d'ôter à d'autres de tels soucis et, en nous en chargeant, d'en exempter les dieux et de leur épargner les enquêtes. Zeus n'a pas jugé digne de son audience cette engeance odieuse qui dégoutte de sang.

<Je me suis chargée de la destruction des maisons au foyer desquelles Arès a tué un parent. Oh! alors nous le poursuivons, et, si fort qu'il soit, nous l'anéantissons dès qu'il a versé le sang.>

Si auguste sous le ciel que soit la gloire des hommes, elle se fond en tombant sur la terre et se perd sans honneur sous l'assaut de nos voiles noirs et les pas jaloux de nos danses.

Je m'élance vers le ciel d'un bond vigoureux, et je laisse la pointe de mon pied retomber lourdement sur ceux qui s'enfuient d'une course vacillante pour échapper à un insupportable malheur.

Et quand le coupable tombe, il ne s'en doute pas, dans le délire qui le perd, tant est profonde la nuit que sa souillure épand sur lui! et les hommes disent en gémissant qu'une sombre nuée s'est abattue sur sa maison.

<Je m'élance vers le ciel d'un bond vigoureux, et je laisse la pointe de mon pied retomber lourdement sur ceux qui s'enfuient d'une course vacillante pour échapper à un insupportable malheur.>

Notre lot est immuable : nous menons nos desseins à terme avec adresse; nous gardons le souvenir des crimes; nous sommes les Vénérables, inexorables aux mortels, attachées à une tâche sans honneur et sans éclat, fixées loin des dieux dans un séjour sans soleil, sur des rocs impraticables aux mortels comme aux vivants.

Quel mortel ne se sent pas saisi de respect et de crainte, quand il entend la loi que m'a fixée le destin et qu'ont ratifiée les dieux ? Je garde mon antique privilège et je ne reste pas sans honneurs, bien que j'aie ma place sous terre, dans des ténèbres fermées au soleil.

ATHÈNA. — J'ai entendu de loin une voix qui m'appelait des bords du Scamandre, où je prenais possession du pays que les chefs et les princes des Achéens m'ont assigné sur leur butin de guerre, lot considérable dont le fonds m'appartient pour toujours; c'est un présent qu'ils ont choisi pour les enfants de Thésée [15]. C'est de là que je suis venue d'une course infatigable, agitant au lieu d'ailes ma creuse égide, comme un char attelé de vigoureux poulains. Mais j'aperçois ici une troupe inconnue, qui, sans m'inspirer de crainte, éveille pourtant ma curiosité. Qui donc êtes-vous? C'est à vous tous que je m'adresse, et à cet étranger assis près de ma statue, et à vous qui ne ressemblez à aucune race humaine, que les dieux ne voient point parmi les déesses et dont l'aspect diffère de celui des mortels. Mais insulter les gens, quand on n'a pas de reproches à leur faire, cela n'est ni juste ni permis.

LE CORYPHÉE. — Tu seras renseignée en peu de mots, fille de Zeus. Nous sommes les tristes enfants de la Nuit, et dans les demeures souterraines on nous appelle les Imprécations.

ATHÈNA. — Je connais votre race et le nom qu'on vous donne.

LE CORYPHÉE. — Quant à mes honneurs, tu vas les apprendre tout de suite.

ATHÈNA. — Oui, si l'on m'en donne une claire explication.

LE CORYPHÉE. — Nous chassons de leurs maisons les homicides.

ATHÈNA. — Et pour le meurtrier, quel est le terme de sa fuite?

LE CORYPHÉE. — Au lieu où la joie est à jamais inconnue.

ATHÈNA. — Est-ce là la fuite où tes cris condamnent cet homme-ci?

LE CORYPHÉE. — Oui; car il a osé égorger sa mère.

ATHÈNA. — L'a-t-il fait par contrainte ou pour éviter la colère de quelqu'un?

LE CORYPHÉE. — Quel aiguillon peut contraindre à tuer une mère?

ATHÈNA. — Des deux parties présentes je n'en ai entendu qu'une.

LE CORYPHÉE. — Mais il ne veut ni accepter ni prêter de serment.

ATHÈNA. — Tu veux passer pour juste plutôt qu'agir avec justice.

LE CORYPHÉE. — Comment cela? enseigne-le-moi; car tu n'es pas pauvre de sagesse.

ATHÈNA. — Je veux dire que les serments ne font pas triompher l'injustice.

LE CORYPHÉE. — Eh bien, fais ton enquête et prononce un arrêt juste.

ATHÈNA. — Est-ce que vous me remettez aussi le prononcé du jugement?

LE CORYPHÉE. — Sans doute, car tu en es digne et nous te révérons comme tu le mérites.

ATHÈNA. — A ton tour, étranger, qu'as-tu à répondre à ces accusations? Dis-moi ton pays, ta race, tes malheurs; tu répondras ensuite au reproche qu'on te fait. Si vraiment c'est ta confiance en la justice qui t'a conduit à t'asseoir ici en embrassant ma statue près de mon foyer, suppliant vénérable comme Ixion [16], réponds clairement à toutes ces questions.

ORESTE. — Souveraine Athèna, je veux d'abord t'ôter le grave souci que trahissent tes derniers mots. Je ne suis pas un être impur et je n'avais pas de souillure sur la main, en m'asseyant près de ta statue. Je vais t'en donner une preuve convaincante. La loi veut que l'homme souillé reste muet jusqu'au jour où on le purifie en faisant couler sur lui le sang d'une jeune bête immolée. Il y a longtemps déjà que ma souillure a disparu au contact d'autres maisons et sur les chemins de terre et de mer.

Voilà, je le répète, un souci qui se trouve écarté. Quant à ma race, tu vas la connaître tout de suite. Je suis Argien et tu connais fort bien mon père, Agamemnon, le chef de l'armée navale des Grecs, avec lequel tu as détruit de fond en comble la ville de Troie. Il a péri sans gloire, ce roi, à son retour dans sa maison et c'est ma mère aux noirs desseins qui l'a tué, en l'enveloppant d'un filet brodé, qui témoignait du meurtre accompli dans le bain. Et moi, à mon retour, car j'étais exilé auparavant, j'ai tué ma mère, je ne le nierai pas, pour la punir d'avoir tué mon père bien-aimé. Mais la responsabilité de ce meurtre, Loxias la partage avec moi; car il me prédisait des douleurs qui perceraient mon cœur comme un aiguillon si je n'infligeais pas leur châtiment aux coupables. C'est à toi de juger si j'ai bien ou mal fait. Quoi que tu en décides, je m'y soumets entièrement.

ATHÈNA. — Si l'on tient cette affaire trop importante pour que des mortels en décident, il ne m'est pas permis non plus à moi de prononcer sur un meurtre qui excite d'âpres colères, alors surtout qu'en dépit de ton crime tu t'es présenté en suppliant entièrement purifié et sans nuire à ma demeure, et qu'à mes yeux tu es aussi sans reproche à l'égard de ma ville. D'un autre côté, celles-ci sont chargées d'une tâche qu'il n'est pas facile de leur retirer, et, si elles n'ont pas gain de cause en cette affaire, plus tard le venin de leur cœur, tombant sur le sol de ce pays, sera pour lui un triste, un intolérable fléau. Voilà où j'en suis : que je les accueille ou que je les repousse, dans un cas comme dans l'autre, je ne saurais échapper à de pénibles conséquences. Mais puisque l'affaire en est à ce point, je vais choisir des juges du meurtre que je lierai par serment, et former un tribunal destiné à durer toujours. Et vous, faites appel aux témoignages, aux preuves qui, sous la foi du serment, aideront à la justice. Quand j'aurai choisi les meilleurs de mes citoyens, je reviendrai avec eux pour qu'ils tranchent cette affaire en connaissance de cause, sans manquer à leur serment ni à la justice.

LE CHŒUR. — *Des lois nouvelles vont maintenant renverser les anciennes, si la cause et le crime de ce parricide doivent triompher. Ce résultat va disposer tous les mortels à commettre aisément le crime. On verra plus tard avec le temps que les parents doivent s'attendre à maintes blessures meurtrières de la main de leurs enfants.*

Car la colère des Érinyes qui surveillent les mortels ne poursuivra plus ces crimes : je laisserai commettre tous les assassinats, et les hommes se demanderont les uns aux autres, en citant les malheurs de leurs voisins, comment faire cesser ou diminuer ces misères, et ils chercheront en vain, les malheureux, un réconfort dans des remèdes peu sûrs.

Que personne ne m'appelle quand il sera frappé par le malheur et ne crie : « O Justice, ô trônes des Érinyes! » C'est ainsi peut-être que se lamenteront un père et une mère après leur malheur, quand la demeure de la Justice s'écroulera.

Il y a des cas où la crainte est salutaire et où elle doit rester à demeure pour surveiller les cœurs. Il est bon d'apprendre la sagesse sous la férule de la douleur. Qui donc, homme ou cité également, s'il n'a dans ce monde aucune crainte au cœur, pourrait encore vénérer la justice?

Ne consens à vivre ni dans l'anarchie ni sous le despotisme. En tout, c'est à la mesure que les dieux ont octroyé la force, tandis que pour le reste ils y veillent tantôt d'une façon, tantôt de l'autre. Je ne m'écarterai pas de la vérité en disant que la violence est véritablement fille de l'impiété et que le bonheur que les hommes désirent et souhaitent de tous leurs vœux vient de la santé de l'esprit.

Avant tout, je te recommande de respecter l'autel de la Justice : ne va pas, séduit par l'appât du gain, le renverser dédaigneusement d'un pied impie; le châtiment suivrait, issue inévitable. En conséquence, honore pieusement tes parents et respecte les hôtes qui descendent dans ta maison.

Celui qui de lui-même, sans y être contraint, pratique la justice ne sera pas sans bonheur, et il ne périra pas tout entier. Mais le criminel audacieux qui traîne avec lui une cargaison de trésors amassés pêle-mêle en dépit de la justice, celui-là, je l'affirme, sera forcé un jour d'amener sa voile, lorsque l'antenne cassée le jettera dans la détresse.

Il appelle sans être entendu du milieu du terrible tourbillon; et le Ciel rit de l'homme téméraire en proie sans s'y attendre à d'inextricables malheurs et impuissant à surmonter le flot. Il heurte contre l'écueil de la justice le bonheur dont il a joui dans sa vie antérieure et il périt et disparaît sans être pleuré.

ATHÈNA. — Héraut, fais ton office, contiens la foule, et que la trompette de Tyrrhénie [17], remplie d'un souffle humain, résonne jusqu'au ciel et frappe de sa voix aiguë les oreilles du peuple. Tandis que le tribunal se remplit, il convient de faire silence pour que toute la ville entende les lois que je viens d'établir pour toujours et que ces juges prononcent un juste arrêt.

LE CORYPHÉE. — Sire Apollon, contente-toi de tes propres affaires. Qu'as-tu, dis-moi, à démêler dans celle-ci ?

APOLLON. — Je viens à la fois comme témoin, car, d'après la loi, cet homme est mon suppliant et l'hôte de mon foyer, et c'est moi qui l'ai purifié de son crime, et comme son défenseur, car je suis responsable du meurtre qu'il a commis sur sa mère. Mais toi, ouvre le débat et tranche le procès suivant ta sagesse.

ATHÈNA. — Vous avez la parole et j'ouvre le débat. C'est le demandeur, vu qu'il parle le premier, qui doit nous instruire des faits.

LE CORYPHÉE. — Nous sommes nombreuses, mais nous parlerons brièvement. Réponds successivement mot pour mot à mes questions.

Dis-nous d'abord si tu as tué ta mère.

ORESTE. — Je l'ai tuée; cela, je ne saurais le nier.

LE CORYPHÉE. — Te voilà déjà battu une fois sur trois [18].

ORESTE. — Je ne suis pas encore à terre, pour que tu te vantes de la sorte.

LE CORYPHÉE. — Il faut pourtant que tu dises comment tu l'as tuée.

ORESTE. — Voici : j'ai tiré l'épée et lui ai tranché le cou.

LE CORYPHÉE. — Qui t'y avait poussé? Qui t'y avait résolu ?

ORESTE. — Les oracles de ce dieu ; il est là pour l'attester.

LE CORYPHÉE. — C'est le dieu prophète qui t'a engagé à tuer ta mère ?

ORESTE. — Et jusqu'ici je n'ai pas à me reprocher ce qui est arrivé.

LE CORYPHÉE. — Eh bien, si le vote te condamne, tu parleras peut-être autrement.

ORESTE. — J'ai confiance que mon père m'enverra du secours du fond de sa tombe.

LE CORYPHÉE. — Aie donc confiance dans les morts, toi qui as tué ta mère.

ORESTE. — Elle était marquée de deux souillures.

LE CORYPHÉE. — Comment cela? Apprends-le aux juges.

ORESTE. — En tuant son mari, elle a tué mon père.

LE CORYPHÉE. — Mais tu vis, toi, et elle est quitte du meurtre.

ORESTE. — Mais pourquoi ne l'as-tu pas poursuivie, tandis qu'elle était en vie?

LE CORYPHÉE. — Elle n'était pas du même sang que l'homme qu'elle a tué.

ORESTE. — Et moi, suis-je du même sang que ma mère ?

LE CORYPHÉE. — Comment donc t'a-t-elle nourri sous sa ceinture, scélérat ? Renies-tu le sang si cher d'une mère ?

ORESTE. — A toi maintenant de témoigner. Montre-moi, Apollon, si je l'ai tuée justement ; car pour le fait lui-même, je ne le nie pas. Mais, à ton jugement, est-ce avec justice ou non que j'ai versé ce sang ? Prononce, pour que je l'explique à mes juges.

APOLLON. — Je vais vous le dire à vous, auguste tribunal d'Athèna : c'est avec justice. Prophète, je ne saurais mentir. Je n'ai jamais rien dit sur mon trône fatidique, soit sur un homme, soit sur une femme, soit sur une ville, qui ne fût un ordre de Zeus, père des Olympiens. De quel poids est cette justification, je vous engage à y réfléchir et à suivre la volonté de mon père, car aucun serment ne prévaut contre Zeus.

LE CORYPHÉE. — D'après ce que tu dis, c'est de Zeus que vient l'oracle qui a commandé à Oreste de venger le meurtre de son père sans avoir aucun égard pour sa mère.

APOLLON. — C'est qu'en effet ce n'est pas la même chose de tuer un noble héros, honoré du sceptre par une faveur de Zeus, et cela par la main d'une femme qui n'a pas lancé de loin, comme l'Amazone, de traits impétueux, mais qui a tué comme vous allez l'apprendre, Pallas et vous qui siégez ici pour trancher cette affaire par votre vote. Comme il revenait de l'expédition, après avoir remporté une foule de succès, elle l'accueillit avec de joyeuses <paroles, le conduisit au bain et, au moment où il était sur le point de sortir [19] de la baignoire>, elle déploya sur lui une toile et le frappa ainsi emprisonné dans le voile brodé qui était sans issue. Telle fut la fin de ce héros vénérable entre tous, de celui qui commandait l'armée navale. Si je vous l'ai racontée, c'est pour soulever le cœur du tribunal chargé de trancher ce procès.

LE CORYPHÉE. — S'il faut t'en croire, c'est du meurtre d'un père que Zeus fait le plus de cas ; mais lui-même enchaîna son vieux père, Cronos. Sa conduite n'est-elle pas en contradiction avec ce que tu soutiens ? Vous, écoutez cela, je vous prie, pour que vous puissiez en témoigner.

APOLLON. — O monstres détestés de tout le monde, en horreur aux dieux, Zeus peut délier des entraves ; c'est un mal auquel on peut remédier, et il y a bien des moyens de s'en dégager. Mais quand la poussière a bu le sang d'un homme, une fois qu'il est mort, il n'y a pas pour lui de résurrection. Mon père n'a point créé d'incantations pour cela, lui qui peut bouleverser le monde, sans s'essouffler à la peine.

LE CORYPHÉE. — Vois donc comment tu défends cet homme du crime dont il est accusé. Il a répandu sur le sol le sang de sa mère, le sang dont il est issu, et il habiterait à Argos dans la maison paternelle ! A quels autels publics pourrait-il sacrifier ? Quelle phratrie [20] l'admettrait à ses lustrations ?

APOLLON. — Je vais répondre encore à tes questions : vois si je raisonne juste. Ce n'est pas la mère qui engendre celui qu'on nomme son enfant : elle n'est que la nourrice du germe qu'elle a conçu. Celui qui engendre, c'est le mâle ; elle, comme une étrangère, conserve la jeune pousse, quand un dieu n'y porte pas atteinte. Et je vais te donner une preuve de ce que j'avance : c'est qu'on peut devenir père sans l'aide d'une mère, témoin la déesse ici présente, la fille de Zeus Olympien, qui n'a pas été nourrie dans les ténèbres d'un sein maternel, et c'est pourtant un rejeton tel qu'aucune déesse n'en saurait enfanter. Pour moi, Pallas, je veux par ailleurs travailler, comme je sais le faire, à la grandeur de ta ville et de ton peuple, et j'ai envoyé cet homme au foyer de ta demeure, pour qu'il te soit à jamais fidèle et que tu trouves, déesse, des alliés dans lui-même et dans ses fils, et que cette alliance reste toujours chère aux fils de ses fils.

ATHÈNA. — Puis-je à présent prier ces juges d'apporter suivant leur conscience un suffrage équitable, la cause ayant été suffisamment débattue ?

LE CORYPHÉE. — J'ai maintenant lancé toutes mes flèches. Mais j'attends pour entendre comment sera tranché le débat.

ATHÈNA *(à Apollon et à Oreste)*. — Et vous, que dois-je faire pour ne pas encourir vos reproches ?

APOLLON. — Vous avez entendu ce que vous avez entendu. Maintenant, étrangers, gardez, dans votre cœur, en apportant vos suffrages, le respect de votre serment.

ATHÈNA. — Écoutez maintenant la loi que je fonde, citoyens de l'Attique, qui avez à juger les premiers procès à propos du sang versé. Ce conseil de juges subsistera toujours dans l'avenir chez le peuple d'Égée. Il siégera sur cette colline d'Arès, où les Amazones [21] s'établirent et plantèrent leurs tentes, lorsqu'en haine de Thésée elles apportèrent ici la guerre et qu'en face de l'acropole elles élevèrent les tours d'une nouvelle ville et sacrifièrent à Arès, d'où vint à ce rocher le nom d'Aréopage. Sur cette colline, le Respect et la Crainte, sa sœur, empêcheront les citoyens, la nuit comme le jour, de commettre des crimes, pourvu qu'ils n'altèrent point leurs lois. Si l'on souille une source limpide d'afflux impurs et de boue, on n'y trouvera plus de quoi boire. Ni anarchie ni despotisme, telle est la maxime que je conseille aux citoyens de pratiquer et de vénérer, et aussi de ne point bannir toute crainte de la ville; car quel mortel reste juste s'il ne redoute rien? Si vous révérez, comme vous le devez, ce pouvoir auguste, vous aurez là pour protéger votre pays et votre ville un rempart tel qu'il n'en est pas au monde, ni chez les Scythes ni sur le sol de Pélops. Incorruptible, vénérable, impitoyable, sentinelle éveillée pour garder la cité endormie, tel sera le tribunal que j'institue [22]. Si j'ai longuement développé mes conseils, c'est dans l'intérêt à venir des habitants de ma ville. Maintenant il faut vous lever, porter votre suffrage et trancher le procès, en respectant votre serment. J'ai dit.

LE CORYPHÉE. — Je vous conseille de ne pas nous mépriser; car ce pays sentirait le poids de notre colère.

APOLLON. — Et moi, je vous dis de respecter mes oracles, qui sont ceux de Zeus, et de ne pas les rendre stériles.

LE CORYPHÉE. — Tu t'ingères d'affaires de sang : ce n'est point là ton lot. Les oracles que tu dispenses en seront souillés.

APOLLON. — Mon père s'est donc aussi trompé dans ses desseins, quand Ixion, le premier meurtrier, vint à lui en suppliant?

LE CORYPHÉE. — C'est toi qui le dis; mais moi, si je perds ma cause, en retour, je ferai sentir lourdement ma présence à ce pays.

APOLLON. — Mais ni chez les nouveaux dieux, ni chez les anciens, on ne tient compte de toi; c'est moi qui l'emporterai.

LE CORYPHÉE. — C'est ce que tu as déjà fait dans le palais de Phérès [23], en persuadant aux Parques de rendre immortels des humains.

APOLLON. — N'est-il pas juste d'obliger qui vous honore, surtout lorsqu'il en a besoin?

LE CORYPHÉE. — C'est toi qui as déchiré l'antique partage, en usant du vin pour tromper d'antiques déesses.

APOLLON. — C'est toi qui bientôt, ayant perdu ta cause, vomiras sur tes ennemis un venin sans effet.

Le Coryphée. — Dieu nouveau, tu foules aux pieds la vieille déesse que je suis. Eh! bien, j'attends d'ouïr l'arrêt; jusque-là je suspens mon courroux contre la ville.

Athèna. — C'est à moi qu'il appartient de prononcer la dernière. J'ajouterai mon suffrage à ceux qui sont pour Oreste. Je n'ai pas de mère à qui je doive la vie. Je suis en tout et de tout cœur pour le mâle, jusqu'à l'hymen exclusivement, et je suis indubitablement du côté du père. Aussi je ne vengerai point par préférence la mort d'une femme qui a tué l'homme qui surveillait sa maison. La victoire restera à Oreste, même si les suffrages sont égaux. Faites vite tomber les suffrages des urnes, vous, les juges qu'on a chargés de cet office.

Oreste. — O Phoibos Apollon, comment le débat va-t-il être tranché?

Le Coryphée. — O sombre Nuit, ma mère, vois-tu ce qui se passe?

Oreste. — Finirai-je par me pendre, ou verrai-je encore la lumière?

Le Coryphée. — Et moi, par disparaître, ou garderai-je encore mes honneurs?

Apollon. — Comptez bien les suffrages qui tombent, étrangers, et gardez-vous de frauder en les répartissant. Un suffrage de moins produit un grand malheur; un suffrage de plus relève une maison renversée.

Athèna. — Cet homme est absous de l'accusation de meurtre; le nombre des voix est égal des deux côtés.

Oreste. — O Pallas, tu as sauvé ma maison et tu m'as rétabli dans la terre de mes pères, dont j'étais privé. Et l'on dira dans la Grèce : « Cet homme est redevenu Argien et il est rentré dans les biens de son père grâce à Pallas et à Loxias et en troisième lieu au dieu Sauveur par qui tout s'achève. C'est lui qui, prenant en pitié le sort de mon père et voyant celles-ci plaider pour ma mère, m'a sauvé de leurs mains ». Et moi, au moment de rentrer dans ma demeure, je jure à ce pays et à ton peuple que désormais dans les siècles à venir, jamais roi placé au gouvernail d'Argos n'attaquera cette contrée avec une armée organisée [24]. Moi-même, du fond de la tombe où je serai alors, je susciterai à ceux qui violeront les serments que je fais à présent d'insurmontables revers, je découragerai leur marche et sèmerai des présages funestes sur leur passage, pour les faire repentir de leur entreprise. Si au contraire ils maintiennent mes serments et s'ils honorent cette ville de Pallas en gardant son alliance, à ceux-là, moi, je réserve ma bienveillance. Maintenant adieu, Pallas, adieu, peuple d'Athènes; puisses-tu accabler tes ennemis de coups inévitables, sauver ta ville et sortir vainqueur de la lutte!

LE CHŒUR. — *Ah! jeunes dieux, vous avez foulé aux pieds d'antiques lois que vous m'avez arrachées des mains. Mais moi, que vous déshonorez ainsi, malheureuse, je ferai, ah! je ferai peser mon courroux sur ce pays, et je me vengerai en répandant de mon cœur sur la terre un venin, un venin stérilisant. Il en sortira une lèpre mortelle à la feuille, mortelle à l'enfant, qui, s'abattant sur le sol, ô Justice, imprimera sur la terre des taches fatales aux mortels. Je gémis; que faire ? Dois-je devenir un objet de risée insupportable aux citoyens ? Ah! elles ont, hélas, subi un terrible affront les malheureuses filles de la nuit et sont tristement humiliées.*

ATHÈNA. — Écoutez-moi, ne vous affligez pas si profondément. Vous n'êtes pas vaincues; c'est, en vérité, l'égalité des suffrages sortis de l'urne qui a déterminé cet arrêt, et non l'envie de vous humilier. Il y avait là d'éclatants témoignages de la volonté de Zeus; c'était l'auteur même de l'oracle qui attestait lui-même qu'Oreste, en y obéissant, n'encourait aucun châtiment. Vous vomirez, dites-vous, sur ce pays un pesant courroux. Réfléchissez : ne vous irritez pas; ne rendez pas la terre stérile en laissant dégoutter de vos bouches infernales une écume sauvage qui dévore les germes. Moi, je vous promets absolument que vous aurez ici un séjour et une retraite à laquelle vous avez droit et qu'établies sur un foyer luisant d'huile vous serez honorées par ces citoyens.

LE CHŒUR. — *Ah! jeunes dieux, vous avez foulé aux pieds d'antiques lois, que vous m'avez arrachées des mains. Mais moi, que vous déshonorez ainsi, malheureuse, je ferai, ah! je ferai peser mon courroux sur ce pays, et je me vengerai en répandant de mon cœur sur la terre un venin, un venin stérilisant. Il en sortira une lèpre mortelle à la feuille, mortelle à l'enfant, qui, s'abattant sur le sol, ô Justice, imprimera sur la terre des taches fatales aux mortels. Je gémis. Que faire ? Dois-je devenir un objet de risée, insupportable aux citoyens ? Ah! elles ont, hélas! subi un terrible affront, les malheureuses filles de la Nuit et sont tristement humiliées.*

ATHÈNA. — Vous n'êtes pas humiliées. N'allez donc pas, par une colère excessive, vous déesses, rendre la culture de la terre impossible aux mortels. Moi aussi, je m'assure en Zeus, et, faut-il le dire? seule entre les dieux, je sais où est la clé de la chambre où la foudre est scellée; mais il n'est pas ici besoin de la foudre. Cède à mes conseils; ne lance pas sur la terre de folles imprécations pour empêcher tous les fruits de prospérer. Calme le flot noir de ton amer courroux; dis-toi que tu seras profondément vénérée et que tu habiteras avec moi. Tu auras dans ce vaste pays les prémices de la terre, qu'on t'offrira toujours au jour de l'enfantement et du mariage, et tu loueras mon conseil.

LE CHŒUR. — *Moi, souffrir cette humiliation! Ah! moi, avec mon âme antique, habiter ce pays en être, hélas! impur et méprisé! Non, je ne respire que la colère et le ressentiment. Ah! terre, hélas! quelle douleur pénètre mes flancs, quelle douleur me perce le cœur! Entends-moi, ô Nuit ma mère. Des dieux aux ruses inéluctables m'ont ravi mes antiques honneurs et m'ont réduite à rien.*

ATHÈNA. — Je te passe ta colère; tu es plus vieille que moi, et tu es sans aucun doute plus sage que moi, bien que Zeus m'ait accordé à moi aussi assez de discernement. Mais si vous allez, vous, dans un autre pays, vous regretterez celui-ci. Je vous prédis une chose, c'est que le cours du temps accroîtra la gloire de cette ville et que, si tu as un siège honoré près du temple d'Érechtée, tu verras des cortèges d'hommes et de femmes t'offrir ce que tu n'obtiendrais jamais d'autres mortels. Mais toi, ne lance pas dans les lieux qui me sont chers ces sanglants aiguillons qui ravagent les entrailles des jeunes gens, les enivrent sans vin de rages furieuses. Ne fais pas, comme on fait pour les coqs, bouillir la colère au cœur de mes citoyens, et ne leur souffle point ces discordes intestines qui les enhardissent les uns contre les autres. Passe pour la guerre étrangère, toujours à portée de ceux qu'anime un violent amour de la renommée; mais foin des combats entre les oiseaux de la volière! Voilà ce qu'il t'est loisible de recevoir de moi : bienfaisante, bien traitée, bien honorée, tu partageras avec moi ce séjour aimé des dieux.

LE CHŒUR. — *Moi, souffrir cette humiliation! Ah! moi, avec mon âme antique, habiter ce pays en être, hélas! impur et méprisé! Non, je ne respire que colère et ressentiment. Ah! terre, hélas! quelle douleur pénètre mes flancs, quelle douleur me perce le cœur! Entends-moi, ô Nuit, ma mère.*

Des dieux aux ruses inéluctables m'ont ravi mes antiques honneurs et m'ont réduite à rien.

ATHÈNA. — Non, je ne me lasserai pas de te conseiller pour ton bien. Je ne veux pas que tu puisses jamais prétendre qu'une vieille déesse comme toi tu as été bannie par moi, qui suis plus jeune que toi, et par les mortels qui habitent ma ville, et que nous t'avons chassée ignominieusement de ce pays. Si tu respectes la vénérable Persuasion, si mes paroles peuvent adoucir et charmer ton cœur, tu resteras ici; mais si tu ne consens pas à rester, tu serais inique de faire tomber sur cette ville une colère et un ressentiment préjudiciable à mon peuple ; car il t'est loisible d'avoir ta part légitime de ce pays et d'y être à jamais honorée.

LE CORYPHÉE. — Reine Athèna, quel sera, dis-tu, mon séjour ?

ATHÈNA. — Un séjour exempt de toute peine : accepte-le.

LE CORYPHÉE. — Et si je l'accepte, quels honneurs m'y attendent ?

ATHÈNA. — Aucune maison ne pourra prospérer sans toi.

LE CORYPHÉE. — Je puis compter sur toi pour avoir une telle puissance ?

ATHÈNA. — Je relèverai le sort de ceux qui t'honoreront.

LE CORYPHÉE. — Tu m'en donnes la garantie pour tous les temps à venir ?

ATHÈNA. — Pourquoi ferais-je des promesses que je ne tiendrais pas ?

LE CORYPHÉE. — Il me semble que je suis sous le charme de sa parole et j'abjure ma colère.

ATHÈNA. — Aussi, en restant ici, tu t'acquerras des amis.

LE CORYPHÉE. — Maintenant que m'ordonnes-tu de chanter en faveur de cette terre ?

ATHÈNA. — Des chants qui lui assurent une heureuse victoire. Que toutes les brises qui viennent de la terre, de l'onde marine et du ciel viennent par un bon soleil souffler sur ce pays. Qu'une inlassable prospérité fasse croître en cette ville les fruits du sol et du bétail et sauvegarde la semence des mortels. Pour les impies, extermine-les; car, comme un bon jardinier, j'aime que la race des justes n'ait pas à en souffrir. Voilà ce qui te regarde; mais pour les combats meurtriers où l'on se couvre de gloire, c'est moi qui veillerai à ce que cette ville soit victorieuse et honorée parmi les mortels.

LE CHŒUR. — *J'accepte d'habiter avec Pallas et je ne dédaignerai pas une ville qui est la citadelle habitée par le tout-puissant Zeus et par Arès, et le précieux rempart qui protège les autels des dieux de la Grèce. Dans ma bienveillance fatidique, je fais des vœux pour que la brillante clarté du soleil fasse jaillir à foison de la terre les biens utiles à la vie.*

ATHÈNA. — Voilà ce que j'ai fait dans mon amour pour cette ville; j'ai fixé de puissantes et intraitables divinités. C'est elles que le destin a chargées de tout régler chez les hommes. Celui qui ne s'est pas concilié ces divinités redoutables ne sait pas d'où partent les coups qui s'abattent sur sa vie. Ce sont les crimes de ses ancêtres qui le traînent devant elles, et, tandis qu'il fait sonner bien haut sa prospérité, la ruine silencieuse le pulvérise sous les coups de leurs colères.

LE CHŒUR. — *Qu'un vent funeste n'endommage jamais les arbres! Voilà quel sera mon bienfait; que le feu qui arrête l'éclosion des bourgeons ne passe point les frontières du pays, et que les tristes maladies qui ravagent les moissons n'en approchent jamais; que la terre nourrisse des brebis fécondes qui mettent bas deux agneaux au temps fixé! et que le produit tiré d'un sol riche fasse toujours honneur à l'heureux présent des dieux* [25] *!*

ATHÈNA. — Entendez-vous, gardiens de la ville, ce qu'elle veut accomplir? Oui, l'auguste Érinys jouit d'un grand pouvoir chez les immortels et chez les dieux souterrains, et, pour les hommes, c'est manifestement elles qui décident de leur destinée : elles donnent aux uns des chansons, aux autres une vie embuée de larmes.

LE CHŒUR. — *J'écarte les fléaux qui tuent les hommes prématurément. Donnez aux vierges aimables la joie de vivre aux côtés d'un époux, vous qui réglez souverainement le sort des mortels, Parques, filles de notre mère, déesses qui distribuez la justice et qui, associées à tous les foyers, faites sentir en tout temps votre présence de justicières, révérées entre tous les dieux.*

ATHÈNA. — Quelle joie pour moi de les voir ainsi favoriser ma contrée! Je bénis la Persuasion, dont les regards ont guidé ma langue et ma bouche en face de leurs sauvages refus. La victoire est restée à Zeus, dieu de la parole; c'est notre rivalité pour le bien qui l'emporte à jamais.

LE CHŒUR. — *Que jamais la discorde insatiable de maux ne gronde dans cette ville; que jamais la poussière, abreuvée du sang noir des citoyens, n'exige en sa colère ces représailles qui causeraient la ruine de la ville! Qu'ils échangent des joies dans un mutuel sentiment d'amitié et qu'ils haïssent d'un même cœur! C'est chez les mortels un remède à beaucoup de maux.*

ATHÈNA. — Ne savent-elles pas trouver la voie des bonnes paroles? Je vois que la présence de ces terribles figures sera pour ma ville un immense avantage. Oui, si, leur rendant amour pour amour, vous les entourez toujours de grands honneurs, vous vous signalerez en conduisant toujours votre pays et votre ville dans le droit chemin de la justice.

LE CHŒUR. — *Réjouissez-vous, réjouissez-vous dans les douceurs de la richesse; réjouissez-vous, habitants de la ville, assis près de l'autel de Zeus, amis de la Vierge qui vous aime, et toujours attachés à la sagesse. Ceux qui vivent sous les ailes de Pallas sont respectés de son père.*

ATHÈNA. — Vous aussi, réjouissez-vous. Il faut que je marche devant vous pour vous montrer vos chambres, à la sainte clarté du cortège qui s'approche. Allez avec ses saintes victimes, descendez sous la terre; retenez loin de nous le malheur et envoyez ce qui peut profiter au triomphe de la ville.

Et vous, habitants de la ville, enfants de Cranaos [26], guidez ces nouvelles habitantes, et que les citoyens ne forment que de bons et heureux desseins.

LE CHŒUR. — *Réjouissez-vous, je le répète, réjouissez-vous, vous tous qui résidez en cette ville, divinités et mortels qui habitez la ville de Pallas. Rendez à mon séjour parmi vous les honneurs qui lui sont dus, et vous ne vous plaindrez pas de ce que vous réserve la vie.*

ATHÈNA. — J'aime à l'entendre formuler ces vœux et je vais vous conduire à la lumière des torches éclatantes dans les lieux enfoncés et souterrains, accompagnée des servantes qui gardent mon image [27]. Leur présence est de mise; car elles sont l'œil de tout le pays de Thésée. Avancez donc, noble troupe d'enfants, de femmes jeunes et vieilles, et formez-vous en cortège.

. . . . [28]

Revêtez vos habits de pourpre en l'honneur des déesses et faites jaillir la clarté du feu, afin que nos hôtesses signalent leur bienveillante présence en ce pays en y faisant naître de vaillants hommes.

LE CORTÈGE. — *Mettez-vous en marche, grandes déesses, avides d'hommages, chastes filles de la Nuit, sur les pas de ce cortège ami — que tout le peuple unanime les acclame.*

Pour gagner l'antre souterrain où vous serez honorées par des rites antiques et des sacrifices. Que tout le peuple garde un religieux silence!

Propices et loyales envers ce pays, venez ici, Vénérables, et laissez-vous charmer en chemin par les flambeaux consumés par le feu. Et maintenant poussez des cris d'allégresse en dansant.

La paix, pour le bonheur de ses foyers [29]*, est aujourd'hui acquise au peuple de Pallas; Zeus qui voit tout et la Parque en sont d'accord. Et maintenant poussez des cris d'allégresse en dansant.*

NOTES

LES SUPPLIANTES

1. La terre de Zeus, c'est l'Égypte, qui est appelée « la terre sacrée de Zeus (558) ».

2. Épaphos, dont le nom signifie qu'il naquit du toucher de Zeus.

3. D'après ce passage, c'est Procnè, femme de Térée, qui fut changée en rossignol. D'après une tradition plus répandue, c'est Philomèle, sœur de Procnè, qui fut métamorphosée en rossignol, et Procnè en hirondelle.

4. Pour l'explication de ce nom, se reporter aux vers 260-270.

5. Artémis.

6. Ce refrain a été omis ici par le *Mediceus*, et replacé par Canter.

7. Eschyle attribue aux Pélasges l'aversion des populations doriennes pour les longs discours.

8. Il manque ici un vers dans le manuscrit.

9. Ce vers, omis dans le *Mediceus*, est une conjecture vraisemblable des éditeurs.

10. Conjecture qui supplée un texte altéré.

11. Eschyle suppose que les Pélasges pratiquaient la loi attique, qui mettait les femmes sous la tutelle de leurs plus proches parents.

12. Allusion au pêcheur d'éponges, qui doit voir clair dans l'eau.

13. J'ai adopté la correction de Headlam ἄναρκτόν pour ἀνάκτων,

14. La terre d'Aphrodite est la Phénicie.

15. Apollon, qui est un dieu guérisseur.

16. Les Égyptiens vénéraient le chien. Le dieu Anubis avait une tête de chien. — Le loup était le symbole du peuple d'Argos. Danaos veut dire que les Égyptiens, mangeurs de papyrus, ne l'emporteront pas sur les Argiens, mangeurs de pain.

17. Le vers manque dans le manuscrit; mais la suite des idées demande le sens des mots mis entre crochets.

18. Le texte de cette scène est en grande partie corrompu dans les manuscrits, et le sens ne se laisse pas deviner.

19. Promontoire de Cilicie, en face de Chypre, d'après le scholiaste.

20. Ici le texte est altéré.

LES PERSES

1. La Kissia est une région de la Susiane. D'après Strabon, 15, p. 728, les Kissiens sont des Susiens. Eschyle considère Kissia comme une ville forte.

2. D'après Hérodote (VII, 61 et suivants), les Perses étaient commandés par Otanès, les Mèdes par Tigrane. Hérodote énumère ensuite une foule de peuples qu'Eschyle a passés sous silence, et les noms qu'il donne à chacun de leurs chefs diffèrent de ceux qu'Eschyle leur attribue. Le scholiaste pense qu'Eschyle a inventé des noms de fantaisie. Il n'avait sans doute pas pu se procurer les renseignements que l'historien alla puiser en Perse.

3. L'Hellespont, aujourd'hui canal des Dardanelles, doit son nom à Hellè, fille d'Athamas, roi de Thèbes, qui s'y noya en fuyant avec son frère Phrixos la jalousie de leur marâtre Ino.

4. Voir dans Hérodote (VII, 36) la description de ce pont de bateaux.

5. Les rois de Perse prétendaient descendre de Persée, fils de Danaè et de la pluie d'or.

6. Eschyle confond syrien et assyrien.

7. L'arc représente les Perses; la lance, les Grecs.

8. Cette reine était Atossa, fille de Cyrus, qui avait été successivement la femme de son frère Cambyse, puis du mage Smerdis, et enfin de Darios, dont elle eut deux fils, Xerxès et Artabazanès.

9. Les mines du Laurion en Attique.

10. Silènies, promontoire à l'entrée du détroit de Salamine.

11. L'île d'Ajax est Salamine.

12. C'est sans doute un îlot près de Salamine.

13. Port de Troade, patrie de Chrysès et de Chryséis dont il est question dans le premier chant de l'*Iliade*.

14. Eschyle est ici d'accord avec Hérodote (III, 98) sur le nom du commandant des Ciliciens.

15. C'était le précepteur des enfants de Thémistocle. Il s'appelait Sikinnos. Cf. Hérodote, VIII, 75.

16. C'est l'île de Psyttalie, entre Salamine et la côte. Cf. Hérodote, VIII, 76 et 95.

17. Xerxès s'était posté sur le mont Aigaléos, situé en face de Salamine. Il était assis sur un trône d'argent, que les Grecs vainqueurs consacrèrent dans le Parthénon.

18. Il y avait plusieurs Achaïes : il s'agit ici de l'Achaïe Phtiotide, province de Thessalie.

19. Le mont Pangée et la terre des Édoniens sont de l'autre côté du Strymon. Il fallait donc, avant d'y atteindre, franchir le fleuve.

20. On est surpris d'entendre ces Perses vanter Darios, qui avait, avant Xerxès, essayé de conquérir la Grèce, et qui avait tout préparé pour venger la défaite de Marathon, quand il fut surpris par la mort.

21. Les rivages de Kikhreus désignent l'île de Salamine. Kykhreus, héros honoré à Salamine, apparut aux Athéniens pendant la bataille (Pausanias, I, 36, 1).

22. L'Incorruptible, c'est la mer.

23. Aidôneus est un autre nom d'Hadès.

24. Le texte est ici incompréhensible, et les mots entre crochets ne sont qu'une conjecture hasardeuse.

25. Ces oracles étaient des prédictions attribuées à Baccis, à Musée et à d'autres et publiées par Onomacritos, le compagnon d'Hippias à la cour de Perse. Cf. Hérodote, VIII, 77.

26. Ce Mède est Astyage, aïeul de Cyrus, et le fils d'Astyage est Cyaxare.

27. C'est Cambyse.

28. Merdis ou Smerdis le Mage, qui se fit passer pour le frère de Cambyse.

29. On ne connaît pas ces deux rois, et l'on regarde ce vers comme une interpolation.

30. Cette bouche, c'est le Bosphore de Thrace.

31. C'est la ville fondée par le Salaminien Teucer, frère d'Ajax et fils de Télamon.

32. Les Maryandiniens, peuple de Bithynie, étaient célèbres par l'exagération de leurs chants de deuil.

33. C'est le chœur qui s'encourage ainsi à demander des renseignements au roi.

34. Sur le dénombrement de l'armée, voir Hérodote VII, 60.

35. On appelait yeux du roi les délégués qu'il envoyait inspecter les provinces de son empire.

36. (et le fils) conjecture, pour remplir un vers qui manque.

37. Les Mysiens, peuples de l'Asie Mineure, se livraient, comme les Maryandiniens, à des lamentations extravagantes dans les cérémonies de deuil.

LES SEPT CONTRE THÈBES

1. Cadmos, fils d'Agénor, roi de Phénicie, passait pour être le fondateur de Thèbes, et la citadelle de Thèbes s'appelait Cadmée.

2. Il s'agit du devin Tirésias, assez connu du public athénien

pour que le poète n'ait pas besoin de le nommer. Privé de la vue, il avait obtenu de la déesse Athèna de pouvoir comprendre le langage des oiseaux et de prédire l'avenir, sans recourir aux sacrifices où l'on brûlait les victimes, après avoir examiné leurs entrailles.

3. Enyô, déesse de la guerre, est donnée tantôt pour la mère, tantôt pour la fille d'Arès. C'est la Bellone des Latins.

4. C'était l'usage, dit le scholiaste, d'envoyer de la guerre à ses parents des agrafes, des bandelettes, des boucles de cheveux ou tout autre objet du même genre. Amphiaraos avait prédit que, seul, Adraste serait sauvé, un cheval divin, Arion, étant attelé à son char. Voilà pourquoi les chefs y attachent les souvenirs qu'ils envoient.

5. En partant pour l'exil, Œdipe avait maudit ses fils, qui n'avaient rien fait pour le retenir ou le secourir dans son abandon.

6. Arès avait donné à Cadmos sa fille Harmonie.

7. Harmonie était fille d'Arès et d'Aphrodite.

8. C'est Apollon qui est appelé *Lykéios*, surnom qu'Eschyle et Sophocle interprètent par tueur de loups. D'autres l'expliquent par dieu de la Lycie, et les modernes par dieu de la lumière.

9. C'est Artémis, qui combat aux côtés de son frère Apollon.

10. Ce fils de Zeus est Apollon, qui vient d'être invoqué. M. Mazon croit qu'il s'agit de Nikè, la Victoire.

11. Onka, c'est le nom d'Athèna chez les Thébains.

12. Un autre dialecte plutôt qu'une autre langue.

13. Le texte porte, non pas *tout autre*, mais *tout autre intermédiaire*, comme s'il y avait un sexe intermédiaire entre les deux. Cette expression absurde est, dit le scholiaste, l'effet de l'emportement d'Etéocle.

14. Le mors est fils du feu, en tant que le fer dont il est fait a été forgé au feu.

15. La source de Dirké jaillissait au sud-ouest de la Cadmée et donnait naissance à un ruisseau du même nom. L'Ismènos coule au flanc de la Cadmée, mais en dehors des remparts. C'est l'Ismènos qui arrête Tydée (377 sqq.).

16. Les enfants de Téthys sont les Océanides, nymphes des eaux. Il ne faut pas confondre Téthys, fille d'Ouranos et de Vesta, et femme de l'Océan, avec Thétis, fille de Nérée et mère d'Achille.

17. Tydée, fils d'Oineus, roi de Calydon, était, comme Polynice, gendre d'Adraste, et il eut pour fils unique Diomède.

18. La porte Proitide tenait son nom de Proitos d'Argos, qui, chassé par Acrisios, son père, s'était réfugié en Béotie.

19. Il s'agit des hommes semés des dents du dragon par Cadmos et qui s'entre-tuèrent tous à l'exception de cinq. Ce Mélanippe tuera Tydée, mais il mourra lui-même aussitôt, et Tydée lui dévorera le crâne.

20. Capanée, fils d'Hipponoos, avait épousé la fille d'Iphis, qui régnait à Argos avec Adraste.

21. Etéoclos n'est pas connu d'ailleurs.

22. Hippomédon, inconnu comme Etéoclos.

23. Typhon ou Typhée, fils de la Terre et de l'Erèbe, vaincu par Zeus, comme les autres Titans, s'enfuit à travers la mer de Sicile; mais, au moment où il abordait cette île, Zeus fit tomber l'Etna sur lui. Cf. *Prométhée enchaîné*, 351 sqq.

24. Amphion, fils de Zeus et d'Antiope, femme de Lycos, peut être regardé comme le second fondateur de Thèbes, puisqu'il en bâtit les murailles.

25. Parthénopée, dont le nom ne sera donné qu'après la description de sa personne, était fils d'Atalante, la chasseresse qui porta le premier coup au sanglier de Calydon, et qui en reçut la hure des mains de son amant Méléagre.

26. Amphiaraos, beau-frère d'Adraste, sachant qu'il devait périr au siège de Thèbes, s'était caché; mais sa femme, Ériphyle, séduite par le don d'un collier de diamants, révéla sa retraite. Il fit promettre, en partant, à son fils Alcméon de venger sa mort sur Ériphyle. Il ne fut pas tué devant Thèbes. Au moment où il allait être atteint par la lance de Lasthénès, la terre s'entrouvrit et l'engloutit vivant avec son char.

27. Suivant Hésychios, le nom de cette porte viendrait de Ὁμολῷιος, surnom de Zeus à Thèbes.

28. Le nom de Polynice est formé de deux mots : πολύ, nombreux, et νεῖκος, querelle.

29. Cette porte s'appelait porte de Dirkè, du nom de la source Dirkè, qui en était voisine.

30. Ces mots se rapportent à Laïos et à Jocaste, et non à Œdipe et à Jocaste.

31. Les fils d'Œdipe, ayant fait un sacrifice, envoyèrent à leur père la hanche, au lieu de l'épaule de la victime, part réservée au roi. Œdipe, se jugeant outragé, demanda qu'ils descendissent dans l'Hadès sous les coups l'un de l'autre.

32. Vers interpolé.

33. Deux vers interpolés.

34. On pense — et c'est l'opinion des derniers éditeurs MM. Mazon et Murray — que ces vers 861-873 ont été interpolés ici par un poète inconnu, pour préparer l'entrée des deux filles d'Œdipe, par qui il voulait faire chanter le chant funèbre qui va suivre.

35. Conjecture qui supplée au vers qui manque.

36. Le texte de ces deux vers 973-974 est ainsi conçu :

Ἀχέων τοίων τάδ' ἐγγύθεν.
πέλας δ' αἵδ' ἀδελφαὶ ἀδελφεῶν.

Le premier, tel que nous le traduisons, est une correction de Hermann, le second une correction de Heimsœth.

37. Ce vers et le précédent sont corrompus dans les manuscrits. Dans le premier nous substituons Δίπονα à δύστονα. Le second

δίυγρα τριπάλπτων πημάτων n'offre pas de sens. Notre traduction est une conjecture.

38. Cette dernière scène semble aux mêmes éditeurs, MM. Mazon et Murray, être un dénouement postiche du même poète inconnu, pour annoncer la désobéissance d'Antigone, thème devenu populaire depuis la pièce de Sophocle.

PROMÉTHÉE ENCHAINÉ

1. Zeus vient de détrôner Cronos, son père.

2. Prométhée signifie *prévoyant*, d'où le jeu de mots.

3. Eschyle prend le mot au sens de chef. Le prytane était à Athènes un des cinquante délégués choisis annuellement par chacune des dix tribus pour former le Conseil des Cinq Cents. Les prytanes de chaque tribu à tour de rôle présidaient le Sénat et dirigeaient les affaires publiques pendant trente-cinq ou trente-six jours.

4. Eschyle confond ici Thémis et Gê (la Terre). Il les distingue au début des *Euménides*. « A la Terre mes premiers hommages..., puis à Thémis, qui remplaça, dit-on, sa mère dans ce sanctuaire prophétique. »

5. Dans Hésiode, Océan est fils d'Ouranos et de Gê, Prométhée fils de Japet, frère d'Océan et de Clymène. Eschyle leur donne à tous les deux la même mère Gê. Ce sont deux Titans.

6. Il n'est question nulle part ailleurs de cette participation d'Océan aux entreprises de Prométhée.

7. Typhon ou Typhée était fils de la Terre et de l'Erèbe. Vaincu par Zeus, il s'enfuit à travers la mer de Sicile; mais au moment où il abordait dans l'île, Zeus fit tomber l'Etna sur lui.

8. Eschyle prédit ici l'éruption de l'Etna, en ~ 479, la première dont l'Histoire fasse mention.

9. Les Amazones, qui habitaient la Colchide, avant de s'établir au bord du Thermodon.

10. On ne sait sur quel fondement Eschyle place les Arabes dans les montagnes d'Arménie.

11. Eschyle, contrairement à la tradition commune, attribue à Prométhée l'invention de tous les arts. D'après Pline, l'invention des fours à briques est due à deux Athéniens, Euryalos et Hyperbios, et l'art de travailler le bois à Dédale.

12. Les dieux d'ordre inférieur sont tenus comme les mortels à rendre hommage aux dieux de l'Olympe.

13. Hèsionè est fille de l'Océan. Le vieux chroniqueur argien Acousilaos la donne aussi pour femme à Prométhée.

14. Ce roseau est la syrinx avec laquelle Hermès avait endormi Argos, pour le tuer. De là le nom d' Ἀργεϊφόντης, meurtrier d'Argos, que lui donne Homère.

15. La place qu'Eschyle assigne aux Chalybes, au nord du Caucase, n'est pas celle qu'ils habitaient réellement. Leur pays était en Asie Mineure, au-delà du fleuve Halys.

16. Hybristès, mot tiré de ὕβρις, veut dire violent.

17. En réalité le golfe de Salmidesse était situé loin de Thémiskyre. Thémiskyre était à l'orient de l'Asie Mineure, et Salmidesse à l'extrémité du rivage occidental du Bosphore de Thrace.

18. L'isthme cimmérien joint la Chersonèse taurique au continent.

19. Bosphore signifie passage de la vache. C'est le Bosphore cimmérien, aujourd'hui détroit d'Iénikalé. Pour les Grecs, l'Asie commence au Bosphore cimmérien.

20. C'est Thétis qui devait mettre ce fils au monde. Voyez Pindare, *Isthmiques*, VIII, 67 sqq.

21. Kisthène est sans doute une ville fabuleuse.

22. Les griffons sont les gardiens de l'or du Plouton contre les Arimaspes qui cherchent à le leur ravir. (Hérodote, IV, 13 sqq.) Le Plouton est un fleuve inconnu, comme l'Aithiops.

23. La Descente désigne sans doute les Cataractes.

24. Il n'y avait point de montagnes de Biblos en Égypte, et la ville de Biblos était située bien loin au-dessous des Cataractes.

25. La Thesprotie formait la partie S.-O. de l'Épire.

26. Le golfe de Rhéa est la mer Adriatique.

27. Ce sage est Pittacos. Cf. Callimaque, *Épigr.* 1.

28. Adrastée était un autre nom de Némésis, la déesse de la Vengeance. Ce mot signifie l'*inévitable*.

29. Ouranos, puis Kronos.

30. C'est Chiron qui consentira à se substituer à Prométhée.

31. La tresse de feu à double pointe, c'est le foudre que Zeus tient en sa main, qui ressemble à une tresse à deux bouts, avec une poignée au milieu. (P. Mazon.)

AGAMEMNON

1. Nous gardons le nom traditionnel Clytemnestre, en dépit du manuscrit qui porte Κλυταιμήστρα.

2. Trois fois six ou le triple six était au jeu de dés le meilleur coup.

3. Les offrandes qui refusent de flamber sont d'un présage défavorable. Quand la flamme est haute et droite, le présage est favorable.

4. Le dieu des portes était Apollon, représenté par un petit obélisque dressé à l'entrée des maisons, devant lequel on brûlait de l'encens à l'annonce d'une bonne nouvelle.

5. Il s'agit d'Ouranos.

6. C'est Cronos, qui prit la place d'Ouranos, et fut à son tour chassé du trône par Zeus.

7. A la fin du repas, on faisait trois libations, dont la dernière en l'honneur de Zeus sauveur. Celle-ci était parfois suivie du chant d'un péan. (Cf. Xénophon, *Banquet*, II, I).

8. C'est Clytemnestre.

9. La terre d'Apis est le Péloponnèse, ainsi nommé d'Apis, médecin, fils d'Apollon, qui purgea de monstres le pays d'Argos. (Cf. *Suppliantes*, 260 sqq.)

10. Le Makistos est, d'après le scholiaste, une montagne de l'Eubée.

11. Le Messapios est en Béotie, près d'Anthédon.

12. L'Asopos, rivière de Béotie.

13. Le lac Gorgopis se trouve, d'après Hésychios, dans la région de Corinthe.

14. L'Egiplancte est, d'après le scholiaste, une montagne de la Mégaride.

15. Il a dû se passer entre le chant du chœur et l'arrivée du messager un temps considérable, le temps de revenir de Troie à Argos. L'unité de temps, on le voit, ne préoccupait pas les Grecs. On verra dans *les Euménides* qu'ils ne se préoccupaient pas davantage de l'unité de lieu.

16. Les Dioscures protecteurs des matelots.

17. Cf. *Odyssée*, III, 406 sqq : « Nestor vint prendre place au banc de pierres lisses qui flanquait la grand-porte. Sur ces pierres blanchies, à l'enduit toujours frais, Nestor siégeait jadis pour donner les avis qui l'égalaient aux dieux. » (Trad. V. Bérard.)

18. Le fouet d'Arès est double, parce qu'il frappe à la fois les guerriers et ceux qui sont restés au pays.

19. Eschyle rattache le nom d'Hélène au mot ἑλεῖν : perdre.

20. La colère de Zeus Hospitalier.

21. Eschyle joue sur le double sens de κῆδος, alliance par mariage et deuil.

22. Le texte des deux vers suivants est gâté, et la traduction purement conjecturale.

23. Aristophane s'est souvenu de ce passage quand il fait dire à Eschyle, dans *les Grenouilles* (1432-1433) : « Avant tout, ne nourrissez pas un lion dans la cité; mais si vous en avez laissé grandir un, prêtez-vous à ses façons. »

24. C'est-à-dire au milieu de la nuit. P. Mazon cite à ce propos le fragment 52 de Sapho : « Les Pléiades et la lune sont couchées : voici minuit. »

25. Vers interpolé qui contredit le vers suivant.

26. Clytemnestre donne à ce mot un double sens.

27. Texte altéré.

28. Asklèpios, foudroyé par Zeus pour avoir ressuscité Hippolyte.

29. On sait qu'Hèraclès, vendu à Omphale, servit chez elle comme esclave.

30. Elle joue sur le mot Apollon, qu'elle rattache au verbe ἀπολλύναι.

31. Il s'agit du meurtre des enfants de Thyeste, dont les têtes furent présentées à leur père à la fin du repas.

32. C'est le meurtre d'Agamemnon.

33. Itys fut tué par sa mère Procnè, qui se vengea ainsi de Térée son époux. Procnè, changée en rossignol, pleure éternellement son fils. (Cf. note 3 des *Suppliantes*.)

34. Le crime initial est le meurtre des enfants de Thyeste, et la couche fraternelle est celle d'Atrée, foulée par son frère Thyeste, qui séduisit Aéropè, femme d'Atrée.

35. Oreste.

36. Ceci, la fragilité du bonheur des mortels; cela, le sort de Cassandre.

37. C'est pour ainsi dire la troisième libation, réservée à Zeus sauveur, cette fois au Zeus sauveur des morts, à Hadès.

38. Voir au premier chant de l'*Iliade* comment Agamemnon fut obligé de rendre Chryséis à son père et la querelle qui en résulta entre Achille et lui.

39. Les deux filles de Tyndare, Clytemnestre et Hélène.

40. Plisthène passait généralement pour être fils d'Atrée et père d'Agamemnon. Mais Eschyle le considère comme un fils de Pélops, puisque, pour lui, Agamemnon est fils d'Atrée.

LES CHOÉPHORES

1. Ces quatre premiers paragraphes ne sont pas dans l'unique manuscrit des *Choéphores*, le *Mediceus*, dont le début manque. Les deux premiers sont dans Aristophane (*Grenouilles*, 1126 sqq.), les autres se trouvent dans des scholies de Pindare *in Pyth.*, IV, 145, et d'Euripide, *Alceste*, 776.

2. « Tout objet employé à une purification est chargé des souillures qu'il a servi à laver : il est donc impur et l'on s'en débarrasse en le brûlant, en le noyant, en l'enterrant, ou, plus simplement, en le jetant derrière soi sans détourner les yeux, de façon à rompre le charme qui peut encore en émaner. » (P. Mazon.)

3. Euripide a critiqué dans son *Électre*, avec une justesse moqueuse, la naïveté de l'Électre d'Eschyle, qui reconnaît son frère d'après la ressemblance de ses cheveux et de ses pas avec les siens, et un peu plus loin d'après le tissu qu'elle a brodé pour lui, quand il n'était encore qu'un enfant.

4. Les Moires ou Destinées, ce sont les Parques des Latins.

5. Les Hyperboréens étaient un peuple fabuleux, que l'on plaçait au-delà des monts Riphées et qui jouissait d'un bonheur parfait.

6. Les deux derniers vers de ce couplet sont gâtés dans le manuscrit et notre traduction n'est qu'une conjecture.

7. Les Aries et les Kissiens, peuples de Perse, étaient connus par la violence de leurs démonstrations de deuil dans les funérailles.

8. Cette mutilation consistait à couper les extrémités du cadavre et à les lui attacher par un cordon autour du cou et sous les aisselles. Le meurtrier s'imaginait mettre par là sa victime hors d'état de se venger.

9. La comparaison se trouve déjà dans Pindare, *Pyth.*, II, 146 : « Je surnage, pareil au liège, par-dessus le filet, sans craindre l'onde amère. »

10. Il s'agit du troisième meurtre : celui d'Égisthe, qui avait été précédé du meurtre des enfants de Thyeste et de celui d'Agamemnon.

11. La fille de Thestios, roi de Pleuron, en Étolie, est Althaia, mère de Méléagre. La vie de Méléagre était attachée à un tison. Ayant appris que Méléagre avait tué ses frères, Althaia jeta le tison au feu et Méléagre mourut aussitôt. Cf. Ovide, *Métam.*, livre VI.

12. Skylla était fille de Nisos, roi de Mégare. Nisos avait au milieu de la tête un cheveu rouge. Un oracle avait déclaré qu'il mourrait si on lui enlevait ce cheveu. Minos, qui assiégeait Mégare, séduisit Skylla, qui arracha le cheveu à son père et perdit ainsi son père et son pays. Cf. Ovide, *Mét.*, livre VIII et le *Ciris* attribué à Virgile.

13. Texte gâté; mais le sens général se laisse deviner.

14. Les Lemniennes massacrèrent les hommes dans la même nuit, à l'exception de Thoas, que sa fille Hypsipile déroba par une ruse à la fureur de ses compagnes.

15. Le texte de cette strophe est gâté, et la traduction conjecturale.

16. Le personnage qui répond à Oreste n'est pas indiqué dans le manuscrit. Les uns croient, c'est l'opinion la plus vraisemblable, que c'est Clytemnestre; les autres, que c'est Électre qui, par ces paroles feintes, veut aider son frère à abuser Clytemnestre.

17. Kilissa, la Cilicienne, du nom de son pays d'origine. Pindare, dans sa deuxième *Pythique*, nomme la nourrice d'Oreste Arsinoè.

18. Le texte de ce chœur est en grande partie défiguré et la traduction repose sur des conjectures peu sûres.

19. Cet éphymnion n'est pas répété dans le manuscrit : il a été rétabli par Schneider.

20. Cet éphymnion aussi a été rétabli par Schneider.

21. On appelait ἔφεδρος un athlète qui se tenait prêt à remplacer un champion vaincu.

22. Oreste veut sans doute dire que Clytemnestre avait comme vendu son fils en l'exilant, et ensuite en s'emparant de l'héritage d'Agamemnon, qui devait revenir à son fils.

23. Ces chiennes sont les Érynies.

24. Ce double lion, ce double Arès, c'est, d'après le scholiaste, Oreste et Pylade. Euripide (*Oreste*, 1400) dit de même en parlant d'Oreste et de Pylade : « Ils sont venus dans la maison, les deux lions grecs. »

25. Cet éphymnion n'est pas répété dans le *Mediceus :* c'est Schneider qui l'a rétabli.

26. Suivent deux vers tout à fait gâtés.

27. Le coryphée s'adresse au cadavre de Clytemnestre.

LES EUMÉNIDES

1. Dans le *Prométhée enchaîné*, Eschyle fait de la Terre et de Thémis une seule et même divinité.

2. D'après une autre tradition suivie par Pindare et par Euripide, Apollon s'était emparé violemment de l'oracle de Delphes, d'où il avait expulsé Thémis. Phoibè était fille d'Ouranos et de Géa. Chez les poètes postérieurs, elle n'est plus une titanide, elle se confond avec Artémis.

3. Près de Marathon, d'après la tradition athénienne.

4. Les Athéniens sont appelés enfants d'Hèphaistos à cause de leur roi Erichthonios, qui était fils d'Hèphaistos.

5. Pallas avait à Delphes un temple situé devant celui d'Apollon. Elle avait ramené Apollon à Delphes après sa purification dans la vallée de Tempé.

6. L'antre de Korykos, dans le mont Parnasse.

7. Bromios, autre nom de Dionysos, qui signifie le Frémissant, le Grondant.

8. Le Pleistos, rivière de Phocide.

9. L'ombilic était une pierre conique, recouverte d'un réseau de bandelettes.

10. Phinée de Salmydesse, en Thrace, avait été rendu aveugle par les dieux, et les Harpies venaient tous les jours ravir ou souiller ses aliments. Il en fut délivré par les Argonautes. Eschyle avait en ~ 472 fait jouer une tragédie intitulée *Phinée.*

11. Hermès était surnommé πομπαῖος ou conducteur, parce qu'il conduisait les âmes aux enfers.

12. Allusion à l'alliance conclue entre Argos et Athènes peu de temps avant la représentation de l'*Orestie*.

13. On expliquait le surnom de τριτογένεια donné à Athèna, en supposant qu'elle était née sur les bords d'un fleuve de Libye, le Triton, ou près du lac Tritônis.

14. Phlégra passait pour être l'endroit où s'était donnée la bataille entre les dieux et les géants. On la localisait généralement dans la Chalcidique.

15. Eschyle entend affirmer ici les droits des Athéniens sur le territoire de Sigée, en Troade, en les faisant remonter à la guerre de Troie. Cf. Hérodote, V, 94 : « Pisistrate avait enlevé Sigée de vive force aux Mytiléniens, et, s'en étant rendu maître, il y avait établi comme tyran son fils naturel Hégésistrate, né d'une femme argienne. Ce dernier ne conserva pas sans combattre ce qu'il avait reçu de son père. En effet il y eut une longue guerre entre les Athéniens, qui sortaient de Sigée, et les Mytiléniens, qui sortaient d'Achillée... Périandre, fils de Cypsèle, les réconcilia; car ils l'avaient choisi pour arbitre. Il prononça que chacun resterait maître de ce qu'il tenait. De cette manière, Sigée appartint aux Athéniens. »

16. Ixion, ayant tué son père Dioneus, fut accueilli comme suppliant par Zeus, qui le purifia et l'admit même dans l'Olympe. Là, il essaya de faire violence à Hèra. Zeus l'en punit en l'attachant à une roue qui tourne éternellement. Eschyle avait composé une tragédie intitulée *Ixion.*

17. Les Tyrrhéniens passaient pour être les inventeurs de la trompette.

18. Pour être déclaré vainqueur, un athlète devait avoir fait trois fois toucher la terre à son adversaire.

19. Traduction conjecturale du texte ici altéré et mutilé.

20. Athènes était divisée en quatre tribus et chaque tribu en trois phratries ou associations de trente familles liées par la communauté des sacrifices.

21. Les anciens croyaient à la réalité d'une invasion des Amazones dans l'Attique. Elles étaient venues pour venger le rapt de leur reine Antiope ou Hippolyte de l'affront que lui avait fait Thésée qui, après l'avoir épousée, l'avait abandonnée pour Phèdre.

22. Deux ans avant la représentation de l'*Orestie,* Éphialte et Périclès avaient réduit les attributions de l'Aréopage. Ils lui avaient enlevé son droit de censure et de surveillance sur tous les actes de la vie publique et ne lui avaient conservé que sa juridiction en matière de crime capital. Eschyle ne proteste pas contre cette réforme démagogique; mais il conseille aux Athéniens de ne pas la pousser plus loin.

23. Phérès était le père d'Admète, chez qui Apollon avait été condamné à servir. Apollon avait sauvé Admète de la mort, en obtenant des Parques qu'une autre victime pût se substituer à lui et descendre aux enfers à sa place.

24. Nouvelle allusion au traité d'alliance qui venait d'être conclu entre Athènes et Argos. Cf. v. 289-291.

25. Allusion aux mines de Maronée, découvertes au Ve siècle.

26. Cranaos, le héros éponyme des Cranaens, était considéré comme un ancien roi d'Athènes. Cf. Hérodote, VIII, 44 : « Les Athéniens, quand les Pélasges possédaient ce qu'on appelle maintenant la Grèce, étaient Pélasges; on les appelait Cranaens; sous le roi Cécrops, on les nomma Cécropides; lorsque Érechthée hérita de la souveraineté, ils changèrent leur nom pour celui d'Athéniens. »

27. Il s'agit de jeunes filles attachées au service d'Athèna, et spécialement des arréphores, c'est-à-dire des quatre jeunes Athéniennes choisies par l'archonte-roi dans les familles nobles pour porter processionnellement les vêtements ou objets sacrés d'Athèna Pallas.

28. Il y a ici une lacune dans le texte.

29. Le vers 1044 est corrompu. J'ai adopté la correction et la traduction de P. Mazon.

TABLE DES MATIÈRES

DERNIÈRES PARUTIONS

ARISTOTE
Petits Traités d'histoire naturelle (979)
Physique (887)

AVERROÈS
L'Intelligence et la pensée (974)
L'Islam et la raison (1132)

BERKELEY
Trois Dialogues entre Hylas et Philonous (990)

BOÈCE
Traités théologiques (876)

COMTE
Discours sur l'ensemble du positivisme (991)

DÉMOSTHÈNE
Les Philippiques, suivi de **ESCHINE**, contre Ctésiphon (1061)

DESCARTES
Le Discours de la méthode (1091)

DIDEROT
Lettre sur les aveugles. Lettre sur les sourds et muets (1081)

EURIPIDE
Théâtre complet I. Andromaque, Hécube, Les Troyennes, Le Cyclope (856)

FABLIAUX DU MOYEN ÂGE
(bilingue) (972)

GALIEN
Traités philosophiques et logiques (876)

HEGEL
Principes de la philosophie du droit (664)

HERDER
Histoire et cultures (1056)

HIPPOCRATE
L'Art de la médecine (838)

HUME
Essais esthétiques (1096)

IDRÎSÎ
La Première Géographie de l'Occident (1069)

JAMES
L'Espèce particulière et autres nouvelles (996)

KANT
Critique de la faculté de juger (1088)

LAFORGUE
Les Complaintes (897)
Les Moralités légendaires (1108)

LEOPOLD
Almanach d'un comté des sables (1060)

LORRIS
Le Roman de la Rose (bilingue) (1003)

MALLARMÉ
Écrits sur l'art (1029)

MARX & ENGELS
Manifeste du parti communiste (1002)

MONTAIGNE
Apologie de Raymond Sebond (1054)

MUSSET
Premières Poésies (998)
Poésies nouvelles (1067)

NIETZSCHE
Le Gai Savoir (718)
Par-delà bien et mal (1057)

PLATON
Alcibiade (987)
Apologie de Socrate. Criton (848)
Banquet (988)
Cratyle (954)

PONGE
Comment une figue de paroles et pourquoi (901)

POUCHKINE
Boris Godounov. Théâtre complet (1055)

PROUST
Écrits sur l'art (1053)

RODENBACH
Bruges-la-Morte (1011)

ROUSSEAU
Dialogues. Le Lévite d'Éphraïm (1021)

MME DE STAËL
Delphine (1099-1100)

TITE-LIVE
Histoire romaine. Les Progrès de l'hégémonie romaine (1005-1035)

THOMAS D'AQUIN
Contre Averroès (713)
Somme contre les Gentils (1045-1048, 4 vol. sous coffret 1049)

MIGUEL TORGA
La Création du monde (1042)

WILDE
Le Portrait de Mr. W.H. (1007)

GF-CORPUS

La Loi (3056)
Le Mal (3057)
Les Passions (3053)
La Religion (3040)
Le Travail (3025)

GF-DOSSIER

BALZAC
Eugénie Grandet (1110)

BEAUMARCHAIS
Le Mariage de Figaro (977)

CHATEAUBRIAND
Mémoires d'outre-tombe, livres I à V (906)

CORNEILLE
L'Illusion comique (951)
Trois Discours sur le poème dramatique (1025)

DIDEROT
Jacques le Fataliste (904)
Paradoxe sur le comédien (1131)

ESCHYLE
L'Orestie (1125)
Les Perses (1127)

FLAUBERT
Bouvard et Pécuchet (1063)

FONTENELLE
Entretiens sur la pluralité des mondes (1024)

GOGOL
Nouvelles de Pétersbourg (1018)

HOMÈRE
L'Iliade (1124)

HUGO
Les Châtiments (1017)
Hernani (968)
Ruy Blas (908)

JAMES
Le Tour d'écrou (bilingue) (1034)

LESAGE
Turcaret (982)

MARIVAUX
La Double Inconstance (952)
Les Fausses Confidences (1065)
L'Île des esclaves (1064)
Le Jeu de l'amour et du hasard (976)

MAUPASSANT
Bel-Ami (1071)

MOLIÈRE
Dom Juan (903)
Le Misanthrope (981)
Tartuffe (995)

MONTAIGNE
Sans commencement et sans fin. Extraits des *Essais* (980)

MUSSET
Les Caprices de Marianne (971)
Lorenzaccio (1026)
On ne badine pas avec l'amour (907)

LE MYTHE DE TRISTAN ET ISEUT (1133)

PLAUTE
Amphitryon (bilingue) (1015)

RACINE
Bérénice (902)
Iphigénie (1022)
Phèdre (1027)
Les Plaideurs (999)

ROTROU
Le Véritable Saint Genest (1052)

ROUSSEAU
Les Rêveries du promeneur solitaire (905)

SÉNÈQUE
Médée (992)

SHAKESPEARE
Henry V (bilingue) (1120)

SOPHOCLE
Antigone (1023)

STENDHAL
La Chartreuse de Parme (1119)

WILDE
L'Importance d'être constant (bilingue) (1074)

ZOLA
L'Assommoir (1085)
Au Bonheur des Dames (1086)
Germinal (1072)
Nana (1106)

GF Flammarion

01/01/84208-I-2001 – Impr. MAURY Eurolivres, 45300 Manchecourt.
N° d'édition FG000823. – 2e trimestre 1964. – Printed in France.